KB118333

역사정정사무소

역사정정사무소

대니엘 에번스 소설
민은영 옮김

THE
OFFICE
OF
HISTORICAL
CORRECTIONS

DANIELLE
EVANS

문학동네

돈 밸로어 마틴을 위해

우리는 안다. 누구든 제 과거의 진실을 직시하지 못하는 개인은 그 과거 안에 갇힌다는 것을, 발견되지 않은 자아의 감옥에서 옴짝달싹하지 못한다는 것을. 이는 국가의 경우도 마찬가지다. 우리는 안다. 그런 마비 상태에 있는 사람은 제 약점이나 강점을 파악할 수 없고 이 둘을 자주 혼동한다는 것을.

제임스 볼드윈

나는 과거를 돌본다고 지탄받는다
마치 내가 그것을 만든 양,
그것을 내 두 손으로
빚어낸 양한다고. 나는 그러지 않았다.
이 과거가 나를 기다리고 있었다
내가 왔을 때 이미,

루실 클리프턴

차례

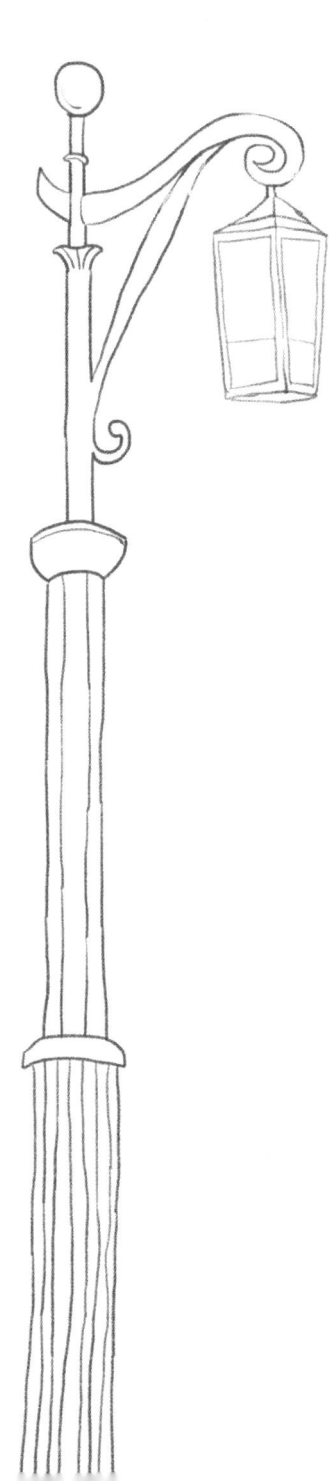

오래오래 행복하게

리사는 일곱 살 때 엄마와 함께 간 영화관에서 다리를 갖고 싶어하는 인어가 나오는 영화를 봤다. 영화가 끝난 뒤에 리사는 왕자를 향해 눈살을 찌푸린 채 고개를 저으며 말했다. 왜 인어는 저걸 위해 자기 가족을 떠날까? 그 덕분에 오래도록 리사를 감상적이라고, 혹은 마음이 약하다고 보는 사람이 많았지만, 사실은 수지가 안 맞는 거래를 제대로 알아보았을 뿐이다. 드넓은 바다를 남자 하나와 맞바꾸다니. 그렇다고 해서 리사가 바다를 무척 잘 알았다는 뜻은 아니다. 리사는 사방이 육지로 둘러싸인 주에서 태어났고, 삼십 년 인생에서 바다와 가장 가까웠던 건 타이태닉호 로비 기념품점에서 근무할 때가 아닐까 싶었다. 타이태닉호는 은유가 아니라 실제 모형이었다. 아래층에 소규모 박물관까지 갖추었지만 수익 대부분은 상갑판에서 열리는 결혼식과 아이들의 생일 파티에서 나왔다.

1990년대 말에 탄생한 이 배 모양 건물은 어느 수완 좋은 교육 사업가의 관심 사업이었다. 그는 세부적인 역사적 사실을 엄밀히 재현하는 동시에 시각적으로도 강렬한 명소를 건설하고자 했다. 대중에게는 역사를 보존하기 위한 목적이라고 홍보했고, 투자자들에게는 타이태닉호 사고에 대한 되살아난 관심을 이용해 수익을 창출할 목적이라고 홍보했다. 실물의 비율을 정확히 반영해 건설하려던 원래 계획은 초기에 실시한 비용 평가의 문턱을 넘지 못했다. 그래서 선실 수가 실제 타이태닉호의 사분의 일에 그쳤는데 그나마도 이제는 가구가 철거된 채 창고로 쓰였으며, 주문 제작한 침대 프레임은 지난 불경기에 중고로 팔려나갔다.

여름 시즌 막바지에 어느 이류 대중 가수가 뮤직비디오를 찍기 위해 건물 전체를 대관했고 그로 인해 타이태닉호는 사흘 내리 휴관에 들어갔다. 리사는 그 기간에 일을 쉬려고 했으나, 공간 활용 계획을 확정하러 온 뮤직비디오 감독이 기념품점 유리벽 앞에 멈춰 서서 잠시 안을 들여다보다가 들어와서 말했다. "당신—당신이 완벽해요."

리사는 촬영 현장에 남아 있겠다고 동의했고, 이미 두 번이나 시간을 변경한 병원 예약을 취소하면서 의사가 전화를 직접 받았다면 했을 법한 잔소리를 머릿속에서 상상했다. 동료 직원 매켄지는 오후 내내 부루퉁한 표정으로 배 안을 돌아다니며 감독의 시야에서 얼쩡거렸지만 허사였다. 매켄지는 가끔 리사와 함께 기념품점에서 일할 때도 있었지만 그건 그야말로 가끔일 뿐,

대개는 공주 파티가 있을 때마다 드레스를 입고 갑판 위의 공주로 분장한 채 아이들을 감독했다. 리사는 파티를 담당한 적이 없었다. 이에 대해 누군가가 (묻지도 않았는데) 굳이 설명해준 적이 딱 한 번 있었다. 그때 관리인이 역사적 정확성 운운하며 늘어놓은 말의 요지는 흑인 공주는 안 된다는 거였다.

"타이태닉호에서 티 파티를 즐기는 여섯 살 아이들이 역사에 대해 그릇된 개념을 갖게 되면 큰일이죠." 리사는 대답했다. 너무나 담담하게 말한 터라 관리인은 태도가 불량하다고 리사를 나무랄 수가 없었다.

"아무래도 그 사람들은 다양성을 원하는 게 분명해." 감독이 떠난 뒤 매켄지가 말했다. 그리고 말하는 도중 허공에 손가락을 까닥여 다양성이라는 단어에 따옴표를 쳤다. 말 그대로 다양성 외에는 다른 뜻도 없으면서.

다음날 매켄지는 진심어린 화해의 어조로 리사에게 말했다. "어쩌면 너랑 한번 자고 싶은 걸까? 그 남자 귀엽잖아, 뉴욕 스타일로 말이야. 네가 이국적이라고 생각하는 게 분명해."

이국적, 그건 아니었다. 뮤직비디오의 주제는 바다 괴물이었다. 가수를 포함해 리사까지 모든 출연자를 초록색 보디페인트와 광택제로 분장시킨 뒤 물속에 있는 듯한 착시 효과를 위해 렌즈 표면에 바셀린을 바른 카메라로 촬영할 예정이었다. 가수는 배를 원한 게 아니라 난파선을 원했다. 리사는 분장용 화장을 했을 뿐 제 모습 그대로, 평소와 같은 유니폼을 입고 계산대에서 일하기로 되어 있었다.

진짜 연기는 대부분 상갑판에서 이루어졌다. 촬영 이틀째까지 리사는 멀리 유리벽 너머에 있는 가수의 모습밖에 보지 못했지만, 백댄서로 오래 일한 누군가가 휴식시간에 늘어놓는 뒷소문을 들었다. 가수는 이 뮤직비디오를 전 애인에게 헌정했는데, 그는 이 가수가 너무 자기 관리에 해이해져서 최근 사진들을 보면 좀 괴물 같다고 타블로이드에 말했다. 뮤직비디오는 가수가 초록색으로 칠한 뚱뚱한 몸으로 거의 벌거벗은 채 화면에 등장하는, 너무 해이해지는 일에 관한 것이었다. 가수는 리사가 평생 가장 말랐던 때보다 더 날씬했다. 매켄지가 아니라 자신이 선택된 이유를 리사는 이해했다. 그들은 기념품점 계산대 뒤에서 제 역할에 충실한 모습을 보일 수 있는 사람이 필요했다. 리사는 배경이었다.

하지만 감독은 또한 정말로 리사와 자고 싶어했다. 뒤늦게 떠오른 생각 같기는 했지만 말이다. 늘 누군가를 침대로 끌어들일 생각만 하는 남자에게 갑자기 동한 기분 같은 것. 카메라가 돌아가지 않을 때 가수와 매니저와 댄서들은 반딧불이떼처럼 몰려다녔고, 남겨진 감독과 기술팀과 헤어 및 메이크업 담당자들은 조금 빛을 잃은 채 각자 알아서 다녔다. 리사의 마지막 촬영이 있던 둘째 날, 작업이 끝나 상점을 잠그고 있을 때 감독이 나타나 술 한잔하겠느냐고 물었다.

"좋죠." 리사는 말했다.

"여기 온 지 얼마 되지 않아서 좋은 술집이 어딘지 모르겠는데, 하지만 호텔로 돌아가면 훌륭한 스카치위스키가 한 병 있어요." 감독이 말했다.

리사는 그의 수를 읽었다. 리사 자신은 이곳에서 평생 살았으니 좋은 술집이 어딘지 말해줄 수도 있었다. 하지만 그러지 않았다. 호텔방 욕실에서 끈질기게 들러붙은 초록색 분장 찌꺼기를 문질러 닦으며 리사는 곧 모르는 사람과 침대에서 나뒹굴 여자에 걸맞은 정도의 점잖은 모습이 되려고 노력했다. 밖으로 나와보니 감독은 술을 두 잔 따라놓았고 리사가 다시 완전한 인간의 색깔로 돌아왔다는 사실은 알아차리지 못하는 듯했다. 리사가 술을 한 모금 마신 뒤 내려놓자, 감독이 팔을 뻗어 손을 잡더니 손바닥을 뒤집어 그 위에 손가락으로 무슨 모양인가를 그리기 시작했다.

"운세를 보려고요?" 리사가 물었다.

"그런 건 아니에요." 그가 말했다. "하지만 당신이 곧 한 남자를 굉장히 행복하게 해줄 거라는 운좋은 직감이 드네요."

너무 느물느물해서 오히려 귀여울 정도였다.

첫번째에는 콘돔을 썼다. 콘돔 한 개와 식후에 먹을 박하사탕 한 팩으로 구성된 호텔의 로맨스키트가 장미 스티커로 장식된 양철 케이스에 들어 있었다. 두번째에는 그가 마지막 순간에 빠져나왔고, 세번째에는 나오지 않았다.

"괜찮을까요? 물론 내가 안전하다는 걸 난 알지만." 감독이 말했다. 리사의 경험에 비춰보면, 어떤 방면으로든 정말로 안전한 남자라면 굳이 입 밖에 낼 필요 없는 말이었다. "그런데 그쪽은 뭔가 대비했어요?"

"그건 걱정할 필요 없어요." 리사는 말했다. "난소가 없거든
요."

"음?"

"엄마가 암으로 돌아가셨어요. 그래서 나도 난소를 제거했
죠. 안전을 위해. 상처 보이죠?"

리사는 똑바로 돌아누워 배를 가로지르는 희미한 흉터를 가
리켰다.

"안됐군요." 감독이 리사의 배에 손바닥을 대며 말했다.

"괜찮아요." 리사는 말했다.

"괜찮은 척할 필요 없어요." 감독이 말했다.

"친구처럼 굴 필요 없어요." 리사가 말했다.

사실, 난소는 있었다. 하지만 리사는 생리 주기가 시계처럼
정확했고 부주의해도 걱정 없는 시기를 알려주는 앱도 활용했
다. 배에 있는 흉터는 십대 때 받은 맹장 수술 자국이었는데, 정
말로 난소 제거 수술을 받았다면 흉터 방향이 달랐을 것이다.
원래 리사에겐 아직도 난소가 남아 있어서는 안 되었다. 일 년
반 전에 어머니는 초진 상담의에게 맹장염의 교과서적 증상이
라는 말을 듣고 병원에 갔다가 십일 개월 뒤 암으로 죽었다.

호스피스 시설은 죽을 생각이 있는 사람들을 위한 곳인데, 리
사의 어머니는 죽을 생각이 없었으므로 그곳에 가기를 거부했
다. 어머니는 응급실을 거쳐 입원한 일반 병원에서 숨을 거두었

다. 그곳에서도 결국엔 완화 의료 병동에 배정되었지만, 의사가 매일 회진을 해야 하는 절차에 따라 리사는 어머니가 여전히 죽어간다는 의사의 보고를 날마다 들어야만 했다. 의사는 특별히 세심하다고는 못해도 친절했다. 어머니는 약에 심하게 취해서 그 보고를 직접 받을 수 없었는데, 의사는 젊었고 그런 상황을 당혹스러워하는 듯했다. 리사가 보기에 그건 당연했다—리사 또한 이것이 온전히 사적인 순간이 아니라는 듯 행세하기를 그만둔 터였다. 맨 처음 어머니도 리사도 아직 어떻게든 방법이 있을 거라고 생각했던 시절, 리사는 새로운 의사와 상담하러 갈 때마다 사진 촬영이라도 할 것처럼 차려입었다. 가격을 감당하기 버거운 옷을 샀고, 일찍 퇴근해 머리를 곧게 폈으며, 완벽히 화장하지 않은 얼굴로 새로운 의사를 만나는 법이 없었다.

  의사들이 아무에게나 말해주지 않는 것들이 늘 있었고, 리사는 그런 말을 듣고 싶었으며, 그러기 위해서는 그들에게 진짜 사람처럼 보여야 했다. 마땅히 살 자격이 있는 어머니를 둔 사람, 누군가를 사랑하는 사람처럼 보여야 했다. 그들이 리사에게 주지 않을 어떤 정보, 흑인 여성에게 굳이 써보지 않는 어떤 약을 얻어내려면 먼저 요구를 해야 했고, 의사가 거부한다면 서류상에 기록이 남도록 직접적으로, 그러면서도 멍청하거나 공격적이거나 냉랭해 보이지 않게 요구해야 했다. 리사는 계속 좌절을 겪으면서도 차분하고 공손해야만 했는데, 다행히 그건 판매업을 통해 단련된 태도였다. 백인 여자에게 말해주는 걸 내게도 말해주세요, 하고 말하는 얼굴. 돈 좀 있는 백인 여자 말이에요, 하고 말하는 옷. 제발, 하고 말하는 어투. 하지만 결국 모든 의사가 똑같은 말을 했고, 요구할 게 더는 남지 않았음을 리사도 인정했다. 막바지에는 병원에서 며칠 내내 똑같은 옷을 입고 굳이 머리를 빗지도 않았다. 야간 청소부가 리사에게 환자의 손녀냐고 물었다. 처음에는 어머니 대신 불쾌해했지만—병에 걸렸어도 그렇게까지 늙어버리진 않았으니까—거울에 비친 제 모습을 본 뒤 그런 말을 들은 이유는 어머니가 늙어 보여서가 아니라 전혀 꾸미지 않은 자신이 너무 어려 보여서, 앞가림도 제대로 못하는 동물 같아서라는 사실을 깨달았다. 병실 침대에 누운 어머니는 잠들었을 뿐 생생하게 살아 있는 것처럼 보였다. 어머니에게 영양 공급을 끊고 나서 사흘 뒤에 간호사가 말했다. 여길 비우면 곧바로 가시는 분들이 많아요. 한참 뒤에야 리사는 자신이 그 말을 오해했음을 알았다. 간호사의 말은 리사가 잠깐이라도 자리를 비우면 마지막 순간을 놓칠 수도 있다는 의미가 아니었다는 것을. 닷새째 되는 날 소변 주머니가 노란색에서 갈색으로 변했을 때, 같은 간호사가 신장이 멈추면 다른 장기가 그 뒤를 이어 전부 멈출 거라고 말했다.

죽음은 일상 운용의 변화를 뜻했다—병원 관리자들과 보험 관계자들. 리사는 병실 욕실에서 고정식 물비누 통에 든 따가운 항균 비누로 몸을 씻었다. 드라이어의 전선을 꽂고 머리를 매만졌다. 옷을 갈아입고, 암적색 립스틱과 마스카라로 화장을 했다. 병실에 다시 온 회진 의사가 리사를 처음 보는 사람처럼 쳐다보았다. 리사 본인을 위한 예방적 조치에 대해 얘기해준 사람이 있었는지 의사가 물었다. 그런 사람은 없었다. 그는 처방전 용지에 어떤 의사의 이름과 전화번호를 적어주며 전화해보라 고 말했다.

리사는 어머니에게 그 얘기를 해야겠다고 생각했다가 문득 어머니는 죽었음을 기억했다. 시신을 보았고 서류에 서명했고 장례식을 준비했는데도 계속 다시 기억해야 했다. 왠지 모르지 만 리사는 죽음이 최악의 사건이고 그게 끝나면 집으로 돌아가 건강하게 살아 있는 또다른 어머니에게 방금 겪은 끔찍한 일을 이야기할 수 있을 거라고 막연히 기대했었다. 속아넘어간 느낌 이 들었다. 속아서 어머니를 잃었고, 속아서 어머니가 나쁜 병 을 물리치고 집에 돌아가 회복하게 해주었을 교과서적 진단을 받지 못했다는 느낌. 리사는 또다시 속아서 뭔가를 잃을 자신이 없었다. 소견서에 적힌 의사에게 전화를 걸기까지는 여러 달이 걸렸다. 예약한 날에는 깨끗이 씻어 깔끔하지만 별다른 치장은 하지 않은 평소 모습으로 병원에 갔다.

"전 아직 아이가 없어요." 리사는 의사에게 말했다.

"가질 계획이었습니까?" 의사가 물었다.

"갖지 않을 계획은 없었어요."

의사가 한숨을 쉬었다. 그는 몸을 앞으로 숙이고 미소와 찡그 림 사이에 있는 어떤 표정을 지었다. 환자 응대 예절에 대해 잔 소리를 듣고 나서 거울을 보며 연습했을 듯한 표정.

"봅시다. 환자분이 내일이라도 임신을 시도할 생각이라면, 위험을 감수할 것인지는 본인의 선택이라고 할 수도 있을 거예요. 하지만 이른 시일 내에 가족을 꾸릴 계획이 없다면, 음, 환자분이 앞으로 더 젊어질 리도 없을 테니, 나라면 조금이라도 일찍 치료를 받겠습니다. 상상 속의 미래가 아니라 진짜 미래를 생각하셔야죠."

리사는 진짜 미래를 상상하려 해봤다. 리사는 어머니가 더는 살아 있지 않을 때까지 어머니와 함께 살았다. 집을 상속받았다. 엄밀히 말하면 두 번의 주택담보대출을 제하고 남은 게 얼마든 그걸 상속받은 것인데, 이 집에 계속 살 다른 이유가 없더라도 대출 때문에 떠나지 못했다. 리사는 만일 선택의 기회가 주어진다 해도 어머니처럼 죽기를 선택하는 일은 상상할 수도 없었다. 하지만 어머니는 그 길을 선택했다. 얼마 남지 않은 시간에 모든 고통스러운 치료를 받고, 마지막 수단을 다 써보고, 생존 가능성이 있다면 편안함을 포기한 채 온갖 수술과 주사와 수액 요법을 마다하지 않는 쪽을 선택한 것이다. 어머니의 물음에 리사가 나라면 이렇게 하지 않을 거야, 라고 대답했을 때 그건, 엄마는 용감해, 라는 의미일 때도 있었고, 엄마는 무모하고 어리석어, 라는 의미일 때도 있었고, 뭘 위해 이렇게까지 살려고 애써야 하는지 모르겠어, 라는 의미일 때도 있었다. 처음으로 죽음을 생각했을 때 리사는 열네 살이었다. 그런 기분이 든다고 말하자 어머니는 대답했었다. "우선 나부터 쏴 죽여야 할 거다."

어머니가 죽어가는 동안 리사는 트래비스라는 바텐더와 사귀었다. 아주 오래전은 아니어도 어머니가 병에 걸리기 전부터 사귀던 사이였다. 두 사람은 핼러윈 데이에 처음 만났다고 트래비스는 즐겨 말했지만 리사는 마음속으로 그날을 진짜 만남으로 치지 않았다. 해적으로 분장한 어떤 남자가 몸을 더듬으며 목을 잘근잘근 깨무는 동안 리사는 자신을 향해 손을 흔드는 트래비스를 해적의 어깨 너머로 보았다. 해적의 금니가 분장의 일부인지 진짜 그 사람 입의 일부인지 궁금해 들여다보다 문득 고개를 들었을 때 트래비스와 눈이 마주쳤다. 리사의 의상은 다른 날 밤이라면 옷장 밖으로 나오지 않았을 원피스와 망사 스타킹이었는데, 마지막에 어떤 싸구려 소품을 추가했기에 그 옷이 핼러윈 분장이 될 수 있었는지는 이제 기억나지 않았다—고양이 귀라든가 흡혈귀의 이빨이라든가 불길한 분위기의 모자 정도였으리라. 난잡하게 분장하고 핼러윈을 즐기던 시대는 끝나가고 있었다. 작년에는 지역의 대학생들조차 일체형의 만화 주인공 복장을 둘러쓰거나, 기발한 말장난을 복장으로 구현하거나, 수녀처럼 온몸을 감싸고 다녔다—비유가 아니라 진짜 수녀복으로. 하지만 당시는 재작년의 핼러윈이었고, 리사는 유행이 어디로 향하는지 알지 못했으며, 알았다 해도 달리 어떤 옷을 입어야 할지 몰랐을 것이다. 자꾸만 나오라고 성화를 해댔던 매켄지가 금세 자기 친구들과 술집의 취객 무리 속으로 사라져버리자 리사는 혼자 알아서 즐겨야 했다. 뭐였는지 기억나지 않는 분장용 소품은 오래전에 떨어져나가고 원피스 어깨는 반쯤 흘러내린 채로 흐느적거리는 해적을 목에 매단 리사를 보았을 때, 트래비스는 판단보다는 질문을 담아 눈썹을 치켜세웠다. 그가 손을 흔들자 리사는 퍼뜩 정신이 들면서 뭐라고 대답해야 할지 알 것 같았다. 리사는 해적의 손아귀에서 벗어났다. 해적은 술집 문가까지 사정하며 따라왔지만 밖으로 나가면 다시 줄을 섰다가 들어와야 한다는 사실을 깨닫고 놓아주었다.

차를 몰고 집으로 돌아갔을 때 어머니는 사탕 그릇을 준비해 두고 밤새 집에서 기다리는 중이었으나 사탕은 거의 그대로 남아 있었다. 예전에는 이 동네에도 집집마다 사탕을 얻으러 다니는 아이들이 있었지만 몇 년 전부터는 더 비싼 주택이 들어선 동네로 갈 차편이 없는 소수의 아이들만 돌아다녔다. 리사의 어머니는 그래도 늘 남을 만큼 사탕을 사놓았다. 어머니와 함께 식탁에 앉아 남은 사탕 무더기를 단맛과 달고 신 맛으로 분류하는 동안, 리사는 파티와 핼러윈 군중과 특색 없는 제 분장을 두고 농담을 늘어놓았다.

트래비스를 그가 일하는 술집에서 다시 본 것은 거의 한 달이 지나서였다. 안면이 있다고 생각했지만 어디에서 봤는지는 기억하지 못했다.

"해적은 잘 있나요?" 그가 묻자 그날 밤이 기억났다.

"바다로 나갔죠." 리사가 말했다.

트래비스가 공짜 맥주를 한 잔 따라주었다. 목요일이고 미식축구 시즌이어서 리사는 트래비스의 관심을 얻기 위해 그의 등 뒤에 켜진 텔레비전과 경쟁해야 했다. 리사는 자라면서 특정 팀을 응원한 적이 없었지만—어머니는 텔레비전에서 방영되는 스포츠 경기를 즐기지 않았고 집에 스포츠 방송을 틀 만한 다른 사람은 없었으므로 리사가 유일하게 응원한 팀은 전 남자친구가 선수로 뛰던 대학 농구팀이었다―트래비스가 어떤 팀을 응원하는지는 그가 입은 운동복으로 확연히 알 수 있었다. 리사는 트래비스의 팀을 택해 경기를 보면서 적절한 순간에 함성을 지르며 스포츠의 마법에 경탄했다. 마음을 쏟기가 이렇게 쉽다니, 응원할 팀을 고르기만 해도 경기가 이토록 흥미진진해지다니, 그게 단지 선택의 문제라니. 몇 달 뒤 트래비스의 슈퍼볼 파티에 갈 때 리사는 시즌 막바지에 온라인으로 주문해 겨우 몇 주밖에 지니지 않은 팀 유니폼을 입었지만, 자신의 팬심과 두 사람의 관계 모두 진실하고 정당하고 깊다고, 심지어 그 팀이 지고 나서도 그렇게 느꼈다. 때로는 무언가를 원하기만 해도 그것이 특별해진다는 것을 깨달았다. 원하는 마음이 기쁨처럼 느껴졌지만, 스스로 부여했기에 생겨난 그 기쁨을 리사는 온전히 신뢰하지 않았다. 모든 것을 얻는 그런 값싼 비결이 있을 리가 없었다.

어머니가 처음 병원에 입원했을 때, 그 기쁨이 노력처럼 느껴지기 시작해서 리사는 다 끝내야겠다고 애써 마음을 다지고 있었으나, 트래비스가 꽃다발과 곰 인형을 들고 로비에 나타나자 그러기엔 이미 늦어버렸다. 투병이 막바지에 이른 어느 날, 어머니에게 유일하게 효과를 내던 진통제가 떨어졌는데 리사는 일하러 가야만 했다. 트래비스가 대신 약을 타서 집으로 갖다주겠다고 했다. 약국에서 어머니의 약을 타는 일은 늘 리사가 했는데, 환자의 신분증을 제시한 적은 한 번도 없었고 리사 본인의 신분증을 보여달라는 요구를 받은 적도 거의 없었다. 하지만 트래비스는 남자인데다 피부색이 리사보다 족히 삼 단계는 더 진했다. 약사는 트래비스의 신분증이 가짜라고 주장하며 다른 두 종류의 신분증을 구비해 환자와 함께 다시 오라고 했다. 환자는 수술을 받고 회복중이었다. 환자는 침대 밖으로 나갈 수가 없었다. 약사는 환자의 신분증만 가지고는 안 된다고 말했다. 트래비스는 입씨름을 하다가, 의사에게 연락하려 하다가, 결국엔 울었다. 트래비스는 눈물이 많은 남자가 아니었지만, 리사의 집에서 나올 때 어머니가 어떤 상태인지 본 터라 어쩔 수 없었다.

약사는 경비원을 불렀고 경비원은 그에게 약국 밖으로 나가라고 했다. 트래비스는 나가지 않았다. 리사는 아직 직장에 있는데 어머니에겐 여전히 약이 필요했기 때문이다. 그러자 경비원 두 명이 그를 바닥에 메다꽂아 더러운 빨간색 카펫 위에 짓누르고 팔을 뒤로 당기더니 이후 며칠간 어깨가 욱신거릴 정도로 세게 비틀었다. 그때 리사의 엄마가 누군지 알고 리사와 함께 온 트래비스를 본 적 있는 매장 관리자가 점심을 먹고 돌아와 무슨 일인지 묻지 않았다면 경찰까지 출동했을 것이다. 트래비스는 이때의 일을 리사에게 말하지 않았다. 맥주 통을 들어올리다 어깨를 다쳤다고 했을 뿐이다. 리사가 그 이야기를 들은 것은 다음번에 처방약을 타러 약국에 가서 관리자의 사과를 받았을 때였다. 처음에는 무슨 얘기를 하는지조차 이해할 수 없어서, 정말로 유감입니다, 라는 말이 자신이 이미 아는 유감스러운 일을 가리키지 않는다는 사실을 한참이 지나서야 알아차렸다.

리사는 주차장에서 트래비스에게 전화를 걸어 왜 아무 말도 하지 않았는지 물었다. 그는 그 일이 아니라도 감당할 일이 너무 많지 않느냐고 말했다. 리사는 괜찮냐고 물었지만 멍청한 질문 같았다―벌써 몇 주나 흘렀고 어깨 상태가 나아졌다는 건 이미 알고 있었으며 직전 주말만 해도 웃통을 벗은 채 유연한 몸놀림으로 즉석 농구 경기를 하는 트래비스를 보았으니까. 물론 질문의 의도는 그게 아니었고 어쨌거나 그는 괜찮다고 말했다. 후일에 의사가 한 말을 전할 때 리사는 트래비스가 꼭 내일이어야 한다면 내일 아기를 갖지 뭐, 하고 말하기를 내심 바랐지만, 그는 조용히 듣기만 하다가 대답했다. "네 건강을 위해 필요하다면 그렇게 해야지."

"다정하네." 리사가 사정을 설명하자 사촌이 말했다. "네가 자기 애를 배는 것보다 살아 있는 걸 더 바라잖아. 그 반대일 수도 있는데 말이야."

리사는 주어진 선택지가 그 두 가지뿐이라서 불만스러웠다. 트래비스에게 수술을 받을 거라고 말하고 마침내 그와 헤어졌다. 의사를 다시 한번 찾아가 수술은 당분간 받지 않겠지만 병원에서 위험도를 계속 관리할 수 있도록 다시 오겠다고 약속했다. 그뒤로 지금까지 정기검진과 혈액검사 예약일마다 병원에 갈 수 없는 이유를 찾아냈다. 몸속에 자신이 죽기를 바라는 무언가가 있을 거라는 의심 없이 돌아다니던 시절이 기억나지 않았다. 여태 상상 속 미래 말고 다른 미래가 존재하기는 했나?

여전히 리사는 조금도 젊어지지 않았다. 아마 그다지 늙지도 않았을 것이다. 호텔방의 어둑한 불빛 속에서, 리사는 팔에서 미처 지우지 못한 녹색 얼룩을 발견했다. 리사와는 달리 더 깨어 있고 싶은 듯한 감독은 아직도 말을 하는 중이었다. 그가 뒤에서 껴안고 있는 동안 리사는 팔의 얼룩을 문질렀다. 그리고 감독에게 그 가수가 뮤직비디오 콘셉트를 구상했을 때 본인이 괴물 같다고 느꼈다는 소문이 사실이냐고 물었다.

"그 여자가 어떻게 느꼈는지 누가 알겠어요?" 감독이 말했다. "하지만 그걸 구상한 사람은 가수가 아니에요."

"그럼 감독님인가요?"

"매니저였어요. 전 애인이 그 가수를 보고 괴물 같다고 생각했다는 말을 언론에 흘린 사람도 그 매니저고요. 화제성이 필요하다고 판단한 거죠. 나는 회의적이었는데, 오늘 보니까 그 여자 진짜 죽이게 멋있더라고요. 효과가 있었지."

"감독님에게는 그렇겠죠." 리사가 말했다.

"두고 봐야죠." 그는 리사의 목에 입김을 뿜어대다 잠들었다.

아침에 감독은 룸서비스로 조식을 주문했고, 식사가 끝나자 마무리 작업을 위해 촬영장에 갔다. 리사는 욕실 가운 차림으로 호텔의 케이블방송을 보며 느긋하게 있다가 감독이 곧 돌아올 것 같아 걱정스러울 만큼 시간이 흘러서야 방에서 나왔다. 다음 날에는 업장을 폐쇄하고 가수의 회사에서 비용을 댄 대청소 서비스를 받았는데도, 몇 달 동안 어디에서나 반짝이가 보였다. 생일 파티를 하는 아이들은 대체로 좋아했지만 결혼식 하객들은 그다지 좋아하지 않았다.

　가수의 뮤직비디오가 공개된 날 상갑판에서 생일 파티가 있었고, 매켄지는 위층에서 십여 명의 작은 공주님들을 몰고 다녔다. 간밤에 리사는 몇 주 동안 거절한 끝에 매켄지와 그 친구 무리를 따라 트래비스가 일하는 술집의 해피아워*에 갔다가 새 여자친구와 함께 있는 그를 보았다. 트래비스가 여자친구에게 술집 안에 있는 오래된 핀볼 게임기 작동법을 알려주며 공을 치는 막대를 함께 붙든 모습을 보자 마음이 따뜻해졌다. 하지만 이제 리사는 속이 쓰렸고 숙취 때문에 괴로웠다. 위층 갑판에서 매켄지가 웃음을 터뜨렸다. 무리에서 빠져나온 한 아이―공주들의 남자 형제 중 하나로, 여섯 살 미만 소년들에게 주는 종이로 만든 선장 모자를 쓰고 있었다―가 기념품점으로 들어왔다. 복제판 배를 복제한 플라스틱 배를 집어들고 커다랗고 파란 눈으로 리사를 올려다보았다. 머리 위에서 모자가 한쪽으로 기울어졌다.
　"이 배가 가라앉았다는 거 알아요?" 아이가 물었다.
　"알아." 리사가 대답했다. "부모님은 어디에 계시니?"
　"내가 거기에 있었다면, 그 빙산과 싸웠을 거예요. 그 빙산을

---

*술집이나 식당에서 술값 혹은 음식값을 할인하는 시간대.

찾아서 발로 뻥 차버릴 수 있으면 좋을 텐데."

"음, 알고 보니 우린 지금까지 오랫동안 얼음과 싸워왔더라. 그리고 이제는 확실히 얼음이 지고 있어." 리사는 말했다. "네가 그때로 돌아간다면 그 빙산에게 말해줄 수 있을 거야. 남극은 제 몸이 이미 녹고 있는데도 아직 그걸 모른다고."

"네?" 아이가 말했다. 리사는 아이에게 줄 게 있나 찾아봤지만 기념품점에는 재난 측면에 초점을 둔 상품은 별로 없었다─빙산과 관련한 물건은 충돌 상황을 과학적으로 설명한 DVD와 커다란 빙산 모양 칵테일 얼음을 만드는 플라스틱 틀뿐이었다. 리사는 아마도 파티에서 이미 받았을 무료 색칠 놀이 종이를 아이에게 준 뒤 기념품점 밖으로 나가는 아이를 주시했고, 당황한 기색의 아버지가 아이를 안아올려 계단 쪽으로 데려가는 모습을 계속 바라보았다. 상갑판에서 다시 웃음소리가 울려퍼졌다.

리사는 계산대 위로 구부정하게 허리를 숙인 채 휴대전화로 가수의 뮤직비디오를 검색했다. 돌파구를 찾기에는 나쁜 한 주였다. 남극은 정말로, 아마도 돌이킬 수 없이, 녹고 있었다. 최상급 연예인과 그 여자의 유명한 배우 남편이 시끌벅적하게 갈라서고 있었다. 대통령은 패악스러운 지도자가 이끄는 어느 나라에 똑같이 패악스러운 위협을 가했다. 한 아이가 총을 들고 패스트푸드점에서 인질극을 벌이다 스스로 목숨을 끊었는데, 사건이 담긴 영상이 일부는 검열되었으나 일부는 그대로 남아 나돌고 있는 터라, 자동 재생 영상에 어떤 끔찍한 장면이 뜰지 알 수 없었다. 하지만 가수는 눈부시게 빛났다. 멀리서 보았을 때 받은 인상보다 화면 속에서 더 크고 더 생생한 초록색이었으며 시무룩해 보이던 실물과는 달리 무척 발랄했다. 리사는 아마도 다 합쳐 십 초가량 화면에 등장했다. 지금 서 있는 곳이 물속처럼 보이고, 사랑스럽고 괴물 같은 리사가 기념품점의 가짜 보석과 스노글로브와 갑판용 채광 프리즘 따위를 정리하고 있었다. 그것들이 리사를 향해 자잘한 그림자를 드리우면서 몸 위에 점점이 생긴 아주 작은 공간들이 위험스럽게 환히 빛났다.

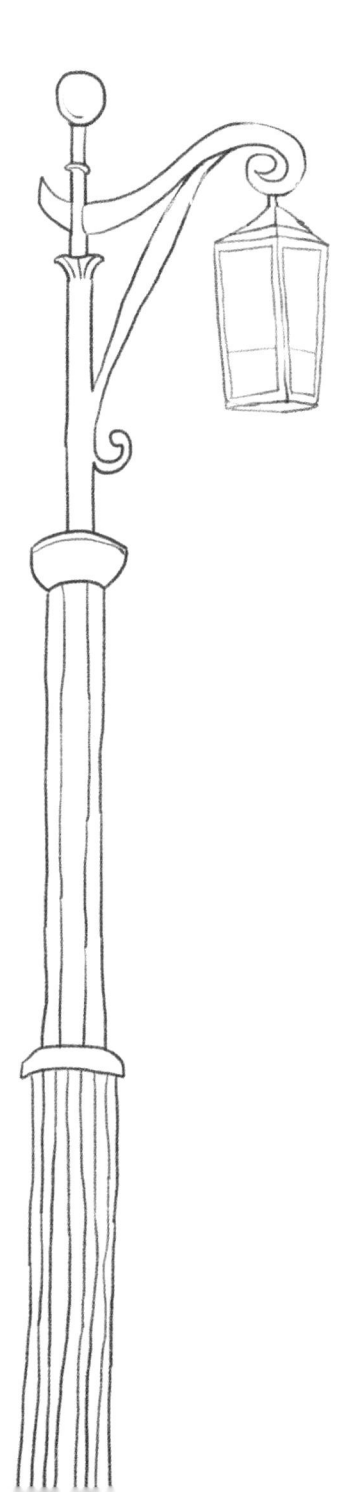

요크의 리처드는
헛된 싸움을 했다

동물들이 둘씩 짝을 지어 배에 타고 난 뒤 세상에 남은 모든 동물이 죽었다. 하지만 아무도 그 이야기를 그런 식으로 서술하지 않는다. 지금껏 알던 사방의 모든 것이 물에 잠기리라는 걸 알면서도 하릴없이 갇혀 지낸 사십 일의 낮과 밤, 그 시간이 끝나자 신이 나타나 다시는 세상을 물로 파멸시키지 않겠다는 엉뚱한 약속을 내놓는데, 그건 왠지 엄청난 경고인 것만 같다.

도리는 그 이야기에서 뭔가 안도감을 느끼는 게 분명하다. 어린이집 교사이며 목사의 딸인 도리는 자신의 결혼 예식 사흘 내내 방주와 무지개 신호라는 테마를 밀고 나갈 방법을 찾았다. 예식은 오늘밤 환영 만찬과 함께 시작되어 일요일 오후에 브런치를 곁들인 예배와 함께 끝나는데, 일정표에 따르면 도리의 아버지는 예배에서 '여러분을 위한 하느님의 무지개 신호'라는 제하의 설교를 할 것이다. 신부 들러리들의 드레스도 무지개 색깔인데, 한 벌에 모든 색을 담은 게 아니라 ROY G. BIV* 순서의 여러 벌로 구성되었고, 주말 내내 들러리들은 다른 의상도 모두 지정된 색깔로 입어야 하는 듯하다. 예를 들어, 빨간색 들러리는 공항에 갈 때 빨간 티셔츠를 입었고 만찬에서는 빨간 칵테일 드레스를 입었으며 지금 신부 파티에서는 빨간 스틸레토를 신고 들러리라고 적힌 빨간 띠를 둘렀다. 한데 모인 도리의 들러리들은 신부 차림의 파워레인저 팀처럼 보인다.

리나는 들러리가 아닌데도 신부 일행의 과격한 환대 덕분에 축제 분위기에 끌려들었다. 리나는 누구의 지정 색도 침범하지 않으려고 검은 옷을 입었고 도리는 당연히 흰옷을 입었다. 리나는 누군가가 흑백과 무지개색 신부 일행에서 예비 신부가 두 사람이라고 여긴다면 도리가 어떤 표정을 짓는지로 사람됨을 판단할 기회를 밤새 기다리고 있다. 하지만 지금까지 거쳐온 술집들은 바텐더가 리나와 다른 지역에서 온 초록색 들러리를 제외한 모두의 이름을 알고 있는 곳들이었다.

신랑 역시 이 결혼식의 당사자이지만, 그의 관여도는 느슨하리라고 리나는 생각한다. 방주 운운하는 이런 일에 진심으로 동조하는 JT는 상상할 수가 없다. 리나는 JT를 오 년간 알고 지냈다. 처음 만났을 때 두 사람 사이에 공통점이라고는 미국인이라는 사실 말고는 거의 없었지만, 고국에서 멀리 떠나온 처지라

---

* ROY G. BIV. 일곱 가지 무지개색 각각을 나타내는 단어 앞 글자를 가지고 암기하기 쉽도록 사람 이름처럼 만든 말.

그것만으로 충분했다. JT는 평화봉사단으로 토고를 방문한 뒤 미국으로 돌아가는 길이었고, 리나는 부르키나파소에서 귀국하는 길이었다. 그들이 탄 귀국 항공편의 첫번째 경유지는 파리였지만, 기내에 생물학전 물질이 방출되었다고 주장하는 전화가 항공사에 걸려온 뒤 기수를 돌려 가나로 되돌아갔다. 비행기는 대혼란 속에서 착륙했으나 다음 단계를 알려줄 책임이 있는 사람들은 어떤 정보가 믿을 만한지, 혹은 정보를 발표할 권한이 누구에게 있는지 잘 모르는 듯했다. 가나 정부 당국은 규정은 엄격하나 시행은 느슨한 격리 정책으로 그들을 관리했다. 위협이 사실이었다면 지구는 인간 다음에 출현할 어떤 존재에게 양도되었을 것이다. 하지만 그런 일은 없었고, 그들은 그날 한나절을 발 묶인 비행기 안에 갇혀 있다가 단체로 이송되어 무장한 경비원들이 에워싼 작은 호텔에서 긴장된 일주일을 보냈는데, 무장 경비로 말할 것 같으면, JT가 지적한 대로, 많은 관광객이 큰돈을 주고 이용하는 서비스였다.

그 항공편을 이용한 미국인 세 명 가운데 두 명으로서, JT와 리나는 서로를 알게 되었다. 나머지 한 명은 제법 명망 있는 언론인이어서, 그들의 억류 사건은 즉각적인 위험이 저지된 뒤에도 이례적으로 비중 있게 보도되었다. 〈로이터〉는 리나가 몇 달에 걸쳐 포토에세이로 정리한 난민촌 사진은 한 장도 싣지 않고 호텔방에서 JT를 찍은 사진만 실었다. 며칠째 면도를 하지 않아 추레한 그의 얼굴에 약간의 피로와 약간의 거만이 비쳤고 대충 걸친 배급 마스크 위로 윗입술이 아주 살짝 드러났다. 몇 달 뒤 그 사진은 〈뉴욕 타임스 매거진〉에 표지로 실렸고 그 위에 다음과 같은 글이 인쇄되었다. 역시 세상은 좁다: 세계적 위협의 시대를 맞이한 미국.

일시적인 향수가 범람했던 그 12월에 이 사진은 여러 매체에서 올해 최고의 사진으로 선정되었다. 사진이 보도된 뒤로 리나에겐 작업 의뢰가 끊이지 않았다. 미학적인 관점에서 리나의 최고 작품은 아니었지만, 볕에 그을린 잘생긴 얼굴을 가진 금발의 JT는 점점 줄어드는 좁은 세계에서 대중이 원하는 미국의 상징, 세상 반대편으로 간 옆집 청년의 이미지였다. 리나는 알았다. 옆집 청년이란 어김없이 옆집에 사는 백인 청년을 뜻한다는 사실을. 미국에 천연 금발 가족이 딱 하나만 남는다면 그들은 온전히 미국적인 사람이 필요한 모든 역할에 동원되고 위기가 생길 때마다 인터뷰에 응해야 할 것이다. 진이 다 빠지리라.

그 사진에는 리나도 있었다. 맨 가장자리의 거울에 어른어른 비친 왜곡된 모습으로. 사람들은 대부분 리나를 전혀 주목하지 않았다. 한 블로거가 주목하긴 했지만 호텔 직원으로 잘못 표기했다. 리나가 속한 직군에서는 한눈에 미국인으로 특정되지 않는, 인종적으로 모호한 외모가 도움이 될 때도 있다. 비록 리나의 인종적 배경─흑인과 폴란드인과 레바논인의 조합─은 리나의 모국에서나 일어날 수 있는 연금술의 산물이었지만.

억류 이틀째가 되자 리나는 죽는 사람은 없으리라는 확신이 들었다. 도리는 날마다 전화했으나 JT의 신체적 안위에 대한 걱정은 나흘째 즈음에 접었고, 그 무렵부터 리나에게 예리한 관심을 보였다. 본래의 JT는 외국살이에 대해, 대개는 자신의 외국살이에 대해 많은 얘기를 했지만, 도리의-복화술사-인형-JT는 리나의 어린 시절이나 앞으로의 여행 계획, 사귀는 사람들 따위를 궁금해했다. 그 위기가 지나간 뒤에도 우정을 이어갈 만큼 JT와 가까워졌다는 사실 때문에, 리나는 어떤 면에서 도리가 고맙기도 하다. 리나는 JT의 그런 질문들이 누구에게서 오고 있는지 짐작했고 상황을 무마해 도리를 안심시킬 방법이 있기를 바랐지만, 그때도 지금도 그런 건 없었다. 리나는 오로지 자기 자신에게만 속한 삶을 꾸려왔다. 필요하면 곧바로 정리하고 훌쩍 떠날 수 있는 삶. 그래서 리나는 그 누구의 애착이나 구속이나 간섭도 없이 JT의 작은 호텔방에 함께 있었다. 다른 대륙에 있는 여자친구가 볼 때 리나는 일곱 개의 붉은 깃발 춤*을 추는 여자나 다름없었다.

　도리는 단순하지만 멍청하진 않다. 그래서 리나는 결혼식 참석을 위해 이 도시에 왔을 때부터 터놓고 말하고 싶었지만, 도리는 좀처럼 기회를 주지 않는다. 도리는 리나를 다정하게 맞이하면서 JT가 결혼사진 촬영을 맡기지 않아 미안하다고 장황하게 사과했다. 수동적 공격성인지, 아니면 정말로 결혼사진 촬영과 보도사진 촬영의 차이를 모르는 건지 리나는 분간할 수가 없다. 적극적 공격성으로 말할 것 같으면, 리나가 JT와 단둘이 대

---

　* 신약성경에 등장하는 살로메가 의붓아버지 헤로데 안티파스의 환심을 사 세례자 요한의 목을 얻기 위해 춘 '일곱 베일의 춤'과 위험을 뜻하는 관용어 '붉은 깃발(red flag)'을 섞은 말장난.

화를 나눌 때마다 나타나 방해하는 노란색 들러리에게 위임했다. 도리는 완벽한 평정심을 발휘해 불안을 돌파했지만 너 내 약혼자랑 했어, 안 했어?라고 간단히 질문하는 기개는 펼치지 못했다. 그렇게 물었다면 리나는 안 했다고 말했을 것이다.

실제로 일어난 일을 말하자면, 리나와 JT는 호텔에서 지내는 동안 거의 내내 '최악의 격언'이라는 게임을 했다. 비록 게임의 정확한 규칙에 대한 의견이 달라 승자를 가리지는 못했지만. JT는 특정한 격언의 충고를 따랐을 때 발생할 수 있는 최악의 시나리오를 이야기하는 것이 게임의 요지라고 생각했다. 그는 한 주 내내 유일한 후회는 하지 않은 일에 대한 후회인 가상의 상황을 수십 개나 늘어놓았고, 한 번에 성공하지 못하면 다시 시도하고 또 시도하라는 격언을 따르다 끔찍한 결말에 이르는 사례를 생각해냈다. 한편 리나는 모든 격언 가운데 가장 형편없는 격언을 골라 그 격언이 성립하지 않는 근거를 대는 것이 게임의 요지라고 생각했다. 몇 가지 후보를 살핀 뒤 골라낸 격언은 맹인의 나라에서는 외눈박이가 왕이다였다. 맹인의 나라는 맹인에 맞도록 지어질 테고, 그곳 시민들은 세상이 그와 다르기를 기대하지 않을 것이다. 맹인의 나라에서 외눈박이는 그곳에 적응하거나, 그렇지 않으면 광인이나 이단자로 몰릴 것이다. 외눈박이는 자기 혼자만 경험하는 일이 무엇인지 추려내는 법을 평생 익히거나, 아니면 아예 그런 얘기를 입 밖에 내지 말아야 한다는 걸 알게 될 것이다.

신부 파티 투어의 네번째 술집은 어두컴컴하고 암모니아 냄새가 풍긴다. 신부 일행은 건들거리는 목제 테이블에 둘러앉아 신부 파티 빙고 게임을 한다. 진분홍색 게임판에 빙고와 진실 게임을 뒤섞은 혼종 게임이다. 사실, 지금 앉아 있는 이들은 파란색 들러리가 빠진 신부 일행이다. 파란색 들러리는 고리를 풀어 탱크톱 밖으로 빼낸 브래지어를 손에 들고서 성큼성큼 걸어가 멀리 벽 쪽 칸막이 자리에 있는 모르는 사람들의 테이블 위에 올려놓는 중이다. 파란색 들러리는 신부 빙고 게임판을 두 칸만 더 채우면 이번 판에서 이길 수 있고, 이제 승리까지 남은 두 개의 과제 중 하나를 수행하고 있다. 신부 빙고에서 이긴 사람은 게임판에 가위표를 친 칸이 제일 적은 사람에게서 다음 술 한 잔을 얻어 마실 수 있다. 사실 지금 승자에게는 술 한 잔이 더 필요하지 않다. 리나는 오늘밤 벌써 네 명의 승자에게 술을 샀지만, 그다지 애쓰지 않는 리나를 다들 정중히 대하고 있다.

리나의 맞은편에 앉은 도리는 의자를 아주 조금씩 뒤로 밀며 벽 쪽으로 물러난다. 마치 그렇게 계속 다가가 벽 속에 녹아든 다음 사랑스럽고 발그레한 그림이 되어 이 광경을 지켜보려는 듯이. 도리는 밤새 샴페인을 마시고 있다고 주장하고, 그래서 지금까지 맥주와 독주만 파는 술집을 몇 군데 거쳐오는 동안 샴페인 병을 직접 들고 다녀야 했지만, 몇 시간 동안 그 병은 커다란 핸드백 안에서 나온 적이 없다. 리나는 도리가 샴페인 잔에 진저에일을 따르는 모습도 보았다. 바에서 듣자니, 도리는 일행에게 돌릴 술을 마지막으로 주문할 때 주량을 넘긴 친구들을 위해서는 콜라나 토닉워터를 골랐다. 친구들 중 가장 예쁜 도리가 무리의 우두머리일 거라고 리나는 추측했지만 지금 보니 아니란 걸 알 것 같다. 도리는 관리자다. 속옷을 덜렁 들고 저쪽으로 걸어가는 친구를 주시하면서 도리가 리나를 돌아본다.

"미안, 상황이 좀 걷잡을 수 없어지네. 하지만 넌 이보다 더한 것도 봤겠지. JT 말로는 스트리퍼들을 촬영한 적도 있다면서?"

리나는 자신을 음란한 인물 사진 작가로 상상하는 도리를 상상한다. LA의 한 박물관에 몇 달간 전시된 리나의 연작 사진 중한 작품이 성 노동자 권익을 위한 캠페인에 쓰인 적은 있지만, 굳이 그걸 밝힐 가치가 있는지는 잘 모르겠다.

"실은, 켈리도 전에 춤을 췄어." 도리가 말한다. "내가 처음으로 본 어른의 알몸이 켈리의 것이었지."

"켈리?"

"노란색 들러리. 내 사촌의 절친이야. 우리 댄스팀의 춤 동작을 베껴서 클럽에서 추곤 했어. 우린 켈리가 연습하는 모습을 자주 봤는데, 손님이 뜸한 밤엔 우릴 안으로 몰래 데려가 공짜 술도 줬지."

"네가 술꾼이었을 줄은 몰랐네."

"목사 딸들이 어떤지 소문 못 들었어? 다행히 지금의 난 열여섯 살 때와는 많이 달라. JT에 관한 것만 빼고. 난 우리가 고등학교를 졸업하면 곧장 결혼할 거라고 생각했어."

"왜 안 했어?"

"JT가 대학에 갔지. 그다음엔 대학원에 갔고. 그다음엔 토고에 갔고."

"그때 넌 어디에 있었어?"

"여기." 도리가 말한다. "늘 여기."

술집의 다른 쪽 끝에서 비명에 이어 깊은 웃음소리가 터져나온다. 왼쪽 가슴이 탱크톱 밖으로 드러날락 말락 하는 파란색 들러리에게 지원군이 합세하여 구석 테이블에 앉은 한 남자를 끌어내고 있다. 근육질에 건장한 그 남자는 억지로 끌어낼 수 없을 만큼 거구인데도 잠시 저항하는 척하다가 항복한다는 듯 털썩 무릎을 꿇더니, 일어서서 브래지어를 머리에 트로피 벨트처럼 두르고 일행의 테이블을 향해 걸어온다. 그는 도리 앞 테이블 위에 브래지어를 던진 뒤 야구 모자를 살짝 들어올린다.

"숙녀분." 도리의 휘둥그런 눈을 보며 남자가 말한다. "주제넘게 나서서 죄송합니다만, 보니까 오늘 신부 파티 주인공이신 듯한데, 여기 친구분들이 숙녀분에게 제 춤을 보여드리라고 부탁해서요."

잠시 리나는 이 상황이 사전에 계획된 걸까, 이 남자는 진짜 배우이고 도리의 친구들은 그렇게 안 봤는데 모의에 꽤 유능한 이들인 걸까 생각한다. 하지만 그때 남자가 도리 위로 비틀비틀 몸을 숙이고 서툴게 허리를 돌리며 자기 셔츠 단추를 풀려고 한다. 도리의 얼굴에 제 얼굴을 바짝 들이대고 숨을 뿜어내는 게 금방이라도 균형을 잃고 쓰러져 덮칠 것만 같다. 도리는 바텐더 쪽을 바라보며 그가 구조해주길, 모종의 통제적 개입을 해주길 바라지만 바텐더는 그저 히죽거리면서 스피커에서 흘러나오는 음악을 바꿔 저음이 묵직하게 깔린 선정적인 선율을 내보낸다. 신부 들러리들이 웃음을 터뜨리며 핸드백에서 지폐를 꺼내기 시작한다. 그들이 테이블을 완전히 에워싸려는 순간에 리나는 기회를 찾는다. 누가 가지 말라고 붙잡기 전에 얼른 일어서서 문밖으로 나간다.

*

　호텔로 돌아가는 길은 짧고 캄캄하다. 호텔 바는 문을 닫았고 조명도 꺼졌는데 누군가가 바 앞에 앉아 있다. 곁을 지나 엘리베이터로 가다가 보니 신랑 들러리 중 한 사람이다. 워싱턴 DC에서 온 마이클. 그는 리나와 같은 연결 항공편에 타고 있었다. 기류에 민감한 소형 국내선 여객기였다. 마이클은 근육질에 키가 큰 남자로, 리나는 둘의 목적지가 같다는 걸 알기도 전에 기내에서 몇 줄 앞의 비좁은 자리에 구겨 앉은 그를 약간 애처롭게 처다보고 있었다.
　"벌써 끝났어요?" 리나는 그를 향해 걸어가며 묻는다.
　"단언컨대, 목사가 참석한 신랑 파티에 가보지 않은 사람은 제대로 살았다고 할 수 없습니다."

"케이크와 펀치가 차려진 교회 지하실?"

"스카치와 시가가 차려진 호텔 펜트하우스. 하여간 엄청나게 지루했죠. 대학 때 JT와 함께 살았는데, 자기가 이 나라에서 제일 지루한 곳에서 왔다고 했었죠. 이제야 그 말을 믿게 되었네요."

"그래서 인디애나에 활기를 좀 불어넣을 작정으로 휴대용 술통을 들고 아무도 없는 바에 앉아 있는 거예요?"

"언제 재미있는 일이 벌어질지 알 수 없잖아요."

"적어도 무지개색 옷은 벗었네요. 아니면 남자들한테는 색깔을 배정하지 않은 건가?"

"우린 내일만 입으면 돼요."

"남자들이란. 뭐든 쉽게 빠져나가지."

"쉽다고? 주황색 조끼를 찾기가 얼마나 어려운지 알아요?"

"어유, 주황색이시구나. 주황색 신부 들러리랑은 좀 어울려 봤나요?"

"아주 잠깐 만났어요."

"그 여자가 무슨 짓을 했는지 한번 알아보세요."

"무슨 짓을 하다니요?"

"일곱 가지 색깔을 고를 수가 있어요. 그렇다면 머리색이 붉은 사람에게 주황색을 배정하진 않겠죠. 그 사람한테 화가 난 게 아니라면 말이에요. 그 아가씨, 뭔가 잘못해서 벌을 받는 거예요. 무슨 뒷소문이 있겠죠."

"여태 이 결혼식에서 들은 뒷소문은 거의 다 그쪽 이야기던데."

"여기에 내가 아는 사람은 한 사람뿐이에요. 무슨 말을 들었든 그건 뒷소문이 아니라 추측이죠."

"말 되네." 그가 말한다. "위로 올라가서 이거 마저 마실래요? 추측할 일이 줄어들도록."

그러면 이제 뒷소문이 될 일이 생길 것이다. 리나에게 주말 동안 어울릴 상대가 있는 걸 보면 도리의 마음이 편해질지도 모른다. 마이클에게서는 진과 민트 맛이 난다. 그는 문이 닫히기도 전에 리나의 바지 단추로 손을 뻗고, 리나는 피를 빨려는 사람처럼 그의 목에 들러붙는다. 타인의 몸에 키스 자국을 내는 젊음의 시기는 지났다는 걸 리나도 알지만, 지금은 꼭 자국을 남기겠다고, 그의 몸에 그려진 임시 지도의 일부가 되겠다고, 잠시만 그의 길에 따라붙어 물리적으로 눈에 드러나는 존재가 되겠다고 결심한다. 이 매끈하고, 아마도 전문적으로 관리하고 있을 타원형 손톱이나, 아이오와 지도 모양과 흡사한 모반이나, 아주 살짝 튀어나온 맨살의 배처럼. 리나는 그의 머리칼을 손으로 움켜쥔다. 머리칼은 빽빽하고 풍성하지만, 신랑과 신부보다 서너 살 많은 그들은 이제 미지의 땅과 맞닿은 경계에서 젊음이 작별의 손짓을 보내는 그런 나이다. 두 해쯤 뒤에 다시 만난다면 마이클은 매력이 없거나 보기 흉하지는 않아도 중년의 기운을 풍기기 시작하는 남자로 보일 것이다. 바야흐로 리나에게 그런 시기가 슬그머니 닥친 것이다. 자신의 나이에 어울리는 남자를 보면 아버지가 떠오르는 시기, 어떤 남자를 일 년 만에 다시 만나면 정수리가 훤해졌거나 턱수염이 희끗희끗해졌거나 몸이 물렁해졌다는 걸 깨닫는 시기. 그래서 리나는 당장 일어나는 일을 반가이 받아들인다. 팔을 누르는 그의 손바닥, 귓불을 깨무는 그의 치아를 느끼며 자신이 얼마나 진심인지 깨닫고는 깜짝 놀란다.

*

　다른 사람의 침대에서 잔다고 해서 악몽이 멈추지는 않는다. 거의 경험적으로 증명되었다고 결론을 내린 견해다―리나는 누군가와 밤을 보낸 지 꽤 오래되었고 잠을 푹 잔 지는 아주 오래되었다. 악몽이 벌어지는 곳으로 가는 일이 리나의 직업이다. 그건 중단 없는 단잠을 중시하는 사람이라면 택하지 않는 직업이다. 게다가 결혼식은 쉽지 않다. 리나는 전략적으로, 혹은 불가피하게 국외에 체류해 수많은 결혼식에 불참했다. 실제로 참석한 유일한 결혼식에서 리나는 대표 들러리였다. 여동생 엘리자베스의 결혼식은 오하이오에서 가을에 조촐하게 열렸고, 신랑은 같은 동네에서 가까이 살아 두 자매 다 어릴 때부터 알고 지낸 코너였다. 그들의 집 잔디를 깎고 낙엽을 긁어모으고 눈을 치워주던 코너. 리나의 드레스는 금색이었다. 가슴골이 너무 훤히 보인다고 어머니가 걱정하자 할머니는, 꼬마 동생이 먼저 시집가잖아, 따라잡으려면 뭐든 훤히 보여주라고 해, 하고 말했다. 결혼식 전 일주일 동안 비가 올까봐 공포에 떠는 동생을 안심시키려고 리나는 거짓 날씨 예보를 들려주었다. 결국 당일 날씨는 아름다웠고, 리나의 동생도 아름다웠으며, 코너는 그로부터 일 년 뒤 엘리자베스가 불륜을 저지른다고 의심하는 남자가 되었다. 엘리자베스가 깜빡 잊고 그날 집에 올 사람이 있다는 말을 하지 않았는데, 코너가 우연히 집에서 나오는 수리공을 보았기 때문이다. 그래서 코너는 아내의 머리에 총알을 박아넣었다. 엘리자베스는 살아났다. 아니, 어떤 사람이 살아났다. 재활 시설에 있는 그 사람과 리나의 동생이었던 사람이 동일인이라고 보기는 힘들었다.

지난 삼 년간 리나는 엘리자베스를 보러 간 적이 없다. 어머니는 엘리자베스가 언어 능력을 조금씩 회복하고 있다고 말한다. 긍정의 의미로 고개를 끄덕일 수 있고, 다시 색깔 이름도 구분할 수 있다고. 리나의 여동생은 중학교 연극 교사였다. 본격적으로 연극을 하려면 집에서 너무 멀리 떠나야 하기에 그 대신 선택한 직업이었다. 리나는 엘리자베스가 대학에 다닐 때 공연한 〈안티고네〉를 개막일에 가서 관람했다. 대사가 영어일 뿐만 아니라 연출자가 자의적으로 현대적인 무대 배경과 의상을 사용하고 배경음악도 대중음악 인기곡 40위 중에서 골라넣은 공연이었지만, 엘리자베스는 연극 대사를 영어만이 아니라 원작인 고대 희랍어로까지 외웠다고, 연극에 대한 감각을 키우려고 전부터 희랍어 강의도 들었다고, 나중에 리나에게 말했다.

징후들이 있었다. 리나는 너무 멀리 있어서, 부모님은 너무 가까이 있어서 보지 못했다. 코너는 전에도 엘리자베스를 협박

한 적이 있었지만 엘리자베스는 그가 두렵다고 말하지 않았다. 결혼식이 있던 주 내내 비가 두렵다고 말했다. 성인이 된 뒤로 늘 사람들은 리나에게 왜 그런 위험한 곳에 가느냐고 물었고, 그때마다 리나는 안전한 곳은 어디냐고 되묻고 싶었다. 위험은 화학약품과 공항과 난민촌과 분쟁 지역과 섹스 관광으로 유명한 지역에 있다. 그리고 때로 위험은 쓰레기를 집밖으로 치워주기도 했다. 위험은 함께 영화를 보러 집에 찾아오기도 했고 크리스마스 선물로 팝콘 제조기를 사주기도 했다. 위험은 리나 어머니를 껴안았고 아버지와 악수를 했다.

리나가 때로 비명을 지르며 잠에서 깬다는 걸 JT는 알고 있다. 마찬가지로 리나는 JT가 불면증에 시달리며 증상이 아주 심한 밤에는 밍거스*의 음악을 들어야만 잘 수 있다는 걸 안다. 호텔 격리중에 그들이 더는 각자의 방에서 따로 자지 않게 된 시점이, 그리고 나아가 각자의 침대에서 따로 자지 않게 된 시점이 있었다. 지금도 리나는 그들이 원한 것이 각자의 불안을 달래줄 다른 몸의 위안이었는지, 선을 넘을 핑계였는지 알 수 없다. 하지만 정말로 선을 넘지는 않았고, JT의 결혼식 전날인 오늘밤도 낯선 남자의 품에 안긴 채 울면서 잠에서 깨고 싶지는 않다. 호텔의 시계가 가리키는 시각은 새벽 네시다. 리나는 욕

---

* 찰스 밍거스. 미국의 재즈 연주자이자 작곡가.

실에서 옷을 입은 뒤 등뒤로 조용히 문을 닫고 방을 나선다. 리
나의 방은 한 층 아래여서 엘리베이터를 지나쳐 계단 쪽으로 가
려다가 복도에 있는 JT를 발견한다. 주말 내내 깨끗이 면도하고
머리에 젤을 발라 매끈하게 넘긴 단정한 모습이더니, 지금 보는
JT는 예전에 만났던 그 남자처럼 침대에서 막 굴러내려온 듯한
모양새다. 리나를 본 JT는 JT를 본 리나만큼이나 놀란 것 같다.
히죽 웃으며 한쪽 눈썹을 치올리는 그의 얼굴에서 긴장이 잠시
풀린다.

"어디에서 나오는 거야?" JT가 묻는다.

"어디 가는 거야?" 리나가 묻는다. 이제 리나는 완전히 잠에
서 깨어 이 장면을 가늠한다. 지금은 새벽 네시. 오늘 결혼식이
있다. 신랑이 더플백을 메고 엘리베이터 앞에 서 있다. 뭔가 잘
못되었다.

"나 못하겠어." 그가 말한다.

리나는 지금쯤 깊이 잠들어 있을 도리를 생각한다. 이 년간
핀터레스트 게시판에 사진을 모으며 결혼 준비를 한 도리. 땀을
뻘뻘 흘리며 스트립 댄스를 추려 했던 남자에게서 혼자 힘으로
벗어나 자신을 곤란하게 한 친구들의 기분을 달랬을 도리.

"이렇게 그냥 가버리면 안 돼." 리나는 말한다. "본인에게 직
접 말해야지."

"전화할 거야." 그가 말한다. "당분간 다른 동네에 가 있으려
고."

리나는 JT와 엘리베이터 사이로 끼어들어 그의 눈을 똑바로

본다. 술에 취한 얼굴도 아니고 술냄새가 나지도 않고 그저 슬퍼 보일 뿐이다. 그가 슬프다는 것이, 그가 이 결정을 자신의 의지와는 무관한 일로 받아들인다는 것이 리나는 스스로도 깜짝 놀랄 만큼 화가 난다. 리나는 그에게 거칠게 속삭인다.

"널 처음 만났을 때 우리는 세상 반대편에 갇혀 있었어. 넌 그때도 살면서 뭐든 안전하다고 속단하지 않는 법을 배웠기 때문에 마음이 차분하다고 했었잖아. 그런 네가 십대 때부터 함께한 여자를 무서워한다는 건 말이 안 돼."

"그때 난 무서웠어." 그가 말한다. "차분했던 건 너였지. 네가 존나게 차분해서 나도 차분해진 거야. 너의 그런 점이 좋았던 거고."

"네가 겁쟁이인 게 내 잘못은 아니야." 리나는 말한다.

"있잖아," JT가 말한다. "난 네가 정말로 용감하다고 생각했어. 지금도 가끔은 그렇게 생각하는데, 또 어떤 때는 네 인생엔 너 말고는 아무것도 없어서 그렇다는 생각도 들어. 자기 행동이 미칠 여파 때문에 무서운 마음이 뭔지 몰라서 그런 거라는."

리나는 움찔한다. 상상 속에서 JT의 따귀를 올려붙인다. 처음에는 바로 몇 인치 앞에 있는 그를 후려치는 상상을 하다가, 이내 눈을 감고 전에 찍은 사진 속의 JT를 떠올리며 그 쓸모없는 마스크가 벗겨지도록 후려치는 상상을 한다. 그는 이 싸움을 원한다. 사람들이 방에서 나와 복도에서 고함을 지르는 리나를 보며, 예전에 친구였던 두 사람, 혹은 연인이었던 두 사람, 혹은 오래전에 그에게서 상처를 받은 한 여자와 JT가 싸우며 갈라서고 있다고 생각할 것이다. 둘은 이런저런 핑계를 댈 테고, 결국 다들 차분하고 조용하게 잠자리로 돌아갈 것이다. JT는 리나가 자기에게 머무를 이유를 만들어줄 이유를 만들어주고 있다. 리나는 JT를 붙잡지 않고 지나쳐 계단으로 간다. 계단실 문이 닫히기 전에 엘리베이터의 도착음이 들린다. 방의 창문은 주차장을 면해 있고, 리나는 JT가 쏟아지는 가로등 불빛을 받으며 주차장을 가로질러 차 안으로 들어가는 모습을 바라본다. 깜빡이는 불빛과 함께 차가 살아난 뒤 그가 차를 몰고 사라지고, 리나는 한참을 더 바라보지만, JT는 돌아오지 않는다.

리나는 커튼을 열어둔 채로 잠이 든다. 아침에 창문으로 햇빛이 뿌옇고 집요하게 들이치는 가운데, 문을 쾅쾅 두드리는 요란한 소리가 잠을 깨운다. 섹스와 음주로 노곤한 몸이 잠시 뜻대로 움직이지 않는 와중에 소음은 계속되고, 겨우 힘을 내 문을 열자 밖에 도리와 노란색 들러리 켈리가 있다.

"JT가 사라졌어." 켈리가 말한다. "전화도 받지 않고."

리나는 여자들을 안으로 들이고, 그들이 기만의 흔적을 찾아 방을 훑는 것을 못 본 척한다. 리나는 JT의 행동이 못마땅하다는 점, 이건 자신의 싸움이 아니라는 점을 상기한다.

"간밤에 복도에서 JT를 우연히 만났어." 리나가 말한다. "떠난다더니 정말로 감행할 줄은 몰랐네."

"어디로 가는지 말했어?" 도리가 묻는다.

"그건 잘못된 질문 같은데."

"네가 보기엔 그럴 수도 있겠지."

"오하이오." 리나가 말한다. 자신이 왜 그런 말을 하는지 생각해볼 겨를도 없이 그 지명이 입에서 굴러나왔다. 하지만 이왕 말한 김에 계속 밀어붙인다. 외국에 나가 있는 JT 친구 소유의 빈 오두막집, 그리고 생각을 정리해야겠다는 JT의 말을 지어낸다.

"좋아." 도리가 말한다. "좋아."

도리는 켈리에게 아래에 내려가 손님들을 붙잡아놓고 시간을 끌라고 하고 리나에게는 십오 분 안에 옷을 입으라고 말한다.

리나가 말한 주소는 인디애나의 출발 지점에서 고속도로를 타고 달리면 차로 세 시간이 걸리는 거리다. 운전석에 앉아 안전벨트를 매는 도리가 아직도 결혼 전야 복장이라는 것을 리나는 뒤늦게 알아차린다. 흰 레깅스와 연분홍 후드 집업과 브라이드bride라는 글자가 화려하게 적힌 흰 티셔츠.

"정말로 유감이야." 리나는 말한다.

"네가 JT에게 떠나라고 한 것도 아니잖아, 안 그래?"

맞는 말이어서 리나는 더 말을 잇지 않는다. 한동안 조용히 앉아 있자니 자동차 라디오에서 흘러나오는 빌리 홀리데이의 음성이 견딜 수 없어진다.

"뭘 원하는 거야?" 리나가 묻는다.

"네게서?"

"인생에서."

"당장은 결혼식 하루를 다 날리기 전에 얼른 가서 약혼자를 찾길 원해."

"그래."

차가 신호에 걸려 멈춰 있을 때 리나의 전화기가 띵 하고 울리자 도리는 즉시 손을 뻗는다. 그 잽싼 손길은 습관일 수도 있지만 리나는 불신이라고 여긴다. 문자의 발신자는 물론 JT가 아니다.

"마이클?" 도리가 말한다. "정말로, 마이클?"

리나는 전화기를 도로 낚아챈다. 안녕. 문자는 말한다. 간밤에 돌아가지 않아도 괜찮았는데.

도리는 리나가 밤을 어디에서 보냈는지 알고 안심하는 기색이 역력하다. 도리는 이 순간에 지을 수 있는, 그나마 미소와 가까운 표정으로 돌아보며 묻는다. "그래서 어땠어?" 리나는 그런 캐물음을 일종의 사과라고 이해한다. 이제 둘은 친구가 될 것이다. 여학생들이 바늘과 엄숙한 접촉으로 피의 자매가 되었음을 다짐하듯, 내밀한 수다로 우정을 다짐할 것이다.

"괜찮았어." 리나가 말한다. "의욕이 좀 앞섰고 아주 빨리 끝나긴 했지만. 둘 다 좀 취했었거든."

"나도 JT에게 가르쳐줘야 했어. 몇 년 걸렸지."

"몇 년이나?"

"세상에, 내가 좋은 척을 얼마나 많이 했는지 몰라."

"좋은 척하지 않았다면 그렇게 오래 걸리지 않았을 수도?"

"자기야. 그래서 자기가 싱글인 거야. 내가 좋은 척하지 않았으면 그이는 좋은 척하는 다른 여자에게 갔을 거야."

"그럼 그 여자는 결혼식 당일에 결혼하지 않겠다고 할 남자를 십 년이나 기다리고?"

차는 고속도로 진입로에 도착했고, 도리가 난폭한 결기로 우회전을 하자 리나는 문손잡이를 꽉 붙든다.

"내 결혼식은 아직 끝나지 않았어. 제시간에 JT를 데려와서 그이는 나와 결혼하고 너와 마이클은 무제한 바에 갈 수 있도록 할 거야."

"무제한 바도 예약했어?"

"우리는 종교인 가족이지, 인색한 사람들이 아니야. 게다가 엄마는 다른 커플을 맺어주지 못하는 결혼식은 성공한 결혼식이 아니라고 늘 말했지. 네 이름을 적은 부케도 있어. 마이클이 진을 너무 많이 마시지 않도록 미리 단속하고, 손으로 뭘 할 수 있는지 가르치란 말이야."

도리의 시간 계산이 이론적으로는 맞는다. 이른 시각이고, 해는 아직 환한 빛을 그들에게 정통으로 비추는 위치까지 떠오르지 않았다. 불그레한 새벽 햇빛 속에서 도리는 잡지 속 신부가 살아 나온 듯 더없이 행복해 보인다. JT가 정말 어느 방향으로 떠났는지 리나는 알지 못하지만, 그가 이미 차를 돌렸을 수도, 조금 뒤에 차를 돌릴 수도, 그래서 반대편에서 마주 달려오다가 햇살을 절묘하게 받은 도리를 보며 자신이 얼마나 오판을 했는지 깨달을 수도 있으며, 그리하여 도리는 이 결혼식을 성사시킨

뜻밖의 수호천사로 리나를 떠받들게 될 수도 있다. 털리도에 도착할 때까지는 호텔로 돌아가 결혼식을 성사시킬 시간이 이론적으로는 남아 있을 것이다. 하지만 리나는 지난밤에 JT의 얼굴을 보았으며, 이제껏 살면서 잘 알게 된 게 한 가지 있다면, 그건 바로 마음이 떠난 남자의 표정이다.

마이클과의 일은 도리가 뭐라고 하든 상관이 없다. 지금 도리는 끝에 가면 모든 사람이 영원히 행복해지는 이야기, 두 해 뒤에 리나와 마이클이 결혼하면서 둘이 어떻게 처음 만났는지 낭만적인 사연을 들려주게 되는 그런 이야기를 풀어내고 있다. 하지만 그 미래의 어디가 어떻게 틀렸는지 리나는 이미 속속들이 알 수 있다. 십대 시절에 리나는 무슨 일이 어떻게 끝날지 명확히 내다볼 수 있는 자신의 능력을 소중히 여겼다. 모든 일을 있는 그대로 직시한다면 속임수와 실망을 피해갈 수 있을 거라고, 남자들을 그들의 허상이 아니라 그들의 오점까지도 사랑할 수 있고 그에 대한 보답으로 자신 역시 오점까지 사랑받을 수 있을 거라고 생각했다. 리나는 가장하는 법을 알지 못했다. 이십대 초반에는 차례로 여러 남자가, 점잖은 사람이라면 리나를 품에 안고 정수리에 입을 맞추면서, 점잖지 않은 사람이라면 엉덩이를 만지면서, 리나는 자신이 줄 수 있는 것보다 더 나은 걸 받을 자격이 있다고 말했다. 하지만 소박한 마음조차 애걸해도 얻지 못하는데 다들 하나같이 저기 어딘가에 더 나은 게 있다고 나불대기만 하는 웃기는 상황에서, 자격이 다 무슨 소용인가?

리나는 공허함을 이기려고 자신을 몰아댔고 진부한 행동을 일삼았다. 골목 벽에 기대어 낯선 사람과 섹스하고, 누가 손댄 기억이 나지 않는 곳에 멍이 든 채로 잠에서 깨던 수많은 밤. 동생이 총에 맞은 건 이미 그렇게 산 지 일 년 가까이 되었을 무렵이었는데도 친구들은 쉽사리 전후 관계를 뒤집어 나중에 일어난 일에서 앞서 일어난 일의 변명거리를 찾았다. 그래야 개입하는 수고를 덜 수 있으니까. 개입해봐야 자기 생긴 대로 살려는 사람을 가로막는 짓에 불과했겠지만. 그 결과는, 난폭한 낯선 이들과의 계속된 만남, 자신을 점점 야비하게 변모시킨 세월. 리나가 남들이 가진 것을 가질 만큼 훌륭하지 않다면, 도대체 누가 그다지도 훌륭한가. 리나가 사랑받을 자격이 없다면, 도대체 누가 사랑을 받아야 하나. 거울 속에서 그토록 못나고 사랑받기 힘든 구석을 찾을 수 없다면 만들어내야 했다. 리나는 제 심장의 칼날을 타인의 인생 한가운데에 박아넣는 법을 배웠다. 식탁 아래에서 한 남자의 사타구니에 손을 얹으며 그의 아내에게 다정하게 미소 지을 수 있게 되었고, 술집에서 결혼반지를 감추는 수고조차 하지 않는 남자에게 눈썹을 찡긋하고 그가 사는 술을 마시는 와중에, 자기가 하지도 않은 일로 처벌받은 동생을 이따금 구체적으로, 의도적으로 떠올릴 수 있게 되었다. 리나가 대가를 치르지 않고 저지른 그 모든 짓들! 아름다움이, 혹은 위험이 자신을 똑바로 바라보고 있는데도 그것을 알아보지 못하던 그 모든 사람들! 그것이 위층 욕실에서 자기 남편의 성기를 팬티 안에 도로 밀어넣고 매무새를 정돈한 뒤 밖으로 나가는데도, 남자친구와 영상통화를 하는 동안 그것이 호텔 침대

시트 밑에 숨어 있는데도 아무것도 보지 못하던 그들. 솔직히 말하자면, 리나가 JT와 자지 않은 이유는 단지 그때의 상황이 너무 이상해서였다. 밤중에 함께 깨어나곤 하던 여러 날 중에, 문득 그의 눈을 똑바로 보고 입술을 벌린 채 그의 맨가슴을 손가락으로 더듬은 뒤 다음에 일어날 일을 기다린 밤이 없었던 것은 그래서일 뿐, 도리의 존재를 알아서가 아니었다.

오랫동안 리나는 제 안의 야비함을 영원히 혼자만의 비밀로 묻어두리라 생각했으나, 어느 순간 그 독한 야비함이 처음으로 번뜩이기 시작했다. 리나는 말썽의 분위기를 역력히 풍기는 여자, 친구들이 자기 남자친구와 단둘이 남겨두지 않는 그런 여자가 되었다. 그러다가 십여 년 동안 그렇게 마구 휘둘렀던 분노가 어느 정도 무뎌지면서 연민 비슷한 감정으로 바뀌었다. 이젠 남자들이 전보다 더 연약해 보였고, 부서졌다는 것이 무언가를 온전히 미워할 이유가 될 수는 없기에 리나는 상처를 보여달라고 눈물로 애원하게 했던 예전의 그 남자들까지도 용서했다. 그들이 리나를 떠나보낸 건 당연했다. 누가 가슴에 뚫린 구멍을 사랑하는 여자를 원하겠는가? 자기가 고쳐줄 수 있다고 기꺼이 거짓말하는 여자, 혹은 수십 년간 그게 아예 없는 척할 수 있는 여자가 어딘가에 있는데 말이다. 리나는 모두에게 말하고 싶었다. 요즘엔 자신과 다른 모든 사람을 용서하는 마음이 샘솟는다고. 요새 리나의 심장은 가냘프게 울어대다 밥을 주는 이라면 누구든 따라가는 새끼 고양이 같다고. 하지만 지난 십 년 동안 리나를 알았던 이들에게 그런 말을 해보라지. 리나의 포식자 시절을 내내 보아온 터라 자멸을 바라지 않고서는 리나를 향해 손바닥을 펴 보이지 않을 이들에게 말이다. 도리가 리나를 두고 품은 몽상은 사랑스럽긴 하지만, 리나가 마이클의 방에 찾아가 자신의 새끼 고양이 심장에 대해 얘기한다면 그는 새끼 고양이까지만 듣고서 머릿속으로는 푸시* 생각만 할 것이다.

*

어색한 대화는 1990년대 팝 음악의 편안함 속으로 잦아든다─고마운 XM 라디오. 그들이 빌리 홀리데이에 빠져 가슴에 남은 말을 다 쏟아내기 전에 채널을 돌린 고마운 도리. 좋아했으나 오래 잊고 있었던 기억 속 음악을 동행삼아, 그들은 휴게소와 커피숍과 체인 레스토랑으로 이루어진 풍경을 뚫고 거침없이 나아간다. 제한속도를 살짝 넘겨 달리는 터라 주위가 평소보다 더 활기를 띠어 보인다. 그들은 열시를 조금 넘겨 인디애나주 경계에 다다르고, 도리가 오줌이 마려워서 고속도로에서 나와 휴게소에 차를 세운다. 리나는 도리를 따라 휴게소 건물로 들어가 생수 한 병과 진통제 한 팩을 산다. 아직도 입안이 깔깔하고 머리를 콕콕 쪼는 은근한 통증이 느껴지는데, 느끼한 기름냄새를 맡으니 숙취가 확 올라온다. 도리가 화장실에서 돌아올 무

---

* pussy. 본래 고양이를 뜻하는 말이나 여성의 성기를 속되게 이르는 말로도 쓰인다.

렵에 리나는 맥도날드 계산대에서 아침거리를 사고 있다.

같은 브랜드라도 공항이나 휴게소의 가맹점은 다른 점포와 맛이 살짝 달라야 한다는 규정이라도 있는 걸까. 리나가 먹는 해시브라운은 눅눅한데다 이상하게도 포도향 탄산음료 맛이 나고 말라비틀어진 샌드위치는 약간 길쭉하다. 도리는 콜라와 함께 한심하게 생긴 파르페를 먹는데, 맛이 얼마나 한심한지 그걸 두어 숟가락 떠먹으면서 콜라 한 컵을 다 들이켰다. 콜라를 더 채워오려고 일어난 도리가 몇 테이블 건너에 있던 남자 옆을 지나간다. 역시 형편없는 아침식사 위로 고개를 푹 숙인 남자의 희끗희끗한 턱수염 아래에 커피가 방울방울 묻어 있는데 그는 알아차리지 못하는 듯하다. 남자는 도리가 지나가자 갑자기 얼굴에 환한 미소를 띠우더니 다시 돌아오는 도리에게 외친다. "행운의 사나이는 누굽니까?"

도리는 얼어붙는다. 컵을 쥔 손이 잠시 부들부들 떨리고 콜라를 쏟을 것만 같다. 물론 그래서 문제가 된 브라이드 티셔츠가 입을 수 없을 만큼 얼룩진다면 적어도 나중에 또 이런 소리를 들을 염려는 안 해도 된다. 하지만 도리는 콜라를 그대로 쥔 채 침착을 되찾은 뒤, 대답을 기다리는 동안 냅킨으로 수염에 흐른 커피를 닦아낸 남자에게 돌아선다.

"털리도 전체예요." 도리는 웃으며 대답한다.

"네?"

"우리 밴드 이름이 '브라이드'예요. 난 드러머고요. 오늘 공연이 있어요."

"그래요?" 남자가 말한다. 그의 미소는 여전히 서글서글하고 자연스럽다. 그가 신난 이유는 결혼식이 아니라 모르는 사람의 행복을 축하해줄 기회이고, 그래서 리나는 그런 남자가 귀엽다. 리나는 도리와 낯선 남자에게 다가가 그들이 나누기 시작한 상상 속 밴드 이야기에 끼어든다. 남자는 대학 시절에 밴드에서 활동했다. 밴드 이름은 '콜드 서퍼Cold Supper'였다. 남자의 이름은 잘 어울리게도 어니스트Ernest다.*

"그런데 순회공연까지는 하지 못했어요." 어니스트가 말한다. "그래도 차고 연습장을 벗어나긴 했죠. 본거지에서는 몇 번 공연했는데, 다른 지역으로 나가진 못했어요."

"정말이지, 여행하며 공연하는 생활이 얼마나 근사한지 몰라요." 리나는 축축한 샌드위치의 남은 조각을 들어올리며 말한다.

어니스트는 웃으며 전화기를 꺼내 예전 밴드 동료가 몇 달 전에 올린 사진을 보여준다. 더 어리고 마르고 머리가 긴 어니스트가 기타를 치고 있다. 그는 연주하지 않은 지 십 년에서 십오 년 가까이 되었는데도 여전히 지갑 속에 갖고 다닌다는 행운의 기타 피크를 보여준다. 촉감이 매끄럽고 엄지에 닿는 부분이 살짝 파였으며 흡연자의 치아 같은 누런색으로 바랬다. 나가는 길에 어니스트는 털리도에 사는 조카딸에게 이 가상의 술집에서 열리는 가상의 공연 소식을 알리겠다고 약속하며 사인을 부탁한다. 그들은 종이 냅킨에 글로리와 티나라는 새로운 가짜 이름

---

* '진지한' '성실한'을 뜻하는 형용사 'earnest'와 발음이 같다.

으로 사인을 해준다. 어니스트는 그들과 함께 밖으로 나가 손을 흔들어 행운을 빌어준다. 리나는 수치스러워 얼굴이 달아오른다. 어니스트와 그의 진심, 그의 기타 피크와 털리도에 사는 불쌍한 조카.

차 안에서 리나는 차마 문을 닫을 수도, 안전벨트를 맬 수도 없다. 도리가 시동을 켜자 경고음이 땡땡 울리는데도 마찬가지다.

"할 얘기가 있어." 리나는 말한다. "JT가 어디로 갔는지 몰라. 오두막 어쩌고 한 얘기는 내가 지어낸 거야."

도리는 휴게소 안에서 둘이 함께 지어낸 삶을 생각하며 죄책감과 흥분에 들떠 있다. 도리의 얼굴에 뒤늦게 감정이 떠오르기까지, 눈이 놀라움을 띠고 그 섬세한 이목구비가 구겨지기까지는 약간의 시간이 걸린다.

"지어냈다고?" 도리가 말한다. "그럼 내게 알려준 주소는 도대체 어디야?"

"내 여동생이 예전에 살던 집."

"지금은 누가 사는데?"

"집을 사기 전에 거기서 누군가가 총에 맞았다는 사실을 알려주지 않았다고 부동산중개업자를 고소한 어떤 사람들."

"거기서 누가 총에 맞았는데?"

"내 여동생. 쏜 사람은 동생 남편. 결혼 일주년 이틀 전에. 살아 있어. 말은 못 해. 아니 어쩌면 지금은 할 수도 있고. 가보지 않아서 몰라."

"그래서 내게 빌어먹을 교훈을 주려고 이런다는 거야? JT가 지금 날 떠난 게 잘된 일이라고? 안 그랬다면 언젠가 나한테 질렸을 때 총으로 쏴버릴 테니까?"

"그런 생각은 안 했어. 아무 생각도 하지 않은 채로 맨 처음 떠오르는 생각을 말해버렸어."

"내 약혼자가 어디에 있는지 아느냐는 물음에 네 여동생이 총에 맞은 집이 맨 처음 떠올랐다는 거야?"

"난 언제나 그 생각이 맨 처음 떠올라." 리나는 말한다. 솔직하게 말하고 나니 어쩌나 후련한지 창피함을 느끼지도 못한다.

*

도리는 휴게소 밖으로 차를 몰고, 리나는 돌아가는 길의 긴 침묵에 대비해 마음을 단단히 먹는다. 도리는 자존심이 강하고 점잖아서 사람들에게 어떻게 된 일인지 말하지 않을 것이다. JT를 찾지 못했다고만 할 것이다. 망사 포장지로 싼 아몬드 선물과 함께 손님들을 돌려보내고 일요일에는 맨 앞자리 한가운데에서 아버지의 설교를 들을 것이며, 그때쯤 리나는 집으로 돌아가는 비행기 안에 있을 것이다. 집이라고 해봐야, 처음 살아보는 도시에서 세간이 화물칸에 실려 대양을 건너오는 사이에 제대로 된 셋집을 알아볼 두 주 동안 단기로 빌린 거처지만 말이다. 하지만 고속도로 출구를 겨우 두 개 지났고 그런 미래가 오려면 아직 멀었는데, 도리가 고속도로를 빠져나간다. 어떤 표지판을 따라가는지 알 수 없던 리나는 도착하고 나서야 그곳이 어디인지 알게 된다.

워터월드. 고속도로 광고판에 여러 번 나온 곳. 다만 광고판에서는 거대하고 화려해 보였으나 실제로는 다소 초라하다. 한쪽에는 미끄럼틀 풀이 있고 다른 쪽에는 파도 풀이 있으며 그 옆쪽으로 좀 떨어진 곳에 가판대와 지금은 공연이 없는 카니발 무대가 있다. 입장료는 15달러지만 실제로 돈벌이가 되는 곳은 입구에 있는 기념품점이다. 리나는 기왕 여기에 왔으니 수영복을 사지 않는다면 무례한 행동이리라 짐작한다. 도리는 분홍색 수영복과 파란색 워터월드 운동복 바지를 산다. 도리는 눈부시게 빛난다. 리나는 주말을 통틀어 처음으로 색깔 있는 옷을 입은 도리를 본다.

"미안해." 리나는 아까 그 말을 하지 않았음을 그제야 깨닫고서 말한다. 대답이 없는 도리를 따라 풀로 간 뒤에는 페인트가 긁히고 벗어진 밝은 청색 사물함에 전화기를 넣고 잠근다. 그들의 사물함에 누군가가 횡재라고 새겨놓았다. 도리는 아무런 설명도 반응도 없다. 사물함 맞은편에 미끄럼틀 여러 개가 구불구불 얽혀 있는데 그중 가장 높은 미끄럼틀 앞에는 줄이 길게 늘어섰지만, 도리가 타고 싶은 건 그거라서 그들은 기다린다.

미끄럼틀을 타고 내려가기 위해서는 먼저 위로 올라가야 한다. 줄이 반쯤 줄었을 때 그들은 미심쩍은 계단에 다다른다. 원통형 구조물 주위를 나선형으로 감고 올라가는 그 계단은 곳곳이 깜짝 놀랄 만큼 미끄럽다. 높이 올라갈수록 리나는 점점 강한 두려움을 느낀다. 언젠가 멕시코의 어느 도시에 한동안 머문 적이 있는데, 그곳에는 연달아 늘어선 폭포들 한가운데에 에드워드 제임스*가 만들다 만, 혹은 의도적으로 미완으로 남긴 조각상이 있었다. 그것은 어디로도 이어지지 않는 계단들이었는데, 무엇이 손대지 않은 자연이고 무엇이 인공물인지 불분명한 그곳은 터무니없이 위험한 엉터리 관광 명소였다. 이곳의 계단은 거기보다 안전한 느낌이 들어야 마땅하지만 실제로는 아니어서, 마침내 꼭대기에 올라갔을 때 리나는 드디어 아래로 내려간다는 생각에 안도감으로 마음이 들뜬다. 미끄럼틀이 시작되는 곳에 앉을 때 느껴지는 감정은 순수한 기쁨에 가깝다.

순식간에 아래쪽 풀까지 내려간다. 세번째 굽이를 도는 지점에 방수 카메라 한 대가 있는데, 아래쪽 부스로 사진을 전송하면 관리자가 인화하고 액자에 넣은 뒤 터무니없는 이윤을 붙여 판매한다. 이인승 튜브 하나를 함께 탄 도리와 리나는 사방에서 뿌려지는 듯한 물줄기를 맞으며 급커브를 연달아 돌아 내려가 물속으로 떨어진다. 처음에는 충격이, 그다음에는 염소수가 날카롭게 피부를 찌른다. 리나는 수면 위로 올라오며 예상치 못한 홀가분함을 느끼고, 도리의 미소에서도 똑같은 감정을 본다. 이곳에 온 건 이른바 이 결혼식과 관련된 사람들이 지난 사십팔시간 동안 생각해낸 것 중 가장 나쁘지 않은 발상이라는 생각이 든다.

---

* 영국의 초현실주의 시인이자 예술가.

도리는 물기를 닦아낸 뒤 찍힌 사진을 확인하자고 고집하더니 리나가 전화기를 꺼내는 사이에 사진사에게 간다.

마이클에게서 문자 세 통이 와 있다.

어젯밤에 내가 뭘 잘못했나요?
정말로 신부를 납치했어요?!
이봐요, 무슨 일인지는 모르지만 어서 그 완벽한 엉덩이를 여기 대령해요. 무제한 바가 우릴 기다립니다.

JT에게서도 문자가 다섯 통이 와 있다.

둘이 어디로 간 거야?
왜 내가 오하이오에 있다고 생각했어?
나 돌아왔다고 전해줘.
미안하다고 전해줘.
결혼식 진행! 어디야?

결혼식 진행! 결국 JT는 되돌아갔다. 자신이 어떤 결정을 내리든 그 결정이 늘 유효한 곳으로 돌아갔다. 도리가 사물함으로 다가오자 리나는 제 전화기를 건넨다. 잠시 도리의 얼굴이 부드러워진다. 자기 전화기를 집어 거기에 JT가 보내왔을 수정된 자기변호용 주장들을 차례로 훑어본다. 도리는 젖은 머리칼 한 가닥을 잡아당긴다. 그런 다음 리나를 돌아보고 어깨를 으쓱하더니 전화기의 전원을 끄고 다시 사물함에 쑤셔넣는다. 리나에게 두 사람이 찍힌 사진을 내민다. 사진 속에서 도리는 머리칼이 뒤로 날리고 옆으로 살짝 튼 얼굴에는 함박웃음이 피어났다. 리나는 그 뒤에서 깜짝 놀란 얼굴로 웃으며 카메라를 똑바로 바라본다. 도리가 고른 액자는 종이 재질에 자주색과 초록색 페인트를 뿌려놓은 보기 흉한 물건인데, 거기에 너도 함께라면 좋을 텐데, 라는 문구가 적혀 있다.

"나중에 보면 엄청 웃기겠다." 도리가 말한다. "그랬으면 좋겠네."

리나는 전화기를 도리의 전화기와 함께 사물함에 넣는다. 카니발 무대에는 아직도 공연이 없어서 둘은 치즈 프라이와 솜사탕을 나눠 먹고 파도 풀로 가서 원형 튜브를 빌린다. 물위에 뜬 채로 리나는 마지막으로 이렇게 놀았던 게 언제였는지 생각해본다. 틀림없이 이십 년 전이었을 테고, 가족들과 함께였을 테고, 이런 하루치기 여행을 모두가 편안히 즐기던 시절이었을 것이다. 리나가 물을 보면서 대장균을, 한타바이러스를, 곧 닥칠 가뭄을, 부모가 무료 탁아 서비스를 해준다는 수영장에 아이를 혼자 보냈는데 지켜보는 사람이 아무도 없어 아이가 물에 빠져 죽었다는 최근 뉴스를 생각하지 않던 시절. 엘리자베스의 팔에 채워진 튜브가 빠지지 않게 봐주는 일이 아직 리나의 몫이던 시절, 아직 엘리자베스의 웃음소리가 들리던 시절, 아직 건너야 할 바다가 있고 전 세계가 리나 앞에 있던 시절. 너도 함께라면 좋을 텐데. 너도 함께라면 좋을 텐데. 너도 함께라면 좋을 텐데.

소년들은 목성으로 간다

그 비키니는 클레어의 취향조차 아니다. 이번 겨울 이전에 누군가가 남부연합기를 언급했다면 클레어는 고등학교 때 갔던 바닷가 소풍을 떠올렸을 것이다. 오션시티의 판잣길을 따라 줄줄이 늘어선 조잡한 기념품점, 가장 친한 친구 앤절라, 메릴랜드주가 메이슨-딕슨 선*의 어느 쪽이었는지 기억을 짜내고 있을 때 앤절라가 그들은 졌다는 걸 알았어, 그렇지? 하고 중얼거리던 소리. 그 깃발 어쩌고 하는 물건은 잭슨의 것이고 클레어가 잭슨을 만나는 주된 목적은 퍼피**를 열받게 하기 위해서다. 클레어의 새어머니나 다름없는 퍼피의 법적 본명은 포피다. 어릴 때 여동생이 이름을 잘못 발음해 굳어진 별명이라고 하지만 클

---

* 펜실베이니아주와 메릴랜드주 사이의 경계선으로, 남북전쟁 이전에 노예제도가 있던 주와 없던 주를 가르는 경계를 말한다.
** Puppy. '강아지'라는 뜻.

레어가 보기엔 그 모든 게 퍼피가 지어낸 얘기 같다. 퍼피는 클레어가 경유를 피하려고 두 배나 비싼 직항 항공편을 이용하는 건 낭비라 여기고 아버지는 이제 퍼피의 말만 듣기 때문에, 클레어는 여정의 앞부분 절반을 목적지와는 다른 방향으로 가야 했다. 버몬트에서 디트로이트를 거쳐 플로리다로.

잭슨은 남부 특유의 느릿한 말투를 쓰고 픽업트럭을 몰며, 농사 경험이 별로 없는데도 피부가 농부처럼 그을었다. 클레어는 아버지의 집에서 몇 마일 떨어진 곳에 있는 식당 버거보이에서 잭슨을 만난다. 빨간색과 흰색으로 이루어진 이 빠진 타일과 묵직한 기름냄새가 트럭 휴게소 화장실 같은 마력을 풍기지만, 퇴직한 아버지를 세인트피터즈버그로 불러들인 레몬향 나는 정결한 집에서 잠시 피난하기에는 좋은 곳이다. 대학생인 클레어는 학기중엔 대개 샐러드로 연명하지만 여기서는 매일 오후 햄버거와 감자튀김을 포장해 집으로 가져간다. 그건 퍼피가 서른 이후로는 먹지 못하게 되었다고 말하는 음식 중 하나인데, 직업도 없고 클레어가 판단하기엔 고급 실내복 차림으로 집안을 거니는 일 외엔 아무런 포부도 없어 보이는 퍼피는 늘 집안에 틀어박혀서 클레어가 그런 음식을 먹는 모습을 참담하게 쳐다본다. 버거보이에 네번째로 갔을 때 클레어는 잭슨도 집에 데려간다. 그날 오후, 둘은 약에 취해 수영장 창고에서 서로를 더듬는다. 다음날, 그다음날, 또 그다음날도 똑같다.

열아홉 살인 잭슨은 클레어보다 반년 빨리 태어났는데 아직 고등학교 3학년이다. 한번은 잭슨의 집에서 놀아보려고도 하지만 클레어는 잭슨 어머니의 탐색하는 눈길에 수치심을 느끼며, 무슨 하자 혹은 결함이 있기에 고등학생과 놀아나는지 궁금해하는 눈빛이라고 짐작한다. 그뒤로 클레어의 아버지가 (흔치 않게) 집에 있거나 퍼피가 (자주 그러듯) 참을 수 없이 굴어서 집에서 둘만 있기 힘들 때는 주차할 곳을 찾는다. 첫 주가 끝나갈 무렵 잭슨이 그 비키니를 선물한다. 아버지가 플로리다로 이주해 당혹스럽다는 클레어의 불평을 들은 뒤다―클레어는 겨울이면 겨울답게 추위 흉내라도 내는 날씨에 익숙한데 아버지가 새로운 인생을 시작한 세인트피터즈버그는 12월에도 불에 델 듯한 뙤약볕의 연속이다. 바깥의 수영장에 나가 있을 때는 퍼피의 낡은 수영복 위에 티셔츠를 입을 수밖에 없다. 빛바랜 스팽글 장식이 달린 그 수영복은 클레어의 절벽 같은 가슴 위로 헐렁하게 늘어진다. 잭슨은 슈퍼마켓 비닐봉지에 대충 뭉쳐 담은 수영복을 건넨다. 애인 같지 않은 애인에게 주는 선물 같지 않은 선물―잭슨은 봄방학에 떠난 여행중에 여자친구에게 주려고 그걸 5달러에 샀으나 뒤이어 다 같이 묵는 모텔방에서 여자친구가 그의 친구에게 오럴을 해주는 모습을 보고 말았다고 말한다.

보잘것없는 수영복―삼각형 세 개와 줄 몇 개―이지만 아직 가격표도 달려 있다. 잭슨이 클레어를 보고 환히 웃는다.

"이걸 입으면 정말 화끈해 보일 거야." 잭슨이 말한다.

클레어는 정말로 화끈해 보인다. 유두와 사타구니 자리에 박힌 별무늬와 줄무늬 때문에 클레어가 아닌 다른 사람처럼, 클레어가 아닌 다른 화끈한 사람처럼 보인다.

"백인 쓰레기 같다." 그 비키니를 처음 본 퍼피가 말한다.

"아줌마라면 그게 뭔지 누구보다 잘 알겠네요." 클레어는 대꾸한다. 기온이 떨어진 뒤로도 수영복은 습관이 된다. 그 도시를 떠나기 이틀 전, 클레어는 잭슨과 함께 집을 나서면서 수영복 위에 반바지와 티셔츠를 겹쳐 입지만 주차할 곳에 도착하자—반쯤 짓다 버려진 주택단지의 공터—보란듯이 반바지와 셔츠를 벗어던진다. 잭슨은 옷을 벗고 트럭 운전석에서 클레어와 한바탕하기 전 짧은 순간에, 범퍼의 산뜻한 은색 섬광을 배경으로 미소 짓는 클레어의 빛나는 모습을 사진에 담는다. 비키니의 줄이 교차하며 생긴 X자들로 인해 클레어의 몸은 틱택토* 게임판처럼 보인다.

사진에 대해 이미 잊고 있던 클레어는 그날 밤 잭슨이 페이스북에 그 사진을 올리고 자기를 태그하며 '#내여자'라고 해시태그를 단 것을 본다. 굳이 항의할 생각은 들지 않는다. 마지막날 밤에는 잭슨을 만나지도 않는다—아버지가 바닷가의 근사한 식당에 클레어만 따로 데려가 저녁을 사주고, 그다음은 헤어짐이다. 클레어는 공항 게이트 앞에서 연결 항공편을 기다리며 의자 두 개에 걸쳐 널브러진 채 전화기의 메시지를 확인한다. 새로 온 문자가 열여덟 통인데 대부분 얕은 친분이 있는 사람들,

---

* 아홉 칸으로 나뉜 사각형 판에 O자나 X자를 제일 먼저 일렬로 표시하는 사람이 이기는 게임.

그래도 데니스 칼리지에서 친구라는 명칭에 그나마 가장 근접한 사람들에게서 온 것이다. 문자의 내용은 적대감과 당혹감 사이를 오가고, 클레어는 몇 분이 흐른 뒤에야 무엇이 그런 반응을 일으켰는지 깨닫는다. 기숙사에서 건너편 방을 쓰는 흑인 여학생이 트위터에 비키니를 입은 클레어의 사진과 함께 다음과 같은 코멘트를 남겼다. "나랑 같은 기숙사에 사는 애가 방학중에 이런 사진을 찍어 올렸다. ☺"

눈을 가늘게 뜨고 이 트윗의 저자인, 기숙사의 같은 층에 사는 유일한 흑인 여학생의 섬네일 사진을 보자 어렴풋이 그 아이가 기억난다. 데니스 칼리지에서 처음 몇 주 동안 얼굴 익히기 게임이나 환영회 등으로 정신없던 와중에 그애의 친구 신청을 받아들이긴 했지만, 기숙사 메이트라는 것이 서로에게 신뢰나 동지 의식을 기대하는 관계인지는 정말로 알지 못했다. 클레어는 자신을 다른 사람으로 바꿔버리는 그 사진이 이상하게 당황스럽다. 그 비키니를 입은 것은 흑인들을 괴롭히기 위해서가 아니라―젠장, 아버지가 새로 이사한 동네에는 괴롭히고 싶어도 괴롭힐 흑인이 한 명도 없었다―퍼피를 괴롭히기 위해서였다. 자기도 반쯤은 인종주의자인 주제에 분개하는 꼴을 보면 두 배로 더 짜릿했으니까. 클레어는 다시 전화기를 끄고 눈을 감은 채 이름을 알았던 적이 있더라도 이제는 기억나지 않는 그 여학생의 얼굴을 떠올리며 생각한다. 네가 뭔데 지랄이야.

클레어가 졸업하자마자 아버지가 팔아버린 옛집이 있는 버지니아주의 예전 동네에는 흑인 이웃들이 있다. 홀 가족은 클레어가 초등학교 1학년이 되기 직전 여름에 클레어네 주택단지로 이사온다. 동네가 새로 생긴 지 얼마 안 된 때다. 첨단기술 업계에서 발생한 수익이 페어팩스 서부를 지나 레스턴까지 퍼져나가 머지않아 쇼핑몰, 호화주택, 번쩍이는 건물이 들어설 것이다. 클레어의 어머니는 교외로 좀더 멀리 나가 널찍한 부지에 지어진 시골 저택에서 살고 싶어하지만, 아버지는 방 크기와 바닥재 종류까지 직접 선택해 처음부터 직접 짓는 집을 원한다. 결국 아버지의 뜻대로 집을 짓게 되고, 클레어는 어머니가 서로 다른 일곱 가지 색깔의 화강암 중에서 싱크대 상판을 고르고 서로 다른 여덟 가지 목재 중에서 바닥재를 고르는 모습을 지켜본다. 그 집에 이사해 들어갔을 때, 주위가 온통 반짝반짝한 새것이라 클레어는 자기 집이 두렵고 그 안에 있는 자신이 옥에 티처럼 보일까봐 두렵다.

클레어는 항상 버지니아주에서 살아왔고 버지니아는 엄밀히 말해 '남부'에 속한다는 걸 알지만, 앤절라 이전에는 남부 억양을 쓰는 사람을 만난 기억이 없다. 홀 가족은 사우스캐롤라이나에서 왔는데, 다들 하나같이 모음을 나른하게 발음하고 가끔은 길게 늘여 빼기도 해서 어떤 단어들—예컨대 클레어의 이름—은 가운데가 편안하게 쑥 내려가는 느낌이다. 미시즈 홀의 입안에서 클레어의 이름은 마치 터널 같아서 반대편에서 사람이 하나 빠져나올 것만 같다. 클레어는 그들의 억양, 그리고, 그렇다,

어두운색 피부에 매혹을 느끼지만, 무엇보다도 그들의 관심을 얻고 싶어서 안달이 난다. 집에서 클레어는 늘 혼자다. 아버지가 첫번째 결혼에서 얻은 열 살 많은 이복오빠 션이 유일한 형제인데, 오빠는 매년 여름 두 주간과 한 해 걸러 한 번씩 크리스마스에만 만난다. 아버지는 근무시간이 길고 어머니는 좀 너무 점잔을 뺀다. 클레어는 엄마를 사랑하지만 엄마 옆에 있으면 자신이 작은 어른처럼 느껴져서 여섯 살다운 욕구를 내보이기가 창피하다.

초등학교 교사인 미시즈 홀은 아이들 놀이의 부산한 활력을 아주 잘 참아낸다. 앤절라의 집에는 클레어와 동갑인 앤절라보다 겨우 한 살이 많은 오빠 에런도 있다. 클레어의 엄마는 앤절라와 에런이 '아일랜드 쌍둥이'*라고 말하지만 둘은 아일랜드인도, 쌍둥이도 아니기에 클레어는 그 혼란스러운 단어 대신 미시즈 홀의 표현을 쓰기로 한다. 그것은 연년생으로 태어난 아이들을 일컫는 '층층 남매'라는 표현이다. 이즈음 앤절라는 나이에 비해 크고 에런은 나이에 비해 작아서 둘은 몸집이 비슷하다. 얼굴이 작아 보이게 하는 안경을 쓴 에런은 말라깽이에 말수가 적지만, 앤절라는 회오리바람 같은 아이다.

클레어는 집에 괴롭힐 오빠가 없으므로 앤절라와 함께 에런을 괴롭히며 앞마당에서 쫓아다니거나, 공예 시간에 쓰다 남은 반짝이 따위를 움켜쥐고 위협하거나, 현관 옆에 나란히 놓인 에

---

* 터울이 일 년 미만으로 특히 같은 해에 태어난 형제자매를 일컫는 속어.

런의 신발을 꺼내 찬장이나 차고나 세탁실에 숨긴다. 아직 가족 규범을 완전히 이해하지 못하는 클레어는 자기에게 이복오빠 half brother가 아니라 반절오빠half-a-brother가 있다고 생각하고, 홀 가족을 만난 직후에는 앤절라의 오빠도 반절은 제 것이라고 생각한다. 그 첫해 여름에 앤절라가 클레어에게 우스꽝스러운 손 놀이를 가르쳐주는데, 그 놀이를 할 때 부르는 노래는 이렇게 시작한다. 우리 엄마 길 건너에 너희 엄마 살지. 엄밀히 말하면 사실은 아니지만 사실과 가깝기에 이 노래가 자기들 얘기라고 확신하는 두 소녀는 후렴구를 불러대며 에런을 괴롭힌다. 사탕처럼 단단한 소녀들, 솜처럼 물렁한 소년들. 소녀들은 대학에 가서 똑똑해지고, 소년들은 목성에 가서 멍청해지네. 에런은 다른 장난에는 대개 무관심한데 목성이 어쨌네 하면서 놀릴 때는 그 엉터리 논리가 거슬리는 것 같다. 소년들이 목성에 가려면 똑똑해야 하고 아마도 일단은 대학교부터 갈 거라고 주장한다. 일리가 있는 주장이지만 클레어와 앤절라는 무시하고 에런의 방문에 목성 그림을 붙여놓는다. 크레용으로 그리거나, 잡지에서 찢어내거나, 클레어 부모님의 먼지 쌓인 백과사전에서 잘라내거나, 또 한번은 앤절라가 소아과에 갔다가 훔쳐온 태양계에 관한 어린이책에서 잘라 붙이기도 한다. 목성은 날씨가 어때? 여자아이들이 묻지만 에런은 절대로 대답하지 않는다. 지금도 클레어는 목성 그림을 보면 바로 알아본다. 점점이 흩어진 구름, 크고 밝고 줄무늬가 있는, 주위를 도는 많은 위성을 빼고 보면 보잘것없는 행성.

기숙사 건너편 방에 사는 여학생은 앤절라와 전혀 닮지 않았다. 피부색이 더 밝고 골격이 더 크며 머리는 일부러 헝클어뜨린 듯 제멋대로 뻗쳐서 앤절라의 어머니라면 눈살을 찌푸렸을 것이다. 마침내 기억해낸 그애 이름은 카먼이다. 이 작은 대학의 신입생 삼분의 일을 수용한 기숙사는 한 줄로 늘어선 밋밋한 벽돌 건물 여러 동으로 이루어져 있는데, 클레어가 그중 한 동의 이층에 있는 제 방에 도착할 무렵 카먼이 올린 글은 답글이 마흔일곱 개나 달리고 리트윗은 스물세 번이나 되었다. 이 정도로 관심이 쏠릴 일인가 싶어 놀랍다가 이내 짜증이 난다. 클레어는 집단 분노를 신뢰하지 않는다. 클레어의 분노는 언제나 자기만의 분노였다. 클레어는 남부연합기 사진을 인화해 뒷면에 둥글둥글한 필기체로 휘갈긴다. 돌아와서 반가워! 방학은 즐거웠기를. 카먼의 방문 밑으로 그 사진을 밀어넣을 때 클레어가 기숙사-메이트-카먼에게 하고 싶은 말은, 지랄하지 말라는 것이다.

다음날 아침, 휴대전화의 음성사서함이 꽉 차 있다. 새로운 이메일도 삼백쉰네 통이나 되는데 발신자 대부분이 모르는 사람이다. 복도 건너편에서는 교내 이사 업체가 다른 동으로 이주하는 카먼의 짐을 옮기는 소리가 요란하다. 학생신문 기자가 통화를 시도하다 실패하자 클레어의 방문 아래로 인터뷰를 요청하는 쪽지를 넣어두었다. 그 쪽지를 읽고 알게 된 사실은 몇몇 블로거가 문제의 비키니 사진과 함께 간밤에 카먼이 클레어가 보낸 엽서를 찍어 올린 사진까지 포스팅했다는 것이다. 잭슨이 보낸 문자도 와 있다. 해시태그 '#잘못된비키니아이디어'의 결과물이 백서른일곱 개 뜨는데 그중에는 야자나무에 포토샵으로 나치 문양을 합성한 사진도 있다. 긴급이라고 표시된 이메일을 열어보니 지도교수가 상담을 원한다고 알린다. 또다른 긴급 메일은 교내 다양성사무소에서 출석을 요구한다는 내용이다. 이메일 계정 fuckyoufuckyoufuckyou@gmail.com을 사용하는 누군가는 클레어를 잡년이라고 여긴다. 전국에서 무식한 백인 시골뜨기 스물두 명이 지지의 뜻으로 자기 성기 사진을 보냈다.

기숙사 학생들은 대부분 카먼의 편에 선 게 틀림없어 보인다. 클레어는 샤워와 아침식사를 건너뛰고 그냥 방에 틀어박히기로 한다. 교내 텔레비전 방송국의 누군가가 카먼을 인터뷰한 동영상을 인터넷에 올렸다. 동영상 속 카먼은 상급생 주거동 중 하나인 벨 홀Bell Hall로 이사했는지 그 앞에 서 있다. 데니스 칼리지 운동복 차림에 팔로 제 몸을 감싼 모습이다. "이 일이 벌어지기 전까진, 친절한 사람이라고 생각했어요." 카먼은 말한다. "복도에서 만나면 항상 서로에게 웃어주었고요. 그런데 내가 자는 방에 혐오의 상징을 들이밀다니, 이런 게 재미있다고 생각하나봐요." 진심으로 두려워하는 카먼의 눈빛을 보고 클레어는 깜짝 놀란다.

몇 달째 연락도 없던 션이 도대체 무슨 생각이냐고 화난 목소리로 따져 묻는 음성 메시지를 남겨놓았다. 클레어는 답신하지 않는다. 잭슨이 다시 문자를 보내, 바쁜 줄 알지만 정말 멋지다고 말해주고 싶다고 한다. 클레어는 전화기를 끄고 이메일의 받은편지함 탭을 닫아버린 뒤 인터넷에서 노래하는 염소 동영상을 보며 오후를 보낸다. 염소 동영상을 열 개째 보고 있을 때 교내 자유주의자 동아리의 회장이 방문 앞에 나타나 자신을 소개한다. 이름은 로버트이고 두 층 아래에 살며 기숙사 조교라고 한다. 그는 방금 이등 상을 받은 사람처럼 웃는다.

"자유롭게 의사 표현을 할 네 권리를 지지하기 위해 왔어." 그가 말한다.

"내 말 기분 나쁘게 듣지 마." 클레어는 말한다. "네가 일찍 잠자리에 들 권리를 지지하러 온 게 아니라면, 난 관심 없어. 이번 일 다 관심 없어. 그냥 멍청한 사진 한 장일 뿐이야."

"그러니까 네가 그것 때문에 벌을 받아선 안 된다는 거야. 그런데 잘 대처하지 않으면 처벌을 받겠지. 여기 같은 층에 사는 내 친구가 종일 네가 안 보이더라고 하길래 방에 숨어 있을 거라 생각했어. 우리가 생필품 꾸러미를 준비해봤어."

생필품 꾸러미에는 이번주에 디저트 뷔페 축제를 하는 학생 식당에서 가져온 캐러멜 입힌 사과를 알루미늄포일로 싼 것과 심심할 때 읽을 자유주의 철학에 관한 책이 들어 있다. 클레어는 선물을 골똘히 바라본다. 별 감흥은 없지만 배가 고프긴 해서, 다른 사람들이 구경하러 나오기 전에 얼른 그를 방으로 들인다.

"굳이 밝히자면," 로버트가 말한다. "난 남부연합기를 그다지 좋아하진 않아. 남부연합은 군사전략에 있어 총체적인 실패작이었거든. 항구를 빼앗겼을 때 이미 전투에서 졌다는 게 내 생각이야. 하지만 승산 없는 대의를 지지했다는 이유로 누구든 함부로 판단할 생각은 없어. 나로 말하자면, 넌 원하는 옷은 뭐든 입을 수 있다고 봐."

이 말을 듣고 멋지다고 생각해야 하는 상황이라고 클레어는 짐작한다. 사과를 베어 물고 입술에 묻은 캐러멜을 핥으면서 군사전략에 대해 더 얘기해달라고, 아울러 이번 사건의 대응 전략도 대신 세워달라고 부탁해야 하는 상황, 그렇게 몇 시간 의논을 이어간 뒤에는 너무 존경스럽고 고마워서 옷을 벗어던져야 하는 상황이라고. 그러는 대신 클레어는 책과 사과를 책상에 내려놓고 정중히 감사인사를 한 뒤 피곤하다고 말하고, 마침내 로버트가 방을 나간 뒤에는 문을 걸어 잠근다. 침대에서 혼자 사과를 먹으면서 오늘 끼니와 어쩌면 내일 끼니까지도 이거면 됐다고 생각한다—버거보이에서 축적한 칼로리가 아직 남아 있으니까.

자기 전에 다시 확인한 메일함에는 메일 백여 통이 더 와 있다. 클레어의 학교 이메일 계정이 여러 온라인 게시판에 공개되었고 '#클레어윌리엄스의휴가아이디어'는 지역에서 뜨고 있는 실시간 트렌드다(아우슈비츠, 미라이, 운디드니와 함께*). 트위

---

* 미라이는 베트남전쟁 당시 미국이 주민을 대량 학살한 작은 마을, 운디드니는 1890년에 백인들이 아메리카원주민을 대량 학살한 사우스다코타주의 마을이다.

터에서는 클레어가 지고 있지만 '혈통 수호자들'이라는 단체가
이 이야기를 회원들에게 배포한 터라 이메일 받은편지함 안에
는 욕하는 사람보다 지지하는 사람의 수가 더 많다. 테네시주에
사는 클리프는 대학 시절에 남학생 사교회 소속이었는데, 해마
다 결연을 맺은 여학생 사교회를 위해 대농장 무도회를 열었고,
모두가 주름 장식이 화려한 옛날 의상을 차려입었다고 썼다. 그
러던 어느 해에 그는 동료 회원 한 명과 함께 건물 앞 잔디밭에
솜뭉치 수천 개를 뿌려놓기로 했다. 회원들이 계단에 모여 사진
을 찍을 때 대부분이 흑인인 학교 잡역부들이 솜뭉치를 치우는
모습을 배경에 담기 위해서였다. "PC* 경찰이 그 일 때문에 우
리 지부를 폐쇄하려 했는데, 우린 강경하게 버텼죠. 잘 버티세
요!" 하고 이메일은 끝난다. 첨부 파일도 있다. 카키색 바지에
셔츠와 조끼 차림으로 환히 웃는 젊은 남자가 코르셋에 주름이
풍성한 후프스커트를 입고 커다란 미소를 띤 빨간 머리 여자의
어깨에 팔을 두른 사진이다. 바닥에는 솜뭉치들이 이불처럼 깔
려 있는데 초록색 제복을 입은 구부정한 흑인 남자가 배경에서
솜뭉치를 쓸어내고 있다. 빗자루를 들고 바퀴 달린 플라스틱 쓰
레기통을 끄는 이 남자는 빳빳하고 광택이 나는 합성섬유 제복
을 입었다. 흑인이라는 점만 빼면 역사적으로 전혀 맞지 않는
모습이다. 남자의 얼굴은 보이지 않지만 표정은 상상이 되고,

---

* Political correctness. 일상에서 정치적으로 올바른 말과 행동을 추구하는 관습
이나 운동.

그런 상상을 하니 뜨끔한 수치심이 든다. 하지만 자신은 클리프가 아니라고, 클레어는 애써 상기한다. 클리프가 자신을 동류로 여긴다 해서 둘이 정말로 같아지는 건 아니다. 다음 이메일의 저자는 익명이고 잔뜩 화가 났다. 클레어가 어디에 사는지 알아내 몸에 불을 지르겠다고 위협한다. 클레어는 알고 싶어하는 사람 모두에게 자신이 어디에 있는지 알려주기로 작정하고, 남부 연합기를 하나 더 인쇄해 기숙사 창문에 테이프로 붙인다. 그런 다음 학생신문 기자에게 전화를 걸어 자기는 그저 문화적 유산을 기념하고 있을 뿐이라고, 교내의 수많은 집단이 학생들에게 그걸 권장하지 않느냐고 말한다. 그러면서 남부 억양을 흉내내는데, 말이 입에서 나오는 순간 실수임을 깨닫는다. 그 말은 자신의 말투처럼 들리지 않고 앤절라의 말투처럼 들린다.

앤절라가 흑인이라는 사실을 알고 나서 어느 정도 지난 2학년 때, 클레어는 마틴 루서 킹 기념일에 둘의 우정을 주제로 시를 쓴다. 워낙 오래되어 시구를 대부분 잊었지만 의미가 모호한 다음 두 행은 기억에 남아 있다. "나는 그애를 성격으로 판단하기에 / 절대로 화가 나지 않는다." 그 시를 무척 좋아한 교사는 학교의 2월 총회에서 두 아이에게 의상을 입혀 시 낭송 무대를 선보인다. 클레어는 빳빳한 흑백 '애국자' 제복에 삼각 모자까지 갖춰 쓰고 앤절라는 켄테* 천으로 짠 드레스를 입는다. 그뒤로 초등학교 삼 년간 그들은 2월만 되면 불려나가 그 시를 낭송

하는데, 앤절라의 어머니는 의상을 교체하라고 요구한 뒤에야 공연을 허락한다.

영원히 변치 않을 클레어와 앤절라. 사춘기에 접어들며 둘 다 미모라는 행운을 누리지만 아직 본인들은 알아차리지 못한다. 우정으로 단단히 엮인 그들의 세상에는 침입자가 끼어들 틈이 거의 없어서 둘은 서로의 유일한 거울일 때가 많다. 쇼핑몰에서 남자애들이 주위에 우르르 몰려들면 앤절라는 어떤 게임을 할지 지정하고—마녀, 멍청이, 도망자 등등—두 사람은 남자애들이 놀림을 받고 있다는 사실을 알아차릴 때까지 지정된 역할을 수행한다. 행복했던 마지막 여름에, 그들은 페어팩스 남쪽으로 몇 시간 거리에 있는 어느 대학에서 열린 캠프에 함께 참여한다. 다른 여자애들은 승마 캠프, 댄스 캠프에 가거나 파리 같은 도시에 가기도 하지만 그들은 앤절라가 범생이 캠프라 부르는 곳에 간다. 엄밀히 말해 그들은 함께 캠프에 간 게 아니다. 범생이 캠프는 과목별로 나뉘어 있고—앤절라는 시 수업을, 클레어는 외국어 몰입학습을 위해 그곳에 갔다—대개 클레어가 할 수 있는 일이라곤 앤절라네 반이 우울한 오리들처럼 한 줄로 늘어서서 점심을 먹으러 가는 모습이 보이면 사각형 안뜰 건너편에서 프랑스어로 욕을 내지르는 것뿐이다. 하지만 저녁에는 모두 모여 함께 어울리고, 두어 주가 지나자 자기들도 겨우 대학생 나이에 불과한 조교들은 보호자 역할과 규율 감독을 소홀

---

* 아프리카 가나의 전통 천으로 다색으로 화려하게 직조한 것이 특징이다.

히 한다.

　캠프 활동 삼 주째에, 한 무리의 아이들이 어색한 토요 댄스 프로그램의 울타리를 벗어난다. 주름 종이 휘장으로 장식한 강당, 팔다리를 허우적거리는 여자애들, 그들을 빙 둘러싼 채로 누군가에게 춤을 청하지도 못하고 세련되게 무관심을 가장하지도 못하는 겁쟁이 남자애들을 뒤로하고 도망친다. 사진 캠프의 누군가는 보드카가 가득 든 물통을, 다른 누군가는 알약을 담은 틱택 민트 통을 가져왔다. 인적 없는 잔디밭 구석을 찾아가는 도중에 그들은 술과 알약을 삼키고 잔디 스프링클러 사이를 누비며 달린다. 모든 것이 지글지글 끓어오른다. 모두가 우르르 풀밭에 쓰러졌을 때 클레어는 앤절라를 돌아본다. 그건 접촉이 필요한 사랑이다. 클레어는 앤절라의 품에 파고들어 목에 코를 파묻은 채 그애의 몸에 대고 외친다. 사랑 사랑 사랑. 앤절라는 클레어의 가장 친한 친구, 클레어의 반쪽이다. 언젠가 둘은 함께 대학에 갈 것이다. 세상이 그들을 위해 열리고 그들의 발 앞에 무릎을 꿇을 것이다.

　일 년 뒤 양쪽 엄마가 모두 병에 걸린다. 두 경우 다 처음엔 천천히 시작되었다가 빠르게 휙 휙 휙 악화한다. 앤절라의 엄마는 종양이고 클레어의 엄마는 알 수 없는 병이다. 우리가 더 빨리 알아챘어야 했어, 하고 앤절라와 클레어는 자꾸만 서로에게 말한다. 마치 엄마의 몸이 자기 몸이라도 되는 양. 처음에 클레어는 이런 일을 함께 겪을 사람을 보내준 이 세상이 잔인하면서도 친절한 것만 같다. 다른 누가 알 것인가. 병원의 냄새를, 병원 의자에서 자는 최고의 방법을, 엄마의 토사물을 치우며 역겨워하는 자신이 부끄러워 얼굴이 달아오르는 느낌을, 매일 아침 오늘이야말로 무언가가 끔찍하게 잘못되는 날이라고 생각하며 잠에서 깰 때의 두근거리는 불안을, 엄마가 눈앞에 없을 때 전화기가 울리면 매번 움찔하는 심정을. 클레어는 앤절라에게 말을 할 필요조차 없다.

에런 역시 안다. 에런은 두 학년이 빨라서 지금쯤이면 집을 떠나고 없어야 맞지만 어머니가 병에 걸리자 대학 입학을 연기한다. "네 말이 맞았나봐." 어느 오후 에런이 클레어에게 말한다. 모두 함께 지하실에서 텔레비전 낮방송을 보고 있을 때다. "결국 내가 갈 곳은 목성이야." 화면에 뜬 법정 리얼리티 프로그램에서는 두 남자가 모두 친부가 아니라는 판정을 받지만, 어쨌거나 그중 한 남자가 다른 남자에게 의자를 내던진다.

"목성도 이보단 낫겠다." 클레어가 말한다.

엄마들이 항암치료에 지쳐 힘들어하던 어느 오후에 에런은 빗속에서 달리기를 하는 클레어를 보고 다가가 차를 세운다. 폭풍우가 내리는데 왜 뒤돌아 다시 집으로 가지 않았는지—애초에 왜 반대 방향으로 뛰고 있는지—클레어는 설명하지 못한다. 에런의 차에 탄 클레어는 흐느껴 울다가, 헛구역질을 하다가, 곧이어 에런을 따라 집으로 들어가 옷을 벗고 담요를 두른 채 지하실 소파에 앉는다. 에런은 어릴 때 엄마가 만들어주던 페퍼민트 핫초콜릿을 만들어 클레어에게 준다. 계절에 맞진 않아도 근래에 클레어가 경험한 가장 좋은 느낌이다. 물론 에런의 몸에 손을 뻗어 몇 달 만에 처음으로 느린 죽음이 아닌 다른 것을 만지는 느낌 역시 나쁘진 않지만. 에런은 아직도 깡말랐고 골반도 클레어보다 좁아서 클레어는 에런 아래에 눕는다. 자신의 무게는 에런을 숨막히게 할 것 같지만, 반대로 에런의 무게는 클레어를 어딘가에 단단히 고정해주는 것 같다. 그럴 필요가 없다고 말해도 에런은 너무 조심스럽고, 자기는 끝까지 갔는데도 클레어에게 절정을 느끼게 해주려고 한사코 애쓰는 바람에 클레어는 가짜 오르가슴을 연기할 수밖에 없다. 두 사람은 서로를 그런 식으로 사랑하지 않고 그런 척하지도 않으므로 다 끝나고 나서도 어색하지 않다. 근래에 모두가 부쩍 더 가까워져서 생긴 일일 뿐이다. 클레어와 앤절라는 한마디만 말해도 서로의 생각을 읽는다. 클레어와 에런은 서로에게 알몸을 보일 수 있다. 여태 가벼운 친분을 유지했던 엄마들은 이제 영양제와 진통제와 병원과 가발 상점을 비롯한 내밀한 언어로 대화한다. 아버지들조차 달라져서 연대감을 느끼는 이웃답게 행동한다.

미시즈 홀은 거의 일평생 클레어의 두번째 엄마였고 클레어는 자기 엄마와 함께 다른 엄마까지 다 잃을까 두렵지만, 결국 깨닫는 사실은 하나만을, 둘 중 더 중요한 하나만을 잃는 상황이 더 나쁘다는 것이다. 처음으로 그런 느낌을 받았을 때, 그게 잔혹한 감정임을 알고 그 잔혹함이 너무 강렬해 스스로도 깜짝 놀라지만 그렇다고 그 감정이 바뀌진 않는다. 미시즈 홀은 병이 완전히 나아 병원을 걸어나온다. 암은 흔적도 남지 않았다. 머리카락도 여리고 보송보송하게 다시 자라난다. 스테로이드 치료로 인해 불어난 체중을 줄이려고 달리기를 시작한다. 마라톤에도 나간다. 앤절라는 엄마와 함께 훈련한다.

클레어의 엄마는 7월에 세상을 떠난다. 오후에 불어닥친 뇌우로 땅이 진창이 된 어느 눅눅한 화요일에 엄마를 묻는다. 저 아래에서 썩어갈 엄마를 생각하느라 목사의 말은 한마디도 듣지 않는다. 장례식 전까지 몇 주 동안 클레어는 엄마가 아니라 자신이 땅속에 산 채로 묻히는 악몽을 꾸고 매번 역한 흙냄새에 잠을 깬다. 장례식에서 앤절라가 손을 잡아주고 에런은 어깨를 감싸준다. 에런은 완벽히 점잖은 남자이지만 엄마가 있는 남자이고 앤절라는 엄마가 있는 친구이며, 이미 그들은 혼자 슬픔에 잠긴 클레어에게서 은하계의 거리만큼이나 멀리 떨어져 있다.

로버트는 쉽게 물러서지 않는다. 다음날 아침, 그는 샌드위치와 할일 목록을 들고 주근깨가 난 반바지 차림의 2학년생 앨런을 지원군으로 대동한 채 다시 찾아온다. 정오 즈음에 로버트와 앨런은 자신들의 전략을 클레어에게 납득시키려 한다. 남부연합기를 창에 붙인 일은 기발했다고, 다른 학생 세 명이 연대의 의미로 자기 방문에도 깃발을 붙였다고 말한다. 로버트가 실토한바, 그중 하나는 앨런이다. 그 학생들이 클레어를 위해 선언문을 작성했고 토론회에 나가 클레어를 대변하기로 했다.

"네가 무슨 규칙을 위반한 것도 아니잖아." 로버트가 말한다.

"네겐 너의 고향을 기념할 권리가 있어." 앨런이 말한다. "그저 그 논리만 고수하면 괜찮을 거야. 저들에게 말려들어 인종주의자처럼 들리게 말하면 안 돼. 괜히 발목 잡힐 짓 하지 말란 말이야."

클레어의 어머니는 코네티컷 출신이었다. 어머니는 남부 지방의 가장 북쪽마저도 어쩐지 꺼림칙하게 여겼다. 뉴잉글랜드의 해물을 그리워해서 가끔 호사를 부리고 싶을 때면 살아 있는 바닷가재를 터무니없는 값에 특급 우편으로 주문했다. 아버지의 고향은 미네소타이고, 퇴직 후 플로리다로 가기 전에 그의 일가친척 중 누군가가 한 번이라도 거주했던 가장 남쪽 지방은 버지니아 북부였다. 지금으로서는, 그런 사실이 까발려지지 않는다는 게 기적처럼 느껴진다.

클레어는 월요일과 화요일 수업에 결석하지만, 그다음날 아침에는 학생처장, 대학 고충처리위원, 지도교수, 다양성사무소 부소장과 의무적인 면담이 잡혀 있다. 클레어는 이번주 들어 처음으로 샤워를 하고 드라이어로 머리를 말려 풍성하게 부풀린다. 퍼피가 약혼 행사 때 입으라고 사준, 하지만 행사에 불참해서 입지 않았던 끔찍한 민트색 원피스를 입는다. 엄마의 진주 목걸이를 목에 걸었다가 풀었다가 다시 건다.

고충처리위원의 사무실은 걸어갈 수 있는 가까운 거리에 있지만, 그곳에 도착할 즈음 클레어는 코트를 입었는데도 너무 추워서 학생회관에 들러 뜨거운 커피를 살 걸 그랬다고 생각한다.

새로 보수한 사무실은 목제 벽판으로 장식되어 있고, 밝지만 밋밋한 실내는 수십 년 뒤 지저분해진 상태를 상상하게 한다. 건물 위치상 창문 너머에는 아름다운 겨울 숲이 펼쳐져 있겠지만, 오늘 아침에는 블라인드가 내려져 있다. 흑갈색 머리의 이십대 백인 여성이며 지금까지 딱 두 번 만난 지도교수가 클레어에게 어정쩡한 미소를 짓는다. 첫 상담 때 클레어는 지도교수가 담당하는 학생들의 서류 중 일부에 여러 가지 원색 포스트잇이 붙은 것을 보았다. 클레어의 서류에는 빨간색 포스트잇이 붙어 있었다. 색깔을 구분한 기준이 무엇인지 묻자 교수가 멋쩍어했고, 나중에 빨간색은 빨간색의 느낌 그대로를 의미한다는 걸 깨달았지만, 교수가 어떤 위험성에 표시를 해두려 했는지는 지금도 잘 모르겠다. 클레어는 무언가에 대놓고 빨간 깃발을 걸어두고 다른 사람이 알아채지 못하기를 기대하는 여자를 신뢰하지 않는다. 푸에르토리코인 중년 여성인 고충처리위원은 칙칙한 바지 정장을 입었고, 백인 중년 남성인 학생처장은 날마다 익살스러운 넥타이 컬렉션을 선보이는 취미가 있는 듯한데, 오늘 맨 것은 만화풍 곤충 그림이 있는 넥타이다. 나란히 앉은 두 사람은 어디 내놓기 부끄러운 누군가의 부모 같다. 다양성사무소의 부소장은 레게머리에 스키니진을 입은 삼십대 흑인 남자로, 한쪽 소파에 혼자 앉아 메모장을 앞에 꺼내놓았고 클레어를 똑바로 쳐다보지 않는다.

"우린 학생이 붙인 그 깃발을 강제로 떼게 할 순 없어요." 클레어가 자리에 앉자 고충처리위원이 말한다. "우리가 그것 때

문에 모인 건 아니라는 점을 분명히 밝혀두려 합니다. 학생의
창문 장식은 우리 대학의 어떤 공식 정책에도 어긋나지 않습니
다. 하지만 학교 공동체의 이익과 동료 학생들의 복지를 위해
창문에서 깃발을 떼고 미스 윌슨에게 사과하라는 요청은 할 수
있겠죠. 미스 윌슨에 대한 괴롭힘과 관련해서는 학생회의 징계
청문회에 출석하게 될 거예요. 그래도 잘못을 바로잡으려고 조
금이나마 시도한다면 징계위원회에 좋은 인상을 줄 수 있겠죠."

"무슨 괴롭힘이요?"

"미스 윌슨의 문 밑으로 밀어넣은 협박 편지 말이에요." 다양
성사무소 부소장이 말한다.

"방학 동안 잘 지내고 돌아와 반갑다는 말이 협박인가요?"

"방문 밑으로 남부연합기 엽서를 넣었잖아요." 고충처리위
원이 말한다. "흑인 학생이 거주하는 곳에 그런 깃발 이미지를
보냈다는 것 자체가 위협으로 해석될 수 있다는 점은 제쳐두더
라도, 학생은 미스 윌슨이 그 이미지 때문에 괴로워한다는 것과
그 이미지에 대한 학생의 친근감을 경계하고 있다는 것을 이미
알았잖아요. 그래서 미스 윌슨은 당연히 그 상황을 협박이라 해
석했고 대학측에 기숙사 이주 요청을 한 겁니다."

"무슨 위협이요? 내가 그애를 합법적 노예로 삼겠다는 위협
이요? 복도에서 분리 독립한 뒤 그애에게 전쟁을 선언하고 싸
우다가 결국 지겠다는 위협이요?"

"부탁인데 상황을 좀 진지하게 받아들여요." 지도교수가 말
한다.

"그애가 그 깃발을 보고 괴로워하게 된 건 자기가 먼저 내 사진을 인터넷에 올려 날 괴롭혔기 때문이라는 사실, 제가 아는 건 그뿐이에요. 그애의 징계 청문회는 언제 열리나요?"

"그 사진을 인터넷에 올린 사람은 학생, 혹은 학생의 친구잖아요." 지도교수가 부쩍 짜증스러운 목소리로 말한다. "인터넷에 올라온 건 무엇이든 사적일 수 없다고, 우리가 오리엔테이션에서 그렇게 누누이 강조하건만, 그 말을 학생들이 조금만 더 진지하게 들어주면 얼마나 좋아요. 지금까지 우리가 파악한 바로는 우리 학교 사람 중엔 학생의 연락처 누설에 연루된 사람이 없어요."

"그럼 무수한 사람들이 제게 살해 협박 편지를 보내는 건 되고, 제가 창문에 깃발 하나 붙이는 건 안 된다는 말씀이네요."

"누구도 학생에게 살해 협박 편지를 보내선 안 되죠." 고충처리위원이 말한다. "그중 누구라도 우리 학교 소속으로 밝혀지면 그 학생들에겐 합당한 조치를 취할 겁니다. 그리고 만일 협박 편지를 받는다면 교내 보안관과 지역 경찰관 모두에게 연락해서 의논하는 게 좋겠어요. 지금 우린 학생을 심문하는 게 아니에요. 학생에게 해코지하려는 사람은 없고, 우리 징계위원들도 마찬가지예요. 모두에게 나은 쪽으로 일을 해결하자고 정중히 요청하는 게 우리 일이죠. 어떻게 대응할지는 학생에게 달렸고요."

"나라면 가장 먼저 우리 학교의 우수한 역사학과를 활용하겠어요. 학생이 옹호하기로 마음먹은 그 이미지가 그토록 적대적인 의미를 띠는 이유에 대해 그곳 교수님과 대화를 나눠볼 것 같아요." 다양성사무소 부소장이 말한다.

클레어는 창문의 블라인드에 시선을 고정한 채 숨을 들이쉰다.

"저는 남북전쟁에 대해서나 학생 행동 규범에 대해서 잘 알고 있습니다." 클레어가 마침내 말한다. "하지만 절 돕기 위해 이렇게나 애써주시니 모두 복 받으실 거예요."

클레어는 처음으로 주도권을 쥔 기분을 느끼며 점심을 먹으러 간다. 주도권을 쥔 기분이 어찌나 감미로운지 사람들의 눈초리 따위는 무시하고 학생회관에서 점심을 먹는다. 문학 수업도 대체로 무난히 지나간다. 교수는 클레어의 억양을 듣고 좀 어리둥절한 듯하지만 누군가가 달라진 억양을 확실히 알아차릴 만큼 오래 말할 일은 없다. 클레어는 안도감에 마음이 가벼워져서 기숙사로 돌아간다.

그 사진을 처음 볼 때, 클레어는 일 분 남짓한 시간이 흐른 뒤에야 자신과의 연관성을 알아차린다. 이번 사건에 대해 끈질기게 글을 쓰며 클레어를 퇴학시켜야 한다고 주장하는 블로거 가운데 하나가 경찰 사건 자료에 있던 사진 한 장을 올렸다. 거기에는 완전히 찌그러진 클레어의 자동차가 있다. 에런의 졸업 앨범 사진도 있다. 그 블로그 글은 사건의 단편만을 다룬다. 클레어는 그것을 읽으며 홀 가족이―그중 누가, 그들 모두가, 앤절라가―어떤 논평을 했는지 찾아본다. 그들과는 연락이 닿지 않는다고 쓰여 있다.

고등학교 3학년 11월, 클레어는 세러핀이라는 여자애와 어울리고 있다. 그러니까 세러핀은, 들을 때마다 너무 웃기긴 하지만, 정말로 그애의 진짜 이름이다. 아니, 실은 세러핀과 조금 전까지 어울리고 있었으나 지금은 어디에 있는지 알 수 없다―그애의 전 남자친구가 추수감사절 방학을 맞아 집에 와서 그들을 이 파티에 초대했다. 클레어는 술을 세 잔 마셨다. 네 잔인가? 파티 주최자가 '팬티-내려 펀치'라고 부르는 밝은 분홍색 술을 엄마가 죽고 나서 지금까지의 개월 수만큼 마셨다. 클레어는 아직도 이런 식으로 생각한다. 지금까지는 엄마가 죽고 없었지만 그건 당장이라도 바뀔 수 있다고, 언제라도 엄마가 뚜벅뚜벅 걸어들어와 도대체 뭘 하고 있느냐고 클레어에게 따져 물을 수도 있다고. 오늘밤 그 물음에 대한 대답은 술을 마시고 있다는 것이다. 슬픔은 손에 만져질 듯 생생해서, 다른 걸 느끼려고 힘껏 노력하지 않으면 느낄 수 있는 건 오로지 슬픔뿐이다. 오늘밤에는 슬픔 말고도 취기를 느끼는데―분홍의 느낌, 펀치의 느낌, 팬티가 내려가는 느낌―그건 그 모든 게 지금 이곳은 집이 아니라는 걸 알려주기 때문이다. 집에서 퍼피는 벌써 엄마가 남기고 간 빈자리로 보란듯이 들어왔고 그 속도가 어찌나 빠른지, 아버지는 엄마가 떠나기 훨씬 전에 이미 떠나고 없었다는 확신이 든다.

아직은, 지금까지는 팬티를 입고 있다. 아직 그건 지켰지만 세탁실에서 만난 남자애랑 은밀한 시간을 보내려다 그만둔 뒤로는 그마저도 아슬아슬하다. 신발도 없어졌는데 뭔가 날카로운 걸 밟고 깜짝 놀란 뒤에야 그 사실을 깨닫지만, 부엌 끝으로 가서 조리대에 몸을 기댈 무렵엔 이미 잊어버리고, 그러다 고개를 들었을 때 부엌바닥에 길게 난 핏자국을 보고 다시 기억한다. 신발, 하고 속으로 생각하다가 제 이름을 부르는 목소리를 듣는다.

에런이 거기에 있어도 놀랄 이유는 없다. 에런은 마침내 대학으로 떠났지만, 지금은 추수감사절이고 그 집에는 감사할 일이 너무나 많으니 돌아온 게 당연하다. 에런은 좋아 보인다. '신입생의 15파운드'*가 에런에겐 잘 어울린다. 전에 본 적 없는 여자애—곱슬머리에 연갈색 피부—가 에런의 팔짱을 끼고 있다가, 에런이 귀에 대고 뭐라고 속삭이자 마지못해 둘만 남기고 부엌에서 나간다. 그리고 이제 클레어는 도무지 알 수가 없다. 신발이 어디로 갔는지, 또 자신이 전혀 알지 못하는 삶을 사는 이 에런이라는 애가 누구인지. 클레어는 남매 중 누구와도 몇 달째 연락하지 않았다. 이제 에런에 대해서는 모르는 게 너무 많을 텐데도, 눈앞에 서 있는 그는 클레어가 여태 알던 모든 에런들이 담긴 플립북**같다. 물렁 물렁 물렁 목성 목성 목성부터

---

* 미국에서 대학생이 입학 첫해에 대개 15파운드(약 6.8킬로그램) 정도 살이 찐다는 속설을 일컫는 말.
** 각 장의 모퉁이에 조금씩 다른 그림을 그려넣어 빨리 넘기면 움직이는 것처럼 보이게 한 책.

작년의 지하실까지, 클레어의 허리를 꽉 움켜쥔 그의 손까지.

"클레어?" 에런이 부른다. "너 괜찮아?"

"존나 끝내줘." 클레어가 말한다.

"괜찮아 보이지 않는데. 앤절라에게 연락해줄까?"

"뭐하러? 우린 말도 안 하는데."

"그래서 앤절라가 속상해하잖아. 네가 왜 자기랑 말을 안 하는지 모르겠대."

"걔를 볼 때마다 너희 엄마가 살아 있어서 유감이라고 말하고 싶어지니까, 우리 엄마는 죽었다는 사실이 자꾸만 생각나니까."

에런이 움찔한다. 그는 들고 있던 빨간 컵에 담긴 음료를 초조하게 한 모금 마신 뒤 다시 클레어를 바라본다.

"엿같은 소리 마, 클레어. 우리 엄마도 너 보고 싶어하셔. 네가 지금 얼마나 엉망진창인지, 그건 알겠다. 하지만 더 망가지기 전에 조만간 정신 차려야 할 거야."

"난 망가지고 있는 게 아니야. 신발을 찾고 있어."

"어디에 뒀는데?"

"브렌던한테 있을지도. 걔 지금 세탁실에 있거든. 아직 바지를 입는 중일지도 몰라."

"브렌던이 누군데?"

"누가 누군지 알 게 뭐야. 넌 누구니?"

"클레어, 그만. 집에 데려다줄게, 알았지?"

자기가 오빠라도 되는 것처럼 단호한 말투에 클레어는 화가

치밀어 고개를 젓지만 에런은 무시한 채 손을 뻗으면 닿을 만큼 가까이 다가선다. 클레어가 비명을 지르자 에런은 깜짝 놀라 잠시 물러난다. 몇 달간 억눌렀던 야수 같은 비명이다. 에런이 어쩔 줄 몰라 허둥대는 사이, 클레어는 그의 옆을 지나쳐 밖으로 나간다. 발밑의 풀이 차갑고 축축하다. 에런이 뒤따라 나왔을 때 클레어는 자기 차 운전석에 오르고 있다. 클레어는 갑자기 기진맥진해져 운전석에 머리를 기댄다. 열린 문 바깥에서 에런이 한숨을 내쉰다. 잠시 망설이던 그는 클레어를 어깨 위에 들쳐 메 조수석에 부려놓는다.

"집에 가자." 에런이 말한다.

두 사람의 집 중 어느 곳을 말하는지 알 수 없지만 클레어는 너무 피곤해서 저항하지 않는다. 에런이 아버지 집 문간에 데려가든, 홀 가족의 집 손님방에 데려가든 그냥 내버려두자. 엄마가 머릿속에서 끊임없이 호통을 치듯이, 아직 살아 있는 누군가가 호통을 치게 내버려두자. 창문에 관자놀이를 대고 누르며 정신을 놓기 시작할 때, 클레어는 에런이 자신의 핸드백을 뒤져차 열쇠를 찾은 다음 운전대 앞에 앉는 기척을 아주 희미하게 알아차리고, 이어 가까운 곳 어딘가에서 누군가가 고함치는 소리를 희미하게 듣는다.

고함을 지르는 사람은 세러핀의 현재 남자친구로, 세러핀이 전 남자친구의 파티에 가면서 뒤늦게 자신을 불러 잔뜩 열받은 상태다. 클레어는 그 남자를 알지만 아주 잘 알진 못한다. 다른데서 이미 술을 마시고 온 그는 살짝 취하기도 했지만 무엇보다 화가 났다. 그래서 나중에 경찰에게 진술한 대로, 덩치 큰 흑인 남자가 클레어를 차에서 끌어내고 핸드백을 뒤지더니 차를 몰고 어딘가로 데려가려 해서 너무나 깜짝 놀란 나머지 친구들과 함께 다시 차에 올라타 클레어의 차를 뒤쫓고, 운전하는 도중에 경찰에 신고도 한다.

클레어는 그동안 내내 잠들어 있다. 뒤에서 쫓아오는 차 때문에 불안해진 에런은 가속페달을 힘껏 밟고, 세러핀의 남자친구는 뒤에 바짝 붙어 달리며 상향등을 깜빡인다. 이윽고 청년들을 가득 태운 자동차가 에런 옆에 바짝 붙고, 운전자의 친구들이 탄산음료 병을 던지며 에런에게 멈추라고 소리를 지른다. 에런은 더욱 속도를 높여 이들을 따돌리지만, 집까지 1마일도 남지 않았을 때 그렇게 고속으로 달리던 차는 클리블랜드 스트리트로 접어들다가 길 밖으로 벗어나 뒤집히며 나무에 처박힌다. 클레어는 사이렌소리에 몽롱하게 깨어났다가 병원에서 완전히 의식을 찾는다. 그곳에서 뇌진탕과 숙취와 누군가의 구조담 속 주인공 역할을 경험한다.

에런은 죽었다. 클레어가 정신을 차리고 그 사실을 알게 되었을 무렵 이미 밝혀진 사실은 에런이 낯선 남자가 아니었다는 것, 법적 제한속도를 조금밖에 넘기지 않았다는 것, 파티에서 비명을 지른 클레어의 뒤를 쫓아 밖으로 나가는 에런을 사람들이 보았다는 것, 클레어가 자기 차에서 정신을 잃었다는 것이다. 에런에게 범행 의도가 없었을 수도 있다고 인정하는 사람들은 대부분 자신이 퍽 관대하다고 느낀다.

"그냥 차를 세우고 설명을 했어야지." 몇 주 후 세러핀은 구슬픈 말투로 그렇게 말하고 클레어는 고개를 끄덕일 것이다. 세러핀의 이 말은 〈워싱턴 포스트〉가 이 사고의 여파를 보도하는 기사에서 다시 인용될 것이다. 미시즈 홀은 기자에게 버지니아에서 밤중에 숲길을 달리는 흑인 청년은 화가 난 백인 청년 여럿이 탄 차가 따라올 때 절대로 차에서 내리지 않는다고 말할 것이다. 그리고 클레어의 아버지는 그 기사를 읽으며 지금은 1950년대가 아니라고 말할 것이다.

아니긴 하다. 이제는 새로운 밀레니엄의 첫 십 년을 지나고 있다. 하지만 클레어의 아버지는 변호사이고 세러핀의 남자친구 아버지와는 골프 친구 사이다. 이 사고에 대해 법적 책임을 진 사람은 아무도 없다. 홀 가족이 제기한 소송이 기각되면서 클레어가 법정에서 진술할 필요도 없어진다. 이젠 앤절라 쪽에서 클레어와 말을 하지 않고, 미시즈 홀이 열번째로 대답 없는 현관문을 두드리다 돌아간 뒤 클레어의 아버지는 접근 금지 명령을 받아낸다. 클레어는 기자에게 에런이 친구였다고, 에런은 술에 취한 자신을 집에 데려다주려 한 거라고 말하지만, 그렇게 상황의 본질을 말해봤자 이 사고를 잘해야 비극적인 오해로, 최악의 경우에는 클레어가 미처 예상하지 못한 위험으로 여기는 사람들의 생각은 전혀 바뀌지 않는다. 클레어가 세러핀의 남자친구에 대해 별 뜻 없이 한 칭찬을 듣고 기자가 그를 클레어의 절친한 친구라고 칭한 뒤로는 설명하기를 포기한다.

홀 가족은 봄 한철 동안 집을 세놓고, 앤절라는 워싱턴 DC와 가까운 사립학교에서 3학년을 마친다. 홀 가족이 여행가방들을 끌고 나와 차에 싣고 이삿짐 차를 뒤따라갈 채비를 하는 모습을 보고 클레어는 수치심과 안도감을 동시에 느끼지만, 어떤 감정이 먼저인지는 자신도 잘 모른다. 클레어는 세러핀과 세러핀의 남자친구, 그리고 곧바로 이름마저 잊어버릴 데이트 상대와 함께 리무진을 타고 학교 무도회에 간다. 한 달 뒤, 클레어가 유년기를 보낸 집은 부동산 시장에 매물로 나오고 아버지와 퍼피는 정식으로 약혼한다. 그로부터 석 달 뒤, 클레어는 그곳을 떠나 자신을 아무도 모르고 모든 가능성이 열려 있는 작은 인문과학 대학에 틀어박힌다.

로버트가 다시 기숙사 방문 앞에 나타난다. 클레어가 로버트의 시각에서 바라본 자신은, 해결해야 할 문제다. 그는 논리이고, 클레어는 미지수 x이다. 이 사건이 인터넷에서 화제가 되자 대중의 관심은 최고조에 이른다. 클레어의 대학 내 거취 여부를 두고 토론회가 소집되자 로버트는 대비를 시켜주고 싶어한다. 클레어는 로버트를 신뢰하기는커녕 좋아하는지조차 확신이 없지만, 그에게 모든 것을 말한다. 누군가가 에런의 사진을 찾아냈다. 부고와 함께 실린 사진이다. 그의 미소는 앞니 두 개가 빠졌던 시절의 에런을 여전히 기억하는 클레어의 마음 한구석으로 녹아든다.

에런이 가장 좋아하는 농담.

똑똑

누구세요?

기대anticipation입니다.

기대라니, 누구요?

......

누구냐고요?

......

......

클레어와 앤절라는 일 년 넘게 지나서야 그 농담에 걸려들지 않게 되고, 그 말이 농담일 수 있는 건 에런이 말해주지 않는 농담의 결정적 한마디 때문이 아니라 자신들의 조바심 때문임을 깨닫는다. 그들은 십대 청소년이 되어서도 종종 미끼를 덥석 문다. 에런이라면 뭘 기대해야 하는지 말해줄 적절한 순간을 몇 년이라도 기다릴 사람, 그래서 약속된 결말을 그제야 알려줄 수도 있는 사람이라고 생각하기 때문이다.

토론회는 도서관의 원형 홀에서 열린다. 그날 저녁의 행사는 자유 발언 형식으로 진행되고 사회는 다양성사무소의 부소장과 학생처장이 맡는다. 발언하고 싶지 않은 사람은 메모 카드에 의견을 적어 좌석의 각 줄 끝에 놓인 상자에 넣어도 된다. 메모 카드는 주기적으로 수거되어 낭독된다. 로버트는 남부연합군의 용맹이나 희생, 그 외에 깃발이 상징하는 가치라 믿는다고 주장할 수 있는 온갖 미덕을 보여주는 사례를 해설과 함께 정리해 건네주었다. 클레어는 강조된 부분 위주로 자료를 훑어본다. 전장에서 피를 흘리면서도 자신의 전담 의사들을 보내 남부연합군 부상병들을 치료해준 앨버트 존슨—아마도 자기가 총에 맞았다는 사실을 몰랐을 거라는 점은 언급하지 말 것—의 사례에서는 그가 더 잔인한 사람이었다면 목숨을 보전했을 거라는 점이 중요하다. 남부연합군에 속한 흑인 참전 용사 삼천이백 명. 그토록 젊은 군대. 그토록 많은 청년 전사자.

클레어는 노란 꽃무늬가 있는 원피스를 입고 있다. 제일 먼저 발언하는 사람은 얼굴이 울상인 2학년 백인 남학생으로, 혐오로 물든 교정에서 생활하게 된 괴로움을 토로한 뒤 남은 발언 시간 삼 분 내내 교내 흑인 학생들에게 개인적으로 사과한다. 클레어는 카먼을 지켜보지만 카먼은 클레어 쪽에 눈길을 주지 않는다. 흑인 학생들이 앞뒤로 두 줄을 빽빽하게 채워 카먼을 둘러싸고 있다. 클레어는 교정에서 이렇게 많은 수의 흑인을 본 적이 없다—생각해보니 어쩌면 이렇게 많은 수의 흑인을 한꺼번에 보는 일 자체가 평생 처음인 것 같다. 그중 누구도 일어서서 발언하지 않는다. 조끼를 입고 중절모를 쓴 남학생 하나가 마이크로 다가가 〈정다운 고향 앨라배마〉*의 가사를 극적으로 읽는다. 역설을 의도한 것인지 아닌지는 아무도 알 수 없다.

---

* 〈Sweet Home Alabama〉. 미국 남부 출신 록 밴드 레너드 스키너드의 대표곡으로 인종차별을 이유로 남부를 비판하는 목소리에 대항해 앨라배마를 옹호하는 내용을 담고 있다.

로버트는 클레어에게 최대한 끝까지 기다리라고, 모두가 분노를 쏟아낸 뒤 최후의 발언으로 승리하라고 말했다. 클레어는 기다린다.

에런에 대해서는 누군가가 물을 때만 대답해야 한다. 최대한 반복적으로 '사고'라고 말해야 한다. 에런은 무척 가까운 친구였다고, 그 사실에 어긋나는 어떤 추측도 모욕으로 느낀다고 말해야 한다. 클레어는 어떤 건 진실이라 말하고 어떤 건 거짓이라 말하는 법을 연습했다. 나는 사람을 죽였다. 나는 그 사람을 사랑했다. 나는 외면하고 도망쳤다. 어떤 술자리 게임을 고약하게 비튼 형식. 둘은 진실이고 하나는 거짓, 혹은 둘은 거짓이고 하나는 진실.

중절모를 쓴 남학생의 낭송이 끝나고 다른 백인 학생 두 명이 발언하고 난 뒤로 마이크는 비어 있다. 흑인 학생들은 아무도 움직이지 않는다. 처음에 클레어는 그들의 침묵이 망설임이라고 생각하지만, 어색한 침묵이 길게 이어진 뒤에도 한참을 모두가 미동도 없이 자리를 지킨다—정확히 십 분. 흑인 학생들이 하나둘 일어선다. 그들은 학생처장에게 메모 카드를 넘겨주고 자리를 뜬다. 학생처장은 카드를 하나씩 하나씩 모조리 뒤집어 본다. 전부 백지다. 백인 학생들 소수가 일어서서 소지품을 챙긴 뒤 흑인 학생들 뒤에서 열을 지어 밖으로 나간다. 로버트는 급히 무언가를 휘갈겨쓰고 있다.

클레어는 논쟁에 대비하고 왔다. 사방을 둘러싼 침묵에 어떻게 저항할지는 알지 못한다. 침묵은 전략이다. 침묵이 클레어의 머릿속에서 웅웅거린다. 하지만 좌석은 아직 반 정도 차 있다. 마이크는 아직 켜져 있다. 학생신문 기자 세 명과 전국 매체 기자 열 명이 와 있다. 여전히 원하면 어떤 사람이든 될 수 있다고 다짐하는 자신의 우렁우렁한 목소리와 클레어 사이에는 아직 10피트의 거리가 남아 있다.

앨커트래즈

앨커트래즈는 장삿속 뻔한 관광지에 지나지 않는다고 모두가 말했지만, 그 여름에 나는 엄마에게 어떤 종결의 느낌을 줄 만한 소재를 절박하게 찾고 있었고, 애초에 모든 상처를 초래했던 그 교도소가 새로 이사한 내 아파트 창밖으로 보이는 바다 한가운데에 있다는 사실은 행운처럼 느껴졌다. 내가 샌프란시스코만 지역을 일부러 찾아온 건 아니었다─연이은 우연들과, 또 막상 경험하기 전까진 원하는지도 몰랐던 삶이 오클랜드로 나를 부른 것이다. 그렇긴 해도, 이곳에 도착한 뒤로 그 섬에 곧장 달려가지 않은 것은 단지 내가 의도적으로 회피했기 때문인 듯했다. 내 경우는 다른 사람들과 반대라는 느낌이 들었다. 동부 해안에서 캘리포니아로 온 다른 지인들은 다들 뭔가로부터 도망치고 있는데, 나는 과거의 쓰라린 상처에 점점 더 가까이 다가가고 있어서, 가끔은 그게 손으로 만져질 것만 같을 정도였다.

나는 학대 피해 아동을 위한 방과후 연극 및 춤 치료라는 실험적인 프로그램에서 일하기 위해 서부로 왔다. 대학 동창이 나를 참여시키려고 몇 달 동안 공을 들였다. 그 친구가 보내준 프로그램 책자에는 아이들의 웃는 얼굴, 베이에어리어*와 태평양의 사진이 있었다. 나는 그 모험에 혹했고 엽서에서나 볼 법한 새파란 바닷물 특유의 색조에 넘어갔지만, 내가 마침내 승낙했을 때 친구는 텍사스로 가서 박사학위 과정을 밟기로 마음먹은 뒤였다. 그래도 나는 왔다. 스물네 살의 나는 주변 사람들에게 결정적으로 중요한 변화를 일으키는 삶을 마음만 먹으면 시작할 수 있다고 확신했다. 세상이 내가 무엇을 요구할지 궁금해하며 기다리고 있다고 확신했다. 그 당시 나는 항상 조바심과 피로를 느꼈지만, 지금 돌아보면 낙관과 가능성에 대한 기대감으로 가득한 시절이었다고 기억한다.

조직의 예산이 너무 빠듯해서 관리자들은 보조금이 바닥나면 다시 채워질 때까지 몇 달 동안 무급으로 일했다. 나는 버클리와 머린 카운티의 아이들에게 과외와 SAT 대비 수업을 해주며 생활비를 보충했다. 센터에서 일하는 대학생 자원봉사자들 가운데 두 명이 일주일도 못 채우고 그만두었다—그중 한 명은 휴대전화를 도난당했고 다른 한 명은 각기 다른 네 아이에게 각기 다른 세 가지 언어로 욕을 들었다. 내 경우에는 근무 첫 주에

---

* 샌프란시스코만 주변의 샌프란시스코, 오클랜드, 새너제이 등을 아우르는 광역 도시권.

어떤 아이가 날 연필로 찌르겠다고 협박했지만, 일은 대체로 마음에 들었다. 핀으로 벽에 걸어놓은 크레용 그림들과 진술한 감사 편지들도 좋았고, 처음에는 겁먹은 수줍음에서부터 노골적인 경멸과 적대감에 이르는 반응으로 나를 대하던 아이들이 어느덧 문을 들어서는 내게 달려와 안기는 모습도 좋았다.

　엄마는 서부 해안에 가본 적이 없었고 내가 거기서 산다는 사실도 탐탁지 않게 여겼다. 우리는 동부 해안 토박이인데다 이쪽 해안 지방이 저지른 잘못으로 인해 하마터면 아예 존재하지 못할 뻔했다. 내 증조부가 이곳에서 복역했다―앨커트래즈의 지하실에 갇힌 채로, 죽으면 시신을 쥐에게 먹이겠다는 말을 매일같이 들었다. 그때 열여덟 살이던 증조부는 그제야 합법적으로 입대할 수 있는 나이가 되었지만, 위조된 출생증명서 때문에 이미 삼 년이나 군대에서 복무한 상태였다. 1920년 당시에 앨커트래즈는 아직 군 교도소였고, 갱단 재소자들 때문이 아니라 예비 탈영자들 사이에서 악명이 높던 시절이었다. 훗날 불멸의 명성을 얻게 될 구역은 아직 건설중이었지만, 찰스 설리번의 개인적 지옥이 되기엔 이미 충분했다. 그가 영영 진정으로 벗어나지 못한 지옥, 그리고 엄마―엄마에게 축복이 있기를―가 여전히 그의 명예 회복을 위해 애쓰게 한 지옥.
　엄마는 그로부터 사십 년 가까이 흐른 뒤에 태어났다. 증조부가 국선변호사의 도움을 받아 복역 이 년 만에 군대가 자신들의 실수를 자인하도록 만들지 못했다면 엄마는 아예 태어나지도 않았을 것이다. 그들은 내 증조부의 살인자 딱지를 지우고 이제 자유로이 나가도 좋다고 말했다. 그는 멀리 돌고 돌아 다시 브롱크스로 갔다. 자신에게 우호적이지 않은 곳을 전전하며 정착하려 애쓰느라 몇 년을 보낸 뒤였지만, 마침내 다시 뉴욕에 돌아와서는 그를 딱하게 여긴 첫 여자인 루이즈와 결혼해 아이를 둘 낳았는데, 그중 어린 쪽이 내 외할머니였다. 나는 할머니를 만난 적이 없다. 엄마—백인 가족 사이에서 태어난 갈색 피부의 여자아이—를 낳고 몇 달 뒤 집을 나갔기 때문이다. 엄마가 여섯 살 때 어떤 이웃 사람이 엄마에게 대놓고 말했다. 너희 엄마조차 너무 창피한 나머지 널 딸로 인정하고 키울 수 없어서 집을 나간 거라고. 엄마가 울면서 집에 오자 찰리 설리번은 자기 손가락과 엄마 손가락을 바늘로 찔러 서로 맞대고서 둘은 이제 같은 피를 가졌으니 네가 무엇이든 나도 너와 같다고 말했지만, 엄마는 그때 너무 어려서 '한 방울 원칙'*을 알지 못했고 오랜 세월이 흐르고 나서야 그 행동의 의도를 깨달았다. 엄마는 엄마의 조부모를 그래미와 파파**라고 불렀다. 가속 모두 엄마의 엄마가 언젠가 돌아올 거라고 믿었기 때문에 그래미는 조부모의 역할을 고수했으나 파파는 엄마의 전부였다. 엄마가 열세

---

* 20세기 초 미국의 법적 인종 분류 원칙으로, 백인에게 흑인의 피가 한 방울이라도 섞였거나 조상 중에 흑인이 한 명이라도 있으면 흑인으로 간주했다.

** '그래미(Grammy)'는 할머니를 부를 때 쓰는 말이고 '파파(Papa)'는 주로 아버지에게 쓰는 말이지만 아버지가 없거나 아버지를 다른 말로 부를 경우 할아버지에게 쓰기도 한다.

살 때 그래미가 세상을 떠나자, 엄마는 그래미가 생전에 어떤 역할을 했는지 뒤늦게 이해하게 되었다. 그래미는 파파가 돈을 다 써버리기 전에 잘 감춰두었고, 월세가 제때 나가는지, 난방이 들어오는지, 가족 모두가 깨끗한 옷을 입고 세끼 밥을 먹는지 챙겼으며, 평소에는 남편이 일하러 가지 못할 정도로 술에 취하지 않게 단속하면서도 그가 교도소 악몽에 시달릴 때는 비명을 질러 이웃들을 깨우지 않도록 적당히 취해 있게 했다.

열여덟 살에 엄마는 집을 떠나 대학에 입학했다. 겨우 가까운 뉴저지로 갔을 뿐인데 엄마의 할아버지는 엄마가 독립한 지 두 해도 안 되어 세상을 떠났다. 나는 성인기 대부분을 캘리포니아에서, 엄마와는 이 나라의 끝과 끝에 뚝 떨어져서 살았는데, 어른이 되고 한참 지나서야 엄마에게 일어난 앞의 사건이 뒤의 사건을 일으킨 원인이라는 엄마의 굳은 믿음에 의심이 들었다. 아니면, 성장하지 말라는 교훈을 담은 그 이야기를 들려주며 엄마는 내가 뭘 어떻게 하기를 바랐는지 의문을 품게 되었다고나 할까.

나를 보러 오클랜드에 왔을 때, 엄마는 그전 이십 년 세월의 대부분을 미국 정부와 모종의 소송, 혹은 협상을 벌이는 데 할애했다. 당시 기준 최신 계산에 따르면—엄마는 해마다 누적이자를 더한 총액을 계산해 내게 재확인시켰다—미국 정부는 우리에게 22만 7035달러 87센트를 빚지고 있었다. 엄마는 우리가 비이성적인 사람들처럼 보이지 않도록 계산을 정확히 하고 싶어했다. 엄마가 민원 절차의 첫 단계로 군사기록정정위원회에 편지를 쓰기 시작했을 시점에 나는 아직 어린아이였다. 엄마의 할아버지도 세상을 떠나기 전까지 여러 해에 걸쳐 그 위원회에 편지를 보냈다. 이때는 엄마가 아빠와 이혼한 직후였는데, 내가 그 두 사건의 상관관계를 암시하는 것이 공정한 일인지는 잘 모르겠다. 이혼 전에 두 사람은 엄마가 오래된 파파의 물건을 절대 팔지 않고 잡다한 서류 상자들을 처분하지 않는다는 이유로 싸우곤 했는데, 결별은 그런 싸움이나 그 밖에 다른 싸움 때문이라기보다 잘 지낼 때조차 서로에게 할말이 점점 없어진 탓이 더 컸다. 아빠가 집을 나가자 엄마는 할아버지의 오명을 씻는 임무에 온몸을 던졌다. 할아버지가 자기 생애에 끝내지 못한 일을 엄마 생애에 끝내려는 것이었다. 엄마 주변에는 그러지 말라고 타이를 어른이 아무도 없었고, 오직 나뿐이었다. 엄마는 누군가가 엄마에 대해 거짓말을 한다면 어떡하겠느냐고 내게 물었다. 그 거짓이 어딘가에 여전히 적힌 채로 엄마가 죽는다면 진실을 증명하기 위한 싸움을 포기하겠느냐고 물었다. 그 질문에 단 하나의 정답은 아니요, 라는 것을 나는 알고 있었다.

엄마가 성공할 가능성은 낮았다. 그 절차를 시작한 건 파파가 세상을 떠난 지 십오 년, 유죄판결을 받은 지는 칠십 년이 넘게 지난 시점이었다. 그래도 엄마의 주장에는 일리가 있었다. 엄마가 다락방에 복사본으로 보관중인 전역 서류에는 파파의 사면 사실이 기록되어 있었고, 엄마는 그 서류를 근거로 파파의 불명예 전역을 명예 전역으로 수정하기는 쉬우리라 생각했다. 기소된 범죄 혐의를 벗었다면 정부가 파파에게 불명예 딱지를 붙이는 건 말이 안 된다고 엄마는 판단했다. 어떠한 조치도 반응도 없이 몇 년이 흐르는 동안, 엄마는 이따금 유리한 선례로 보이는 일들이 일어나면 희망에 부풀었다. 1999년에 웨스트포인트* 최초의 흑인 졸업생인 헨리 플리퍼 중위가 사후에 대통령 사면을 받았다. 그를 군에서 몰아내기 위해 조작된 추문에 휘말려 억울하게 횡령죄로 기소된 지 백 년이 넘게 지난 뒤였다. 엄마는 샴페인을 한 병 사다가 나와 함께 마시며 공식 사면 의식을 시청했다. 고故 플리퍼 중위의 자손들이 연단에서 빌 클린턴, 콜린 파월과 함께 앉아 공식 사과를 받았다.

"이제 알겠니?" 엄마가 내게 물었다. "거짓을 바로잡는 일을 포기하지 않으면 어떤 일이 일어나는지?"

하지만 실제로 일어난 일은—그 짧은 낙관의 순간 이전에, 그리고 특히 그 이후 오 년간—엄마가 갈수록 요원해지는 성과에 점점 더 의존하게 되었다는 것이다. 엄마는 초등학교에서 아이들을 가르쳤지만, 방학과 반휴일과 주말은 온통 소송과 관련된 업무 처리나 육군, 대통령, 지역구 하원의원 등에게 편지를 쓰는 일에 할애했다. 우리 둘의 시간당 임금은 계산에서 제하더라도 이미 엄마는 법원 접수 수수료, 서류 복사, 내용증명우편 따위의 비용으로 우리가 이론적으로 받을 보상금 22만 달러를 절반 가까이 써버렸다. 집에서 엄마와 사는 동안 나는 남는 시

_____
* 미 육군사관학교.

간을 전부 서류 정리와 중요 문서 복사와 숨죽이고 기다리는 일에 써야 했다. 오클랜드로 이사한 지 두 달이 되었을 때 대법원은 재향군인국을 상대로 한 상고를 기각했다. 엄마는 이 나라 반대편 끝에서 축 처진 목소리로 전화를 걸었다. 이젠 더 싸울 상대가 남아 있지 않았다.

"파파는 영영 명예를 되찾을 수 없게 됐어." 엄마가 말했다.

"파파가 어떤 사람인지는 엄마가 알잖아." 나는 말했지만 엄마에겐 전혀 위로가 되지 않는 듯했다.

전화를 끊고 나서 나는 무력감을 느꼈고, 마침내 앨커트래즈 유람선을 예약했다. 예약한 시간에 부두로 나갔지만 정말로 배에 탈 엄두는 나지 않았다. 그래서 관광객들의 카메라를 피해 피셔맨스워프* 주위를 배회하며 이 불안감이 어디서 비롯되는지 짚어내려 했다. 바닷물을 한참 바라보다가—나를 이곳으로 불렀다고 느꼈던 그 강렬하고 한결같은 푸른빛—결국 부두의 기념품점에 들어가서, 북미 원주민의 앨커트래즈섬 점령을 기념하는 포스터를 엄마 선물로 샀다. 포스터 앞면에는 반은 남자이고 반은 독수리인 만화풍 캐릭터 아래에 '앨커트래즈 인디언'이라고 쓰여 있었다. 이곳도 자유의 장소일 수 있다는 사실을 기억하면 마음이 더 편해질지 모른다고 생각했어, 라고 나는 뒷면에 휘갈겨 적었다. 엄마는 포스터를 받았다는 말을 하지 않았다.

---

* Fisherman's Wharf. 샌프란시스코 해안 북부의 부두가 즐비한 지역을 이르는 명칭으로 유명한 관광지다.

과묵함은 엄마의 성정이 아닌 터라, 그뒤로 몇 주에 걸쳐 점점 더 말수가 적어지는 엄마 때문에 나는 안절부절못했다. 새 학기가 시작되려면 아직 몇 주가 더 남았기에 엄마에게 내 집에 다녀가라고 강권했다. 얼마나 상태가 나쁜지 내 눈으로 직접 확인하고 싶었다.

엄마는 몇 달 전 마지막으로 봤을 때보다 9킬로그램이 가벼워진 채 내게 왔다. 늘 할인 가격에 산 청바지만 입고 마스카라는 꼴사납다고 말한 적도 있는 사람이 화장을 하고 명품 구두를 신고 있었다. 엄마가 기분 조절 약물을 신뢰하지 않는다는 사실을 몰랐다면 약에 취했다고 생각했을 것이다. 마치 영화 속 내 엄마의 배역을 따내려고 오디션에 나온 배우 같은 차림이었다. 다른 딸 같으면 그런 모습에 안심했을지도 모르지만, 내가 엄마에게서 본 것은 내면이 폐허가 되었기에 오로지 외적인 평정을 유지하는 데 온 힘을 다하는 사람이었다.

"어떻게 지내고 있어?" 엄마를 공항에서 만나 아파트로 데려오고 나서 내가 물었다.

"어떨 것 같니?" 엄마가 물었다.

엄마는 내가 소파에서 자겠다고 침대를 내주어도 거절하더니, 거의 매일 밤 소파에서 시트콤을 보고 와인 두 잔을 마신 뒤 열시 무렵이면 쓰러져 갔다. 재판이 끝나고 정상적인 일을 할 시간이 더 많아질 엄마를 상상했을 때 내가 떠올렸던 모습은 이게 아니었다. 어떤 제안을 해도 엄마는 흥미를 느끼거나 관심을 돌리지 않았다. 내가 계속 몰아대면, 갈수록 기이해지는 앞날의 계획들을 내놓기도 했다. 동부 끝자락에 온갖 물건으로 가득찬 자기 집이 있으면서도 내 집으로 이사오겠다고 했다. 프랑스어를 하지도 못하면서 프랑스로 이주하겠다고 했다. 사십대 후반의 나이에 평화봉사단에 가입하겠다고 했다. 왜 제대로 된 실내 화장실을 마다하고 밖에서 수선을 떠느냐며 캠핑조차 안 해본 사람이.

아마도 엄마가 그렇게 비현실적이고 불합리한 미래에 집중하고 있어서였을 것이다. 내가 엄마를 위해 아직 뭔가를 바로잡을 수 있다는 생각을 품은 것은. 나는 낸시 모턴을 찾았다. 굳이 따지자면 엄마의 사촌이자, 나 이외에 살아 있는 유일한 친척. 엄마는 역시 찰리 설리번의 손녀였던 낸시를 할아버지의 장례식 이후로 만난 적이 없었다. 그리고 이 가족이 엄마의 세대에서 분열되어버린 일 또한 파파의 유산에 새겨진 불명예라고 여겼다.

나는 낸시와 이미 약속을 잡고 유람선까지 예약한 뒤에야 엄마에게 계획을 설명했다. 엄마는 조심스러운 반응이었다. 처음 소송을 시작했을 때 엄마도 사촌들에게 연락하려 했지만, 가지고 있던 낸시의 오빠 주소로 보낸 편지는 '발송자에게 반송' 표시가 되어 되돌아왔다.

"그 사람들은 여전히 엄마의 가족이야." 나는 주장했다.

"그 사람들은 내 가족이 아니야." 엄마가 말했다. "그냥 혈연 관계일 뿐이지."

나는 엄마의 할아버지도 우리의 이런 여행을 바랐을 거라는 말로 엄마를 겨우 설득했다. 엄마 스스로가 할아버지의 바람 운운한 적이 많아서 잘 먹혀들었다. 비록 거의 곧바로 이게 정말로 멋진 계획인지 나 스스로 회의가 들었지만, 이미 때는 늦었다. 나는 남이나 다름없는 사람들 여럿을 유람선으로 초대했고, 이제 이렇게 우리가 한데 모였다—인스턴트 가족, 물만 부으면 완성.

*

8월의 베이에어리어답지 않게 더운 날이었다. 공기가 예전에 떠나온 동부 해안처럼 끈끈하고 숨막혔다. 낸시 모턴은 대형 밀짚 핸드백에서 커다란 실속형 자외선 차단제 병을 자꾸만 꺼내 벌써 불그스름해진 피부에 듬뿍 발라댔다. 낸시의 남편 켄은 자기 운동화만 계속 내려다보았다. 모두가 부두에서 만나 악수하고 소개를 한 뒤로 그는 거의 말이 없었다. 사실 그뒤로 한 말은 정확히 여섯 마디로, 작은딸이 축축한 티셔츠를 벗어버리고 비키니 브라 차림으로 돌아다니기 시작하자 "켈리, 망할 놈의 옷 좀 입어"라고 말한 게 전부였다. 큰딸 세라는 스물세 살이었는데—나랑은 한 해 차이로 생일이 같았다—자기 가족 때문에 나만큼이나 난처한 것 같았다.

낸시와 엄마가 서로 만난 건 이번이 겨우 세번째였다. 어린 시절에 낸시의 부모는 우리 엄마가 집밖에 나가 있어야 한다는 조건을 걸고 매달 낸시 남매를 조부모에게 데려왔다. 엄마는 여섯 살 무렵에 자신이 흑인이고 가족들은 아니라는 사실을 깨달았고 그래서 그런 규칙이 존재한다는 것을 이해했지만, 그것을 사적인 감정 없이 객관적인 사실로 받아들였다. 그것은 예컨대 중력처럼 더 높은 차원에서 비롯된 규칙이었다. 엄마는 잠시 피신해 있던 이웃의 아파트 창문을 통해 조부모가 사는 건물 현관 앞 계단에서 노는 낸시를 볼 수 있었다. 금발을 땋아 허리까지 늘어뜨린 작은 소녀 낸시가 병뚜껑을 하나씩 돌멩이로 쳐서 납작하게 누르려고 애쓰는 동안 머리채가 더러운 바닥을 스쳤다. 엄마는 대체로 순종적이었지만, 순간 호기심이 동했고 다른 아이들은 일가친척이 찾아올 때 자리를 피하지 않는다는 생각을 떨칠 수가 없어서 결국 충동에 넘어가고 말았다. 엄마를 지켜보기로 한 이웃 사람이 침실에서 드라마를 보고 있을 때 엄마는 아래층으로 내려가 낸시를 더 잘 보려고 현관의 유리문 밖을 내다보았다. 마침내 고개를 든 낸시가 유리문 반대편에 얼굴을 들이민 채 마주보았다. 엄마가 문을 열었다.

"왜 날 쳐다보고 있어?" 낸시가 물었다.

"우린 사촌이야." 엄마가 말했다. "그리고 네 머리칼은 가짜 같아."

"가짜 아냐." 낸시가 말했다. "그리고 난 사촌이 없어."

"있어. 난 여기 살아. 우리들의 그래미, 파파와 함께."

낸시는 그들을 설리번 할머니, 설리번 할아버지라고 불렀기 때문에 그 이름들은 아무런 의미가 없었지만, 엄마는 차고 있던 액자 목걸이 속에 있는 조부모의 사진을 증거로 보여주었다. 그것은 충분히 설득력이 있어서 낸시는 환호를 지르며 엄마를 껴안았다. 낸시가 납작하게 누른 병뚜껑 하나를 주었고 엄마가 꼭 동전 같다고 말하자 둘은 가게 놀이를 생각해내 뒷마당의 꽃과 흙, 둘이 입고 있는 옷과 장신구 등을 사고파는 척하며 놀았다. 두 아이는 놀이에 푹 빠져서 낸시의 부모가 아파트에서 나오는 것을 알아차리지 못했고, 결국 낸시의 엄마가 현관문을 열고 함께 노는 두 아이를 발견했다.

　낸시의 엄마는 빽 소리를 지르며 딸의 이름을 부르더니 땋은 머리를 움켜잡아 길 아래편에 세워둔 차까지 질질 끌고 갔다. 그러는 내내 낸시의 목은 부자연스럽게 뒤로 꺾여 있었다. 엄마는 낸시의 엄마가 병뚜껑을 뺏으러 올까봐 손아귀에 너무 꽉 쥐고 있어서 피부가 베었다. 낸시의 엄마는 신경질적으로 울어대는 딸을 뒷좌석에 밀어넣은 뒤 문을 쾅 닫았고, 남편과는 한마디도 주고받지 않았다. 남편은 말없이 아들의 손을 잡고 아내와 울부짖는 딸이 있는 차까지 걸어가 작별인사도 제대로 하지 않은 채 시동을 걸었다. 엄마는 손바닥에서 계속 피를 흘리며 그들이 그렇게 떠나가는 모습을 바라보았다. 눈물로 얼룩진 낸시의 얼굴이 뒷좌석 창문에 딱 붙어 있었다. 엄마의 외삼촌이 가족을 데려온 건 그때가 마지막이었고, 엄마가 그를 본 것도 조부모의 장례식 때를 제외하면 그때가 마지막이었다. 몇 년 동안 엄마는 파파에게 그 놀이 이야기를 하고 또 했다. 그렇게 하면 그 놀이를 망친 세부적 요소를 찾을 수 있을 것처럼. 나이가 들어 자신이 바로 그 세부적 요소, 놀이를 망친 원인이라는 사실을 이해할 때까지. 언젠가, 파파는 엄마에게 말했다. 이런 우매함

이 끝장나고 내 손주들과 그들의 자식들까지 다 함께 모여 기뻐하는 날
이 올 거야. 하지만 그런 날이 어떻게 해야 올 수 있는지는 몰라
도 엄마의 집에는 오지 않는 것 같았다.

"넌 얼마나 많은 걸 당연하게 누리고 있는지 모를 거야." 내
가 처음으로 백인 친구를 집에 데려와 놀았을 때 엄마는 말했
다. 하지만 엄마의 말은 틀렸다. 가장 사랑하는 사람의 얼굴에
그 대가가 새겨져 있을 때, 면면히 이어온 부채를 안고 태어났
고 그 빚을 절대로 갚을 수 없다는 것을 알 때, 당연히 누릴 수
있는 건 아무것도 없다.

*

"서실리아는 의사가 되려고 공부하는 중이야." 엄마는 페리
가 출발하기를 기다리는 동안 모턴 가족에게 말했다. 그건 사실
이 아니었다. 나는 공중보건학 석사학위를 땄는데 엄마는 그걸
사회복지 경력의 시작이 아니라 의학전문대학원 진학의 발판
이라 생각하고 싶어 했다. 아빠는 앞으로의 내 인생 계획을 듣더
니, 비현실적인 대의에 대한 나의 열의는 엄마에게서 물려받은
것이니 아빠 탓은 하지 말라고 말했다. 하지만 비행기 푯값은
보내주었다.

"의사라니," 낸시가 말했다. "굉장하구나. 네 그런 추진력을
세라도 좀 본받으면 좋겠다. 쟤는 일 년 동안 사막을 걸어서 돌
아다닐 궁리를 하고 있거든."

나는 처음으로 진지한 흥미를 느끼며 세라를 보았다. 세라는 눈을 치뜨면서 머리칼 한 가닥을 손가락 끝이 벌겋게 되도록 세게 꼬아 비틀고 있었다. 우리는 체형이 비슷해서, 둘 다 거대한 마대 자루가 아니라면 어떤 옷을 입어도 음란해 보일 만큼 가슴이 컸지만, 유사함은 딱 거기에서 그쳤다. 세라는 돌돌 뭉친 밴더빌트대학교 운동복 티셔츠를 베개삼아 기댄 채 팔 하나를 좌석 등판에 걸쳐 늘어뜨리고 있었다.

"서실리아는 언제나 과학을 잘했어." 엄마가 말했다. "제 아빠에게서 물려받은 소질이지. 오랫동안 나도 널 찾아보고 싶었는데, 결국 서실리아가 기술적 재능을 발휘해 이렇게 찾아냈지 뭐야. 난 과학 쪽으로는 머리가 잘 안 돌아가거든."

엄마는 내가 7학년 때 토마토 수경재배로 리본 표창장을 받은 일을 내 과학적 탁월함의 근거로 생각했다. 그뒤로 생화학에서 낙제할 뻔하고 물리학은 중간에 수강을 취소했는데도 마찬가지였다. 음식 비평가인 아빠는 최근에 어떤 음식 비평에서 액체질소를 '연기'라고 잘못 말하는 바람에 어느 분자요리 전문가의 호된 비판을 받았다. 내 기술적 재능이란 낸시 모턴의 오빠 이름을 구글에 입력한 일을 뜻했다. 엄마의 사정도 이해할 만한 것이, 우리는, 그러니까 엄마와 나 둘 다, 누군가의 이름을 허공에 입력한 뒤 그 사람의 현 거주지를 즉시 보고받는 능력을 어린 시절부터 갖추지는 못했다. 나는 늘 엄마의 사촌들에 대해 알고 있었지만, 엄마 인생에서 가장 답하기 힘든 질문 중 하나에 이제는 답을 할 수 있게 되었다는 것을, 그것도 즉시 알아낼 수 있다는 것을 그해가 되어서야 깨달았다. 당시에 인터넷은 아직 신비한 마법처럼 느껴졌다. 우리 모두 최근에야 손에 넣어 여전히 사용법을 배우고 있는 새로운 능력이었다. 십오 년 뒤 결국 베이를 떠날 때—내 직장이었던 비영리재단이 문을 닫았고 나 역시 오르는 집세를 근근이 감당하고 있었다—나는 언덕들을 따라 오래 걸었다. 만 반대편에 첨단기술이 재건한 도시를 건너다보며 그 시대가 오고 있다는 걸 언제 처음 알았는지, 모든 마법, 모든 진보에는 대가가 따른다는 걸 깨달은 때가 언제인지 기억하려 애썼다.

심지어 그때도 우리에게 답을 준 그 마법에는 어떤 불길함의 흔적이 있었다. 검색 결과에 따르면, 낸시의 오빠는 당시 기준으로 삼 년 전에 교통사고로 죽었다. 부고에 낸시와 그 가족이 언급되었다. 나는 그들에게 뒤늦은 애도를 표하고 나서, 샌프란시스코로 내려와 앨커트래즈 페리에서 만나자고 초대했다. 그들은 훨씬 북쪽인 서노마에서 살았고, 낸시는 잠시 망설이더니 차를 몰고 당일치기로 다녀가겠다고 했다.

"아, 옛날엔 좀 달랐지." 낸시가 말했다. "여자애들과 과학 말이야. 우리에겐 과학을 공부하라고 권장하지 않았잖아, 안 그래, 앤?"

"맞아." 엄마가 말했다. "권장하지 않았지. 그땐 많은 게 달랐어."

잠시, 말하지 않은 무언가가 허공에 떠 있었다. 켄 모턴이 목청을 가다듬었다.

"그런데," 그가 물었다. "왜 앨커트래즈죠? 여행하기에 좋은 날씨이긴 해도 좀 특이한 선택 같아서요."

"나도 같은 질문을 할 생각이었어. 흥미로운 재회 장소이긴 해. 우리는 한 번도 못 가봤어—겨우 몇 년 전에 여기로 이사를 와서 그간 관광지들을 반도 둘러보지 못했거든. 그래도 아름다운 곳이라고 들었어."

엄마는 금방이라도 울 것 같았다. 나는 무의식적으로 엄마에게 바짝 다가갔다. 그들을 왜 특별히 여기로 불렀는지 미리 설명할 생각을 미처 못했다. 알 거라고 생각했다.

"몰랐어?" 엄마가 물었다. "파파가 앨커트래즈에 있었다는 걸? 그래서 파파가—그래서 여러 사정이 그렇게 될 수밖에 없었다는 걸?"

잠깐 놀란 표정이 얼굴에 떠올랐으나 낸시는 곧 평정을 되찾았다.

"들은 적은 있어." 낸시가 천천히 말했다. "할아버지가 교도소에서 잠시 복역하셨다고, 그리고 그뒤로 완전히—완전히는 회복하지 못하셨다고. 거기가 앨커트래즈인지는 몰랐어. 알잖아, 난 할아버지를 깊이 알 기회가 없었어. 너처럼 그럴 수는 없었지."

"그랬겠지." 엄마가 말했다. "다른 사람은 아무도 그럴 수 없었지."

엄마는 갑판 위의 벤치에 앉아서 팔로 자기 가슴을 감쌌다. 나는 그 옆에 앉았다. 엄마가 울지 않으려고 애쓴다는 걸 알 수 있었다. 엄마에게 팔을 두르고 어깨를 가만가만 도닥였다. 모턴 가족은 그 자리에 있기가 난처한 듯, 이내 고개를 돌려 샌프란 시스코가 시야에서 사라지는 모습을 바라보았다.

*

엄마의 유년기에 대해 당신이 이해해야 할 점은 이렇다. 그것은 유년기가 아니었다. 엄마의 엄마는 찰리와 루이즈의 두 아이 중 둘째였다. 두 아이는 찰리의 실속 없는 과잉과 루이즈의 뉴잉글랜드식 검소 사이에서 널을 뛰며 성장했다. 내 할머니는 열여섯 살에 가출해 극단에 들어갔다. 그리고 두 해 뒤 흑인 아기를 데리고 돌아왔다. 그러고는 내 엄마를 자기 부모에게 맡길 수 있을 때까지, 그리고 어느 외판원 남자를 만날 때까지 몇 달간 집에 머물다 그와 함께 도망쳤다. 할머니의 소식은 두 번 다시 들려오지 않았다. 몇 년이 흐른 뒤 그 외판원이 간단한 편지와 함께 할머니의 부고 기사를 복사해 보냈다. 엄마는 어렸을 때 파파와 함께 앉아 자기 엄마가 있을지도 모르는 온갖 곳에 대한 이야기를 지어냈다. 무한의 나라. 캔자스 북쪽 어딘가에 있는데 항상 팽창하고 있어서 계속 걸어가도 그곳을 영영 벗어날 수 없다. 요정 세계. 웨스트플로리다 어딘가에 있고 그곳에 가면 사람이 계속 줄어들다가 결국 자기가 요정이 되었다는 걸 깨닫지만 그땐 너무 늦어버려서 손을 쓸 수가 없다.

오랫동안 둘은 상상의 세계에서 함께 살았다. 그곳은 오로지 마법의 힘으로만 머무를 수 있는 세계였다. 하지만 엄마는 적당한 나이가 되자마자 그곳을 떠나 계속 걸어나갔고, 자신을 길러준 남자를 사랑하는 일은 머나먼 곳에서 거는 전화에 국한되기에 이르렀다. 아마도 그건 엄마가 자기 인생을 구원한 결정이자, 스스로 절대 용서하지 못한 결정이었을 것이다. 나는 내 인생의 조건, 내 선택의 대가를 엄마의 그것과 감히 비교한 적은 없지만 이제는 더 잘 이해할 수 있다. 사람들이 지닌 과잉을 사랑한다는 것이 어떤 느낌인지를, 타인의 사랑이 나를 소진할 것을 알더라도 그 사랑의 진실성이나 그에 보답하는 나의 사랑이 약해지진 않는다는 것을, 그리고 누군가를 남겨두고 떠남으로써 그 사람에게 가장 소중한 것—나 자신—을 구할 수도 있다는 것을. 아니, 어쩌면 나는 그때도 그걸 이해했겠지만 말로 표현하지는 못했을 것이다.

*

　찰리 설리번에 대해 당신이 이해해야 할 점은 다음과 같다. 유년기의 가정환경은 험하기 짝이 없어서 1차대전 끄트머리의 군 입대가 더 안전하고 유쾌한 대안처럼 보였다. 열다섯 살에 그는 출생증명서를 위조해 입대했다. 너무 깡말라서 해외로 보내기에 적합하지 않다는 어느 대위의 판단에 따라 국경수비대에 배치되었는데, 그는 일부러 국경 밖이 아니라 캘리포니아 쪽을 바라보며 나날을 보냈다. 멕시코 쪽에서 오는 사람은 누구든 쏘라는 명령을 받았으나 보지 않으면 쏠 수도 없다는 생각이었다. 어쨌거나 배급받은 총도 제대로 작동하지 않았다. 가끔 발사하려 하면 방아쇠가 꿈쩍도 하지 않았고 처음엔 그게 다행이라고 생각했다. 나중에 그러면 위험할 수도 있겠다는 생각이 들어 지휘관에게 사정을 얘기하자, 지휘관은 진짜 총을 원한다면 먼저 진짜 군인부터 되라고 말했다.

불평은 그만둬, 그들이 말했고 찰리는 그 말에 따랐다. 그런데 어느 날 밤 총을 닦다가 오발 사고가 나면서 튀어나간 총알이 그의 가장 친한 친구를 거쳐 문가에 서 있던 장교까지 관통했다. 어찌나 순식간에 일어난 일이었는지, 총알은 한참 웃고 있던 친구를 맞힌 뒤 곧장 지휘관의 비명을 잠재웠다. 현장에 처음 도착한 사람들은 찰리가 절친한 친구의 시신 위에 엎드려 흐느끼는 모습을 발견했다. 그 친구는 건축가가 되고 싶었던 저지 출신의 열아홉 살 청년이었다. 기지 사령관이 나타나기 전까지는 누구도 찰리가 고의로 사건을 저질렀다는 암시조차 하지 않았지만, 사령관이 그런 생각을 내비치자마자 찰리는 수갑을 찬 채로 끌려갔고 총기 오작동에 관한 이전의 보고는 지워졌다. 앨커트래즈로 이송된 그는 재판을 거쳐 총살형을 선고받았다. 사형 집행을 위해 지하실에서 끌려나갔다가 갑자기 집행이 정지된 일이 두 번이나 있었다. 전직 육군이었던 나이든 국선변호사는 자신이 그간 너무도 많은 악을 보아온 탓에 악이 아닌 걸 알아볼 수 있는 눈도 갖게 되었다고 생각했고, 찰리 설리번이 풀려나기 전에는 은퇴하지 않기로 마음먹었다. 그는 내 증조부의 결함 있는 총, 그의 성정, 고인과의 우정 등에 관한 증언과 탄환 하나가 두 사람 모두를 죽게 했다는 검시 보고서를 확보했다. 그로 인해 증조부는 사면을 받았지만, 불명예 전역은 피할 수 없었다. 육군은 절차상의 오류만을 인정했다.

엄마가 집을 떠났을 때 증조부는 과거의 유령과 홀로 남겨졌다. 그는 엄마처럼 인내심을 가지고 전략적으로 접근하는 법을 몰랐고 적절한 공식적 경로를 거치지도 않았다. 그는 국방부에 전화를 걸고 편지를 써서 불명예 전역을 명예 전역으로 변경하려 했고, 사십 년간 요구해온 퇴역군인 보조금을 받아내려 했고, 서면이 아니라 사람의 답변을 들으려 했다. 그는 관계자들에게 편지를 썼지만 관계된 사람은 아무도 없었다. 마침내 사람의 답변을, 모 부대의 존슨 소령이라는 이가 보낸 "매우 유감스럽지만 불가하다"는 답변을 받았을 때, 증조부는 불용군수품 상점에서 산 군복을 입고 거실에 서서 자기 머리에 총을 쐈다.

그때 엄마는 대학 3학년이었고 아빠와 이미 약혼한 상태였다. 엄마는 결혼식을 위해 모아둔 돈으로 적절한 장례를 치렀다. 벨벳이나 마호가니로 이루어진 호화로운 장례는 아니었지만 관이 준비되었고 교회에서 장례 예배도 열렸다. 엄마와 몇 안 되는 이웃들이 와서 마지막으로 예를 갖췄다. 낸시의 아버지는 점잖은 옷을 입고 면목 없는 모습으로 나타났다. 낸시를 포함해 자식들을 데려왔지만 아내는 오지 않았다. 반쯤 비어 있는 교회에서 그들은 굳이 반대편에 자리를 잡았고, 아무 말도 하지 않았다.

*

이따금 엄마에게 화가 날 때면 나는 이 이야기를 되뇐다. 앨 커트래즈로 가는 배 위에서 우리 여섯 사람이 정말로 뭘 하고 있었는지 알고 싶다면, 당신이 나에 대해 이해해야 할 점은 다음과 같다. 열여덟 살에 대학의 문학 동아리에 가입했는데, 회원들이 각자 가장 좋아하는 작가의 글귀로 문신을 하자는 멋진 아이디어를 냈다. 내 글귀는 과거는 죽지 않는다. 과거는 심지어 지나가지도 않았다*였다. 나는 자라면서 엄마의 모든 전략적 행위를 경외심과 원망이 섞인 마음으로 지켜보았다. 엄마가 자신보다 차림새도 벌이도 더 나은 변호사들에게, 군복을 입은 위풍당당한 군인들에게, 이제 다 지난 일로 여기고 잊으라는 지인들에게 맞서는 모습을 지켜보았다. 끝없는 전투를 이어갈 힘이 도대체 어디에서 나오는지 가끔 궁금하기도 했지만, 엄마는 그 대답을 몸소 보여줄 때가 많았다. 난관이 닥칠 때마다 엄마는 내 위로를 구하고 내 손을 잡았다. 나는 매번 엄마에게 힘내라고 말했지만, 그럴 때마다 쓰라린 항변을 꾹 눌러 참고 있었다. 난 이런 일에 함께하겠다고 동의한 적이 없다는 것―이런 서류 작업도, 정서적 지지도, 엄마는 당연히 나와 공유할 거라고 생각하는 듯한 우주의 궁극적 자비에 대한 믿음도. 하지만 그런 믿음

---

* 윌리엄 포크너의 『어느 수녀를 위한 진혼곡』의 한 문장.

에는 전염성이 있다. 엄마가 곧 어디서 돈이 나오면 시립공원에 할아버지 이름으로 벤치 하나를 기부하겠다는 계획을 말하면, 나는 그 돈이 아직 나오지 않았다는 걸 잊지 말라는 신중한 말로 대응했다. 그러면서도 증조부가 그 벤치에 앉아 있는 우리를 내려다보며 미소 지을 거라고 상상했다. 이 가족 중에 처음으로 평온과 비슷한 상태나마 이루어낸 세대인 우리를 말이다. 가끔 엄마가 잃어버린 사촌들이 자기를 찾을 거라는 환상에 빠지면 나는 눈을 흘기곤 했지만, 그들과 우연히 마주칠 때를 대비해 이름을 외워두었고, 자주 뒤를 돌아보았고, 모르는 사람들의 얼굴을 훔쳐보며 핏줄이라 할 만한 유사성이 조금이라도 있는지 살피기도 했다.

이 배 위에 그들을 불러모아놓고 바라보니 그냥 봐서는 절대로 알아보지 못했겠다는 생각이 들었다. 그들은 다른 모르는 이들과 조금도 다르지 않았다. 엄마의 폭로 뒤로 두 가족 사이의 간극은 좀전에 부두에서 만났을 때보다 더욱 커진 것 같았다. 모턴 가족은 배가 목적지에 닿을 때까지 거의 말을 하지 않았다. 심지어 자기들끼리도. 나는 엄마 옆에 앉아서 어깨를 계속 문질러주었다.

"그래도 다 잘될 거야." 나는 말했다. 잘된다는 게 뭔지 이젠 도무지 모르겠는데도.

*

앨커트래즈가 우리 앞에 솟아올랐다. 바위가 많고 뾰족뾰족하며 군데군데 초목이 자라는 섬. 엄마는 낸시와 띄엄띄엄 대화를 나눴다. 앞에서 한 여자가 열을 올리며 정면에 보이는 병영을 가리켰다. 나는 고개를 들었다. 줄마다 일정한 크기로 길게 늘어선 창문들, 원래는 흰색이었으리라 짐작되는 군데군데 벗어진 페인트. 아무도 굳이 지우지 않은 인디언 환영이라는 그라피티 위에 붙은 오래된 미연방 교도소 간판. 뒤바뀐 순서로 다시 흘러나오는 그 모든 역사. 세라가 내 옆에 서서 똑같은 간판을 응시하고 있었다. 세라는 어깨에 멘 가방을 뒤져 민트 사탕통을 꺼냈다. 세라가 내민 사탕을 하나 받아, 이에 닿아 부서지는 투명하고 파란 작은 알갱이들을 느끼며 씹었다.

"도대체 지금 무슨 일이 벌어지고 있는 건지 말 좀 해줄래?" 세라가 물었다.

"지금 시점에선 네 추측이나 내 추측이나 비슷할 거야." 나는 말했다.

"난 오늘 이 만남이 그냥 우스운 농담 정도로 끝날 줄 알았어." 세라가 이어 말했다. "내 말은, 요즘 세상에 오랫동안 잃어버렸던 친척이란 게 어디 있니?"

"넌 우리에 대해 몰랐어?" 내가 물었다. 나는 기억할 수 있는 세월 내내 그들을 알았다.

"잘 몰랐어. 우리 엄마는 자기 부모님과 그다지 가깝지 않았거든. 이 년에 한 번쯤 추수감사절에나 만났지. 삼촌이 죽고 나서는 더 뜸해졌고. 그러다 그분들도 돌아가셨어. 우리는 외가

식구들 이야기는 잘 하지 않아. 요새 엄마가 좀 이상하긴 했지. 연락을 받아서 기뻤던 것 같아. 아빠는 이런 만남은 좋을 게 없다고 생각하고. 참고로, 너희가 돈이든 뭐든 부탁할 거라는 게 아빠 생각이야."

"아," 나는 말했다. "음, 그럴 일은 없을 거야."

"나도 그렇게 생각했어." 세라는 잠시 멈춰 서서 덤불 속 자주색 꽃을 유심히 살펴보더니 꽃을 꺾어 손가락 사이에 넣고 비볐다. 손가락이 연보라색으로 물들었다. "엄마가 무슨 소송 얘길 하던데."

"다 끝났어. 어쨌거나 돈 때문에 한 소송도 아니었고. 증조부가 애초에 감옥에 간 게 부당한 일이라서 시작한 소송이었으니까."

나는 엄마에게서 들은 이야기를 세라에게 해주었다. 총기 결함, 친구들의 죽음, 쥐들, 자살.

"빌어먹을." 세라가 말했다. 우리는 나머지 오르막을 말없이 걸었다.

*

우리가 앞서간 부모들을 따라잡았을 때, 엄마는 아직도 나의 업적을 살짝 과장해서 읊고 있었다. 그것은 가족의 연례 명절 소식지에 실릴 법한 진실의 미세한 부풀림에 지나지 않았지만 그래도 나는 화가 났다. 엄마가 나를 자랑스러워하지 않는 건가

의심해서가 아니었다—나에 대한 엄마의 믿음은 무한하다는 걸 알고 있었다. 엄마가 확신하지 못했던 건 나에 대한 그들의 믿음이었고, 난 그게 싫었다. 낯선 사람들 한 무리에게 엄마의 자신감을 뒤흔들 만한 힘이 있다는 것이. 나는 엄마의 사촌이 화해할 기회를 얻어서 감사할 거라고, 사촌과 그 가족이 스스로 사촌의 부모보다 더 나은 사람임을 증명하고 싶어할 거라고 확신하며 이 만남을 주선했다. 나와 엄마가 우리의 진심을 호소해야 할 거라고는, 상대에게 잘 보여야 하는 쪽이 우리인 상황이 될 거라고는, 솔직히 전혀 생각하지 못했다.

"저 사람들을 왕족 방문단처럼 대할 필요는 없어." 나는 교도소 본관 입구로 다가가며 엄마에게 투덜거렸다. "저들도 그냥 사람일 뿐이야."

"난 그냥 사람 대하듯 하고 있어. 저들은 무대 소품이 아니야, 서실리아. 사람을 오라 해놓고 나머지는 그냥 저절로 흘러가길 바라면 안 되지. 하지만 마음대로 해, 신경 끊고 쭉 그런 태도를 고수하든가. 그럼 아무리 설득해봐야 저 사람들의 호감을 살 순 없겠지. 저들이 예상한 그대로 행동하라고, 그래야 네 맘이 편하다면."

모두가 헤드폰을 받고 투어를 준비하는 동안 나는 뚱한 모습으로 엄마 뒤에 서 있었다. 교도소 본관은 어두침침하고 더러웠으며, 오래된 건물에 어울리지 않게 녹색과 회색으로 말끔히 페인트칠이 되어 있었다. 우리는 면회소 창구를 재현한 방으로 들어갔다. 유리로 된 창에는 재소자와 면회자가 서로 접촉할 수 있도록 구멍이 뚫려 있었다. 분홍색 멜빵바지를 입은 어린 여자애가 한 창구 앞에 앉아 유리창을 두드리면서 검은색 먹통 수화기를 귀에 댄 채 건너편에서 목소리가 들리지 않는 게 진심으로 혼란스러운지 얼굴을 찡그리고 있었다. 엄마는 숨을 깊게 들이쉬고 나서 입구를 통과해 걸어갔다. 줄줄이 늘어선 철창이 우리를 맞이했다. 우리 앞에 있던 한 가족은 기념품 지도를 펼쳐 들고 알 카포네의 감방을 찾아내려 했다. 나는 더 흥미로운 소리가 들려올 때를 대비해 헤드폰 한쪽만 귀에 댄 채 나머지 한쪽은 귀 뒤로 밀어놓았다. 들린 것은 켈리의 목소리였다.

"으으으으으." 켈리가 밖으로 노출된 감방 변기를 보고 말했다. 변기 안에는 담배꽁초며 구겨진 종잇조각을 비롯해 관광객들이 버린 쓰레기가 있었다.

"입다물고, 바보짓 좀 그만둬, 켈리." 세라가 말했고 나도 동감이었지만, 결국에는 모두가 바보스럽지 않은 그 어떤 말도 생각해낼 수 없어서 침묵에 빠지고 말았다. 나는 헤드폰을 양쪽 모두 귀에 댔다. 여러분은 이곳에서 음식과 의복과 잠자리와 건강검진을 받을 수 있습니다. 그 밖의 모든 것은 특권이죠. 나는 바닥의 긁힌 자국을 유심히 보면서, 얼마나 많은 사람이 바로 이 바닥을 밟으며 특권이 무엇인지 깨닫는 호사에 대한 대가를 치렀을지 생각했다. 그리고 저 아래 지하에서 산다는 건 도대체 어떤 것일지 상상하려 했다. 총기 전시실을 보려면 왼쪽으로 돌아가세요. 오디오 가이드가 안내했다. 그러고는 총기가 무엇인지 모를 경우를 대비해서인지, 소총을 발사하는 따다다 소리를 짧게 들려주었다.

　나는 총기가 무엇인지 알았고, 엄마가 안다는 사실도 알았다. 엄마가 파파의 마지막 순간을 머릿속에서 돌려보고 또 돌려봤다는 것도 알았다. 엄마가 악몽을 꾸다가 비명을 지르며 잠에서 깨면 나는 그 곁을 지켰다. 파파의 마지막 순간이 나오는 악몽일 때도 있었고, 총에서 총알이 튀어나와 내무반 동료를 관통한 뒤 그걸 막아내려는 꿈속의 누군가에게 그대로 박히는, 파파에게서 물려받은 오래된 악몽일 때도 있었다. 엄마는 파파가 자살에 사용한 총을 간직하고 있었다. 그것은 총알이 제거된 채 지하실 어딘가에 있는 잠긴 상자 안에 보관되어 있었다. 때로는 나도 악몽을 꾸었다. 나는 잠을 조용히 잤지만 푹 자지는 못했다. 당시에는 엄마가 받았던 것과 같은 전화를 받는 꿈을 자주 꾸었다. 엄마와 같은 악몽이었지만 이때 머리에 총을 갖다댄 사람은 엄마였고, 나는 엄마가 죽기 전에 재빨리 깨어나지 못했다.

　내가 바라던 대로 되어가는 건 아무것도 없었다. 켄 모턴은 여전히 주머니에 손을 찌른 채, 어디에 있든 여기보다는 낫겠다는 얼굴로 여기저기 돌아다녔다. 낸시 모턴과 엄마는 여전히 세라와 켈리와 나와 날씨에 관해 머뭇머뭇 잡담을 이어갔다. 켈리는 오디오 가이드 헤드폰 밑에 몰래 아이팟 이어폰을 꽂고 팝송을 흥얼거리면서, 가족과 함께 관람중인 삐죽 머리 남자애에게 자꾸 눈길을 보냈다. 세라는 노트를 꺼냈다. 어깨 너머로 내용을 엿보려 했지만 필체를 알아보기가 힘들었다. 아무도 관람을 진지하게 생각하지 않았다. 장소 자체도 내가 기대했던 성스러운 터가 아니라 그것의 싸구려 유사품 같았다. 선글라스를 주머니에 꽂은 관람객 수십 명이 가짜 교수대에서 찍은 기념사진을 손에 쥔 채 점심 피크닉을 즐길 시간이 충분히 남았는지 확인하려고 시계를 들여다보는 모습은 차라리 국립공원과 더 가까워 보였다. 시끄러운 대화, 고함, 휘파람, 노래 등 불필요한 소음을 일으키는 행위는 삼가주시기 바랍니다, 자동 가이드 음성이 말했다. 나는 헤드폰을 아예 벗어버렸다. 아이들이 키득거리며 뛰어다니고 부모들은 뒤에서 아이들을 불렀다. 자주색 선캡을 다 같이 맞춰 쓴 여자들 한 무리가 큰 소리로 서로 질문을 해대는데 그중 답을 아는 사람은 아무도 없는 듯했다.

엄마가 어느 복원된 감방 앞에서 걸음을 멈췄고 나머지 우리도 그 뒤에 섰다. 엄마는 헤드폰을 벗고 안으로 들어섰다. 낸시가 따라 들어갔다. 고작 두 명이 들어갔는데도 안이 꽉 차 보였지만 어쨌든 세라와 나도 뒤따라 끼어들었다. 이런 상황에선 우리 둘 다 각자의 엄마가 미덥지 않아 그냥 내버려둘 수가 없었다.

"너무 좁다." 낸시가 말했다. "여기서 산다는 게 상상이 돼?"

엄마는 입을 열었다 닫았지만 밖으로 나오는 말은 없었다. 상고에 실패한 뒤 내가 쭉 예상해왔던 눈물이 처음으로 엄마의 눈에 고이면서, 지난 몇 주간의 억지스러운 평정이 사라지고 있었다. 엄마는 감방 바닥에 앉아 완벽히 화장한 얼굴을 손으로 가린 채 엉엉 울기 시작했다. 여전히 감방 문밖에서 어색하게 서 있던 켄 모턴은 켈리의 손을 잡고 자리를 피했다. 나는 낸시 옆을 비집고 지나가 엄마 옆에서 손을 잡아주려 했지만 낸시가 먼저 우는 엄마 옆에 가만히 앉았다. 세라가 내 소매를 잡아끌었으나 나는 밖으로 나가지 않았다. 이 무모한 나들이가 내 실수인 것만 같았고, 엄마의 가족이 내가 보는 앞에서 또다시 엄마를 짓밟게 놔둔다면 난 사람도 아니라고 생각했다.

"내가 멍청했어." 낸시가 말하며 엄마의 어깨에 손을 얹었다. "당연히 넌 상상했겠지."

엄마는 울음을 그쳤지만 대답은 하지 않았다.

"있잖아, 그때 무슨 말이든 하고 싶었어." 낸시가 말했다. "장례식에서 말이야. 혼자 앉아 있는 널 본 순간 곧바로 알아봤어. 그리고 네게 말을 하고 싶었어."

"그런데 안 했잖아." 엄마가 말했다. 엄마가 샌프란시스코에 도착한 뒤로 내가 내내 그리워했던 신랄함이 목소리에 다시 깃들었다. "인사조차 안 했잖아."

"난 어렸어." 낸시가 말했다.

"난 더 어렸어." 엄마가 말했다. "할아버지가 돌아가신 뒤에 내게 남은 피붙이라곤 너밖에 없었어. 나에게 그랬던 것처럼, 너에게도 할아버지의 명예가 중요할 거라고 생각했어. 내 할아버지이기도 하잖아."

"너와는 다른 의미의 할아버지였지." 낸시는 말했다. "그리고 내가 그걸 바꿀 순 없어. 우리 엄마가 네게 왜 그렇게 반응했는지 이해하기까지도 몇 년이 걸렸고, 이해한 뒤에는 수치스러웠지만 그래도 난 우리 엄마 딸이잖아. 깊이 고민해야 할 것들이 아주 많았어. 엄마도 조금은 바뀌었다고 생각해. 조금은 후회했다고 생각해. 난 확실히 후회했어."

"적어도 넌 뭘 후회하는지나 알지. 난 이제 마흔일곱인데, 다 지나고 보니 내게 남은 건 서실리아뿐이야."

"그렇지 않아." 나는 말했다. 나 역시 평생 그렇다고 믿었으면서.

"파파가 어떤 기분이었을지 알 것 같은 때가 있어—아니, 내 말은," 내가 화들짝 놀라는 걸 알아차린 엄마가 덧붙였다. "할아버지처럼 끝내고 싶다는 게 아니라. 더 해볼 수 있는 일이 뭐가 있는지 모르겠다는 거야."

나는 쇠창살을, 그 위의 긁힌 자국과 지문들을, 맞은편의 열린 입구를 바라보았다. 갇혀 있다고 느끼기가 얼마나 쉬운지. 밖으로 걸어나가기는 또 얼마나 쉬운지.

"이런 걸 하면 되죠." 마침내 세라가 말했다.

"이런 걸 하면 되지." 엄마가 웃음과 흐느낌이 절반씩 섞인 목소리로 따라 말했다. 복도 저쪽에서 관광객들이 우리를 멍하니 바라보고 있었다. 낸시는 엄마를 팔로 포근히 감싸안았고 엄마는 낸시의 어깨에 머리를 기댔다. 세라가 밖으로 걸어나가며 내 팔을 붙잡았고 나는 엄마들을 울게 놔둘 시간임을 인정하며 세라와 함께 나갔다. 그때의 나는 그런 일이 익숙하지 않았다—위로가 필요한 엄마 곁을 떠나는 일, 그럴 때 어떻게 해야 하는지 나 말고 다른 사람이 알 거라고 믿는 일. 세라는 그게 가능하다고 확신하는 것 같아서 나도 이끌려 나갔다.

박물관 상점에서 켈리는 깔깔 웃으며 기념품 수갑을 허공에

들어올린 채, 삐죽 머리 소년의 손에 닿을 듯 말 듯한 거리에서
흔들고 있었다. 켄 모턴은 이미 밖으로 나가 담배를 피우는 중
이었다. 그는 우리 쪽을 향해 고개를 까딱한 뒤 계속 담배를 피
웠다. 아무런 책망도 받지 않고 갈등 상황에서 빠져나갈 손쉬운
핑계를 대고 싶을 때 남자이거나 흡연자이면 편리한 그런 경우
로구나, 하고 나는 생각했다. 세라가 가방에서 다시 민트 사탕
통을 꺼내 내게 한 알을 내밀었다. 그러고는 계속 딱딱거리며
통을 여닫았다.

"삼촌이 죽은 뒤로 엄마가 달라졌어." 세라가 말했다. "둘이
엄청 친했던 것도 아닌데, 엄마한텐 이 세상에 삼촌뿐이었으니
까. 무슨 말인지 알아? 켈리는 정말 지긋지긋한 골칫거리지만
만일 얘한테 무슨 일이 생긴다면 난 엉망이 될 거야. 아마 그래
서 우리 엄마도 네 엄마를 만날 생각에 그렇게 들떴겠지. 다시
가족이 늘어난다고 생각하니 기뻤던 거야. 좋은 일이겠지, 서로
사이좋게 지낼 수 있다면."

"그럴 수 있다면 말이지." 나는 말했다.

"그렇게 될 수 있어." 세라가 말했다. "인간성에 대한 믿음을
불어넣기엔 감옥만한 게 없으니까."

"기념품 동전 압착기를 파는 감옥 말이지." 나는 말했다.

나는 주위에서 판매중인 온갖 상품들을 둘러보았다. 앨커트
래즈 포장지로 싼 초콜릿. 과장된 재소자 규칙을 적은 포스터.
규칙 제21번. 노역. 명령받은 일은 무엇이든 해야만 한다. 벽을 따라
한 줄로 진열된 구리 주물 열쇠에는 각각 감방 번호가 새겨져 있

었다. 나는 손가락으로 하나를 들어올려 세라에게 보여주었다.

"이런 걸 누가 살까?" 나는 물었다. "여기 들어와서는, 이거야, 내게 필요한 건 바로 이거야, 하는 사람은 대체 어떤 사람일까?"

"애초에 자기에게 필요한 게 뭔지 모르는 사람들." 세라가 말했다. "즉, 거의 모든 사람이겠지."

나는 그 말을 곰곰이 생각했다. 22만 7035달러 87센트가 되려면 이걸 몇 개나 훔쳐야 할까? 그 숫자가 그때 내 머릿속에 있다는 게 좀 이상하게 느껴졌다. 그리고 이상하다는 느낌은 계속 남았지만, 그날 오후 이후로도 나는 오랫동안 매년 습관처럼 누계 액수를 계산해 기록했다. 엄마가 부탁을 멈춘 뒤에도 그랬고, 세상이 사람들에게 진 빚을 일일이 기억하고 있을 거라는 생각을 하지 않게 된 뒤에도 그랬으며, 내가 세상에 어떤 요구를 할 권리가 있는 사람이라는 생각을 버리고 다른 모든 이들처럼 자기만의 사소한 일상적 질문에 답을 찾는 사람이 되는 법을 배운 뒤에도 그랬다. 내가 속아서 빼앗긴 것이 무엇인지 정확히 안다고 상상하면 왠지 위로가 되었다.

엄마와 낸시가 기념품점으로 들어왔을 때 그들의 눈가는 말라 있었다. 내게 다가오는 엄마에게서 어쩐지 소녀 같은 분위기가 풍겼다. 카타르시스를 주는 눈물을 흘린 뒤 마음이 가벼워진 듯했다. 나는 열쇠 하나를 무심코 톡톡 두드렸고 그것이 다른 열쇠들에 부딪혀 풍경처럼 짤랑거렸다.

"세시에 출발하는 페리는 놓쳤어." 나는 말했다.

"놓쳤어?" 엄마가 내 머리를 손으로 흩트리며 말했다. "그래도 안 죽는다, 딸. 우리 여기 조금만 더 있자."

나는 엄마가 낸시 모턴과 함께 걸어나가는 모습을 바라보았다. 그들이 밖으로 나설 때 햇빛은 희부옇고 끈질겼으며 사람들 모두가 아른아른하게 보였다. 두 사람이 멀어지는 모습을 보며, 나는 어떤 육중한 물체가 기적적으로 둥실 떠오르는 모습을 보고 있는 듯한 기분을 느꼈다.

그뒤로 우리는 두 번의 명절을 모턴 가족과 함께 보냈으나 이후 그런 노력은 무기한 보류되었다. 다들 바빴고, 또 솔직히 말하면 우리끼리 있는 게 더 즐거웠다. 마지막 만남 뒤에 우리 둘만 있을 때, 엄마는 낸시 모턴이 결국은 아주 지루한 사람으로 컸더라고 털어놓았다. 법률 제도가 정의를 구현해주지 않을 거라는 사실을 받아들이고 난 뒤 엄마는 파파의 이야기를 책으로 쓰겠다고 말했다. 몇 년 넘게 그 말을 들어왔지만 원고를 본 적은 없다. 세라와는 처음엔 정성과 애정이 넘치는 연락을 주고받았으나 점점 소원해졌고, 결국 나는 세라의 아이들 이름도 제대로 기억하지 못하면서 가족사진에 '좋아요'를 누르고, 세라는 언젠가 내가 가르치는 아이 둘과 함께 찍은 사진에 태그된 것을 보고 "축하해, 미처 모르고 있었네!" 하고 댓글을 남기는 정도의 관계로 남았다. 나는 그애들이 내 자식일 거라는 세라의 추측을 바로잡으려다가 그냥 내버려두었다.

그날 오후 앨커트래즈에서 우리는 하나였다. 거기에 우리 두 가족을 불러모음으로써 내가 어떤 선善을, 영원을, 혹은 치유를 이룩했는지는 모르겠지만, 과거에는 그런 일이 불가능했다는 것만은 알 수 있었다. 나는 걸려 있던 구리 열쇠를 하나 빼내 손바닥에 놓고 주먹을 쥐었다. 누군가가 나를 막기를, 아니면 그게 내 것이라고 말해주기를 바랐다. 나는 그 열쇠를 움켜쥔 채 밖으로 나갔고 알아차린 사람은 아무도 없었다. 쏟아지는 빛을 향해 걸어나가 물가에 놓인 피크닉 테이블로 갔더니 내 가족들이 그곳에 모여 웃고 있었다. 나는 세라를 불렀다. 열쇠를 든 손바닥을 펼친 채로 내가 무슨 짓을 했는지 보여주려고 나의 육촌에게 다가갔다.

왜 여자들은 원하는 걸
그냥 말하지 않을까

어지간한 사람은 다들 그 천재 예술가가 프로젝트를 끝내려고, 혹은 프로젝트를 시작하려고, 혹은 머리를 식히려고, 혹은 어떤 극적인 사건으로부터 도망치려고 외딴섬 어딘가로 떠났다는 얘기를 들었다. 사람들은 그가 떠났다고 들었고, 이후 너무 오래 아무런 소식도 들리지 않자 추측은 시들해졌는데, 그러다 시간이 더 오래 흐르자 다시 궁금증이 일어났다. 화산에 관한 그 유명한 농담은 어느 기자가 '오래전 그와 데이트한 모델 겸 여자 배우'에게 그 예술가가 뭘 하고 있을 것 같냐고 묻자 그 여자가 한 대답에서 시작됐다. "누가 알겠어요? 누가 상관이나 할까요? 난 그 인간이 화산에나 떨어졌으면 좋겠어요." 그해 봄 칵테일파티에서는 누군가가 그 예술가의 행방을 물으면 다른 누군가가 "화산"이라고 말하고 나서 깔깔 웃곤 했다. 그런데 여름이 오고 예술가가 너무 오래 나타나지 않자 사람들은 그가 정말로 어떤 끔찍하고 비극적인 종말을 맞이한 건 아닌지, 누군가가 그를 찾아봐야 하는 건 아닌지 의문을 품기 시작했다. 옛날 옛적이라면 그의 인생에 들어온 여자들은 모두 그를 위해 용암이 흐르는 산도 올랐겠지만, 그가 사라진 무렵에는 선의가 완전히 바닥나서 그 여자들 중 누구에게든 그를 위해 가까운 상점에 다녀와달라고 부탁하는 것조차 너무 지나친 요구가 될 터였다.

어느 날 시작된 사과는 공개적이고 동시적이었다. 늦여름이 되자 사과는 오후에 반짝 지나가는 뇌우처럼 갑자기, 동시다발적으로 나타났다. '고교 시절 여자친구'는 그 주에 장보기를 도맡기로 약속한 남편이 무슨 이유에선지 생햄과 마리나라 소스만 사들고 집에 돌아온 터라 직접 식료품점으로 가서 빵과 치즈를 사던 중에 매장 내 방송을 통해 사과의 말을 들었다. '모델 겸 여자 배우'는 거주지의 도심 광고판에 실린 사과문을 보았다. '오래 고통받은 전처'에게 보내는 사과는 전처가 둘 사이에 태어난 딸과 함께 사는 집에서 가장 가까운 공원에 있는 거대한 스크린에 단편영화로 상영되었다. 영화는 시에서 상영을 중단할 때까지 끊임없이 반복 재생되었다. '딸'에게 보내는 사과는 아이가 자주 사용하는 해시태그가 잔뜩 달린 인스타그램 게시물이었다. '방황하던 청년기에 만났다 헤어지기를 반복한 전 여자친구'는 어느 날 아침 외출했다가 밤에 아파트로 돌아와보니 옆 건물의 버려진 상점이 자기 이름을 딴 술집으로 임시 영업을 시작했고, 내부의 벽에는 페인트로 사과문이 쓰여 있는 것을 발견했다.

사과문의 어조는 그 예술가 같으면서도 그렇지 않은 것 같기도 했다. 각각의 사과문은 그들끼리만 아는 정확한 애칭을 사용했다. 사과를 받을 사람이 오래도록 혼자서 마음에 품고 있던 세세한 일들을 언급했다. 그 예술가가 쓸 법한 문구를 사용했다. 하지만 그답지 않게 느껴지는 이유는 그 사과가 진정한 사과라서, 그가 이전에 화해를 위해 했던 노력과는 전혀 닮지 않아서였다. 이전의 노력은 대략 다음과 같았다.

'오래 고통받은 전처'에게는 타자기로 작성한 세 쪽짜리 편지를 보냈는데 거기에 '미안하다'라는 말은 딱 한 번, 결말 부분에만 등장했다. "난 이 편지에서 할 수 있는 최선을 다했는데, 이렇게 사과해도 날 용서할 수 없다면, 그래 미안하다. 하지만 나는 애초에 날 포기해버린 널 이렇게 다 용서했다"라는 맥락이었다.

'전직 개인 비서'가 받은 두 번의 사과 중 첫번째는 한창 스캔들에 휘말렸을 때 그가 보낸 간단한 이메일로, 비서는 그 메일을 받은편지함에 영원히 저장해야 한다는 것을 그때 이미 알았다. "너와 다시 섹스한 건 실수였고 네가 상처를 받았다면 미안하다." 두번째 사과는 그뒤로 몇 년이 지나고 '전직 개인 비서'가 비서 일을 완전히 그만둔 지 꽤 되었을 때, 그리고 어느 행사에 그 예술가가 발표자로 나온다는 이유로 행사 관련 업무 제안을 거절한 직후에 받았다. 사과를 대신 전한 '잠시 고통받은 두번째 전처가 곧 될 사람'은 축하연에서 그 전직 비서를 구석에 몰아붙이고 말했다. "그 사람이 전해달래요. 당신 인생에서 무슨 일이 벌어지고 있든 미안하다고, 하지만 자기한테 해코지하는 짓은 그만두라고, 자기는 당신이 잘 기억나지도 않는데다 손끝 하나 댄 적도 없다고요."

'잠시 고통받은 두번째 전처'에게는 이혼 직전에 연쇄적으로 보낸 문자에서 이렇게 말했다.

예술가: 그래, 인정해. 내 말이 심했다는 점은 사과할게. 네 불합리한 기대로 인한 내 답답한 마음을 더 상냥하게 표현할 방법이 있었겠지. 지금까지 나와 얽힌 수많은 여자가 아직도 내 인생에 남아 있는 이유를 너는 이해하지 못할 거라고, 왜냐면 넌 나처럼 성공을 거둔 사람의 삶을 절대로 알 수 없을 테니까, 그리고 여자로서 그걸 이해하기 위해선 네 외모가 아름다웠다면 삶이 어떠했을지 상상해봐야 할 거라고 말하는 게 최선의 방법은 아니었겠지. 하지만 내가 공공장소에서 널 함부로 대했다는 비난은 정당하지 않아. 우리는 공공장소에 있지 않았으니까. 분명히 말하는데, 그때 우리는 붐비는 술집에 있었다고.

잠고두전: 그게 무슨 좆같은 소리래? 붐비는 술집이란 공공장소의 정의에 말 그대로 딱 들어맞는 곳이야. 거기가 어떻게 공공장소가 아닐 수 있지? 다양한 싸움 장소를 주제로 책을 쓴다면, 붐비는 술집은 '공공장소'의 교과서적 정의에 해당할걸.

예술가: 난 사이좋게 해결하고 싶었는데, 네가 이렇게 유치하게 굴면서 날 가르치려 든다면 우리가 이성적인 대화를 나누기는 불가능하겠다.

'딸'에게 한 사과는 여름방학을 맞아 아빠 집에 간 딸이 문을 닫아걸고 나오지 않을 때 문 밑으로 밀어넣은 쪽지였다. "이런 식으로 알게 되어 속상하리라는 건 이해한다. 하지만 'SAT 과외 선생'과 학생은 독점 소유권이 적용되는 관계가 아니야. 선생님이 너의 SAT 선생이라는 게 네게 속한 사람이라는 의미는 아니라는 말이야. 그러니까 네가 우리 관계에 대해 그렇게 속상해하거나 이 문제를, 유감스럽게도 이제 더는 네 친구가 아닌 섀넌의 일과 연결 지어 생각할 이유도 없어. 게다가 네가 잊어선 안 되는 사실은, 섀넌은 딸이 늦될까봐 걱정한 부모님 때문에 유치원에 늦게 들어갔고, 그래서 너보다 한 살이 더 많으며, 내가 그애에게 데이트 신청을 했을 때는 이미 열여덟 살이었다는 거야. 유감스럽게도 내 제안을 불편하게 여겼지만, 내 합리적 추정에 따르면 그때 섀넌은 그걸 원했어." 쪽지는 맨 뒤에 "사랑하는 아빠가"라는 말과 손으로 그린 웃는 얼굴로 마무리되었다.

반면 지금 그는 어떤 조건도 논점 전환도 없이 그저 미안해할 뿐이었다. 자신이 이렇게 되기까지 무슨 일이 있었는지 주절주절 이야기해 결국 자신이 위로해주어야 할 사람에게서 오히려 위로를 받을 기회를 노리는 일 없이 그저 미안해했다. 그는 명확하고 구체적으로 미안해했다. '전직 개인 비서'를 비공식적인 자리에서 또라이 암캐라고 묘사해 직장에서 쫓겨나게 한 일이 미안했고, 또 그 문제를 따지는 비서에게 대놓고 거짓말을 해서 미안했다. '잠시 고통받은 두번째 전처'에게 사실은 '오래 고통받은 전처'와 여전히 거의 매일 밤 살을 섞고 거의 매일 아침 싸우던 와중에도 관계가 완전히 끝났다고 말해서 미안했다. '모델 겸 여자 배우'의 어머니를 두고 어떤 말을 해서 미안했고, '모델 겸 여자 배우'의 왼쪽 얼굴을 두고, 사실은 오른쪽과 똑같고 완벽히 사랑스러운데도, 또 어떤 말을 해서 미안했다. '오래 고통받은 전처'에게 자기를 일찍 만난 걸 행운으로 알라고, 그때는 자기 짝이 되기엔 여러모로 부족한 여자란 걸 미처 몰랐으나 일년 뒤에만 만났더라도 알았을 거라고 말해서 미안했다. '딸'의 경우에는 어떤 여자에게 호통을 들을까봐 겁날 때 그러지 못하도록 딸을 데려가 옆에 앉혀놓은 적이 한두 번이 아니어서 미안했고, 아빠가 자신을 얼마나 사랑하든 자기는 언제나 도구로 쓸 수 있는 존재라고 느끼게 해서 미안했다. 그는 '고교 시절 여자친구'의 목을 장난삼아 한 손으로 꽉 움켜쥔 채 여자친구의 눈에 떠오른 진짜 두려움을 보고도 한참 힘을 풀지 않다가 손을 놓은 뒤 웃으며 "뭐야, 날 믿지 못하는 거야?"라고 말해서 미안했다. 그는 '방황하던 청년기에 만났다 헤어지기를 반복한 전 여자친구'와 언쟁을 하다가 팔을 너무 세게 잡아 멍들게 해서 미안했고, 다음날 여자친구가 그곳을 가리켰을 때 멍이 없는데 헛것을 본다고 우겨서 더더욱 미안했다. 그는 모든 것이 미안했다.

'오래 고통받은 전처'는 이런 사과가 그의 최신 예술 프로젝트일 거라고 생각했다. 예술가가 자신의 반응을 지켜보고 있다고 생각하면 불안하고 언짢았다. 전처는 사설탐정을 고용해 예술가가 어떤 식으로든 자신을 촬영하고 있는지 알아보게 했지만 밝혀진 건 없었다.

'고교 시절 여자친구'는 식료품점에서 집으로 돌아가 아이들을 껴안았고, 장을 볼 때 중요한 물품을 죄다 빠뜨린 남편의 입에 키스했으며, 예술가에게 격하게 상처받은 기분이 어땠는지 떠올려봐도 기억나지 않는다는 사실을 깨달았고, 예술가가 자신에게 했던 말과 행동, 지금에야 내놓은 사과에 대해 남편에게 설명할 말을 더듬더듬 찾노라니 그건 자신이 아닌 다른 사람의 못난 삶이고, 지금 자신의 부엌에는 그런 삶이 들어설 자리가 없다는 사실을 깨달았다. 그런 다음 사온 식료품을 싱크대 위에 두고 거실로 가서 와인을 한 잔 마셨다. 부엌으로 돌아와보니 남편이 식료품을 다 치운 뒤 오븐에 라자냐를 굽고 있었고 그들의 십대 딸은 식탁에서 헤드폰을 끼고 숙제를 하면서 음악을 흥얼거렸다. 그 모습을 보니 그 먼 과거에 예술가가 자기를 버리고 세상 속으로 떠나갔을 때 그토록 상실감에 허덕였다는 게 너무 바보 같아서 하마터면 울 뻔했다.

'방황하던 청년기에 만났다 헤어지기를 반복한 전 여자친구'는 임시 술집 안을 빙글빙글 돌며 사과문을 읽었고, 그걸 이십 년 전에 받았다면 무슨 의미라도 있었을지 궁금해했다. 너처럼 똑똑한 여자애가 솔직함보다 상냥함을 바랄 리 없다고, 둘 다 가질 수는 없는 거라고 예술가가 말했을 때 그 말을 믿지 않았더라면 지금과는 다른, 더 상냥한 사람이 되었을까? 만약 자신이 누군가의 앞마당 잔디밭에서 온몸을 비틀며 몸부림치게 될 수도 있다는 것을, 너를 뮤즈라고, 불꽃이라고, 이 모든 것의 이유라고 그토록 칭송했던 그가 창문을 닫아버릴 수도 있고 단지 널 사랑하지 않을 뿐만 아니라 너를 아예 보지 않게 될 수도 있다는 걸 너무 어려서 알아버리지 않았더라면?

전 여자친구는 그 예술가가 잘못을 만회할 수 있다면 어느 누구든 그럴 수 있다는 생각이 들어, 함께 자는 사이인 유부남에게 전화를 걸어 휴가를 취소하자고 했고, 오래전 예술가에게 가려고 버렸던 남자에게 전화를 걸어 사과하고 싶다고 말했는데, 남자는 자신은 이미 오래전에 명확하고 장황한 사과를 받았으며 그때도 지금도 용서할 수 없다고 말했다. 일찌감치 예술가를 떠나 사귀었다면 좋았을 남자. 하지만 예술가에게 차인 무렵엔 떠나고 없었던 남자에게 급박한 감정을 문자 한 단락에 담아 보냈을 때는 "누구세요?"라는 답장이 왔다. 다음날 유부남에게 다시 전화해 취소한 휴가를 되돌리라고 말했는데, 그는 애초에 휴가를 취소한 적이 없었다.

'모델 겸 여자 배우'는 직속 마케팅 담당자들에게 연락해 자신의 화장품 브랜드에서 가을 시즌용으로 화산을 주제로 한 향수와 메이크업 팔레트를 출시할 수 있을지 물었다. 그들은 전형적인 가을 색인 주홍, 주황, 갈색 계열을 기본으로 배치한 뒤 '몰튼'이라는 검정에 가까운 회색과 '애시클라우드'라는 연회색, 원래 '폼페이'라 이름 붙였다가 다들 너무 암울하다고 해서 '리오라이트'라고 변경한, 반짝이는 흰색으로 제품을 완성했다.[*]

'잠시 고통받은 두번째 전처'는 위로를 나누고 서로의 사과문을 비교하고 싶어서 '오래 고통받은 전처'에게 연락했지만 '오래 고통받은 전처'는 전화를 받지 않았다. 그 사람의 마음속에서 '잠시 고통받은 두번째 전처'는 언제까지나 '결국 그와 결혼까지 할 만큼 멍청해서 당해도 싼 정부'일 것이기 때문이었다.

'딸'은 '잠시 고통받은 두번째 전처'의 전화를 받고 만나서 커피를 마셨다. '딸'은 새넌에게 전화를 걸어 미성년자 확인을 하지 않는 술집에서 술을 마시자고 했다. 새넌은 오지 않았다. '딸'은 술을 잔뜩 마셨고, 엄마에게 들키지 않도록 콜택시를 타고 '잠시 고통받은 두번째 전처'의 집으로 가 소파에서 곤드라졌다. '딸'은 이 일과 관련된 모든 이들에게 당신은 왜 이래요? 라고 묻고 싶었지만 마음 한편에서는 그것이 위선적인 질문임을 알았다. 자기도 이렇다는 걸 알기 때문에, 이런 게 어떤 건지 아직 모를 뿐.

'전직 개인 비서'는 펜트하우스 아파트에 틀어박혀 이제는 자

---

[*] '몰튼'은 '고열에 녹은', '애시클라우드'는 '화산재 구름'을 뜻하며 '리오라이트'는 화산암의 한 종류인 유문암을 가리킨다.

기도 부리게 된 개인 비서에게 질 좋은 버번과 잘 익은 오렌지를 가져오게 했고, 울면서 사과문을 읽고 읽고 또 읽었다. 그 사과문은 전직 비서가 여행중 무료할 때 곧잘 하던 휴대전화 앱 게임의 형태로 되어 있었다. 아무 생각 없이 화면을 터치하고 클릭하면 되는 게임이었고, 숨겨진 사물을 찾아낼 때마다 새로운 사과문이 나왔다. 다 찾았다는 확신이 들었을 땐 전화기를 꺼버렸다. 예전에 자신이 예술가의 실체에 대해 말했을 때 일말의 의심이라도 내비쳤던 모든 이들에게 "이제 알겠어요? 내 말이 진실이었다는 걸 이젠 알겠냐고요" 하고 따지는 메일을 보내고 싶은 유혹을 물리치기 위해서였다. 사실, 전직 비서가 지금까지 이룩한 이 삶 전체가 이미 자신을 조금이라도 의심하는 사람들 모두에게 엿 먹어라, 하고 말하는 것이나 다름없지 않겠는가?

이러한 사과 행위는 처음 한 차례가 지난 뒤로 규모가 줄었지만 숫자와 정확도 측면에서는 오히려 늘어났다. 예술가는 다음과 같은 사람들에게 사과했다.

예술가가 취한 척하면서 술을 왕창 먹여 정신을 잃게 만든 여자

예술가와 섹스는 고사하고 만난 기억조차 없는데 그에게서 사과를 받고 큰 충격에 빠져 정신과 상담을 받은 여자

상대를 조종하는 게 재미있어서 알면서도 아무 말 안 하는 예술가를 기쁘게

해주기 위해 거친 걸 좋아하는 척한 여자

정말로 거친 걸 좋아해서 신경에 거슬릴 정도로 당당하게 쾌락을 즐기다가
결국 예술가에게서 너 같은 창녀를 진짜 좋아하는 사람은 아무도 없을 거라
는 말을 들은 여자

대학 때 예술가의 동성애 혐오적인 농담뿐만 아니라 이따금 제 물건을 빨아
달라는 요구까지 들어야 했던 남자

예술가에게 단 한 번의 손길도 받지 못한 채 여느 여자와 마찬가지로 그를
갈망하는 마음을 이용당한 숨은 동성애자 친구

섀넌

예술가와 여름 한철 연애를 뒤로 예술계를 영영 떠난 인턴

지원금 경쟁 대상이었으나 그의 부탁으로 신청을 철회했고 그뒤 곧바로 차
인 여자

언젠가 예술가가 장난스럽게 가슴을 움켜쥐며 추행한 모델

예술가와 섹스를 할 의향이, 그래, 있긴 했지만 그런 방식을 원하진 않았고
그가 자신을 다치게 하면서도 모르거나 개의치 않거나 멈추지 않으리라곤

예상치 못했으므로, 오래전에 둘 사이에 일어난 그 일을 뭐라 불러야 할지
내내 의문을 품어온 여자

이렇게 사과를 마치고 난 뒤 예술가는 다시 처음의 사과 대상
들로 돌아갔다. 최근의 폭로로 인해 약간의 내용 추가가 필요해
졌기 때문이었다. 그는 어느 해에 '오래 고통받은 전처'를 몰아
붙여 망상성 불안장애에 대한 실험적 치료를 받게 한 것이 미안
했다. 전처에게 자신은 그렇게 불안정한 사람을 도저히 사랑할
수가 없다고, '인턴'이나 '거친 걸 좋아하는 척한 여자'와의 외
도는 순전히 전처의 상상이라고 설득한 뒤 치료를 강요했던 것
이다. 그는 또 업무 행사를 가장해 '정말로 거친 걸 좋아한 여
자'와의 데이트 일정을 잡으라고 지시했을 때 정당하게 반발한
'전직 개인 비서'를 멍청하고 무능하다고 닦아세워서 미안했
다. 예술가는 정말로 미안했다.
  예술가는 미안하고 미안하고 또 미안하다 하더니 이윽고 돌
아왔다. 어쩌면 애초에 어디로든 간 적이 없었는지도 몰랐다.
어째서 다들 그가 외딴섬으로 갔다고 확신했는지 이젠 아무도
기억하지 못했다. 그리고 미술관도 생겼다. 그 안에 무엇이 전
시되어 있는지는 아무도 잘 알지 못했다. 사과와 관련된 것들이
겠거니 사람들은 추측했다. 하지만 그 밖에는? 전시회의 제목
은 용서였다. 예술가는 비평가들을 초청했다. 사과의 대상이 된
사람들도 모두 초청했다.
  '오래 고통받은 전처'는 이게 다 모종의 홍보 활동일 거라는

자신의 의심이 타당했다고 느껴 참석을 거부했다. '딸'은 자기 아버지와 더불어 아버지가 함부로 대한 무수한 여자들과 한 공간에 있을 생각을 하니 당혹스러웠지만 그게 아버지가 창피해서인지 아버지가 가여워서인지는 확실히 알지 못했다. '방황하던 청년기에 만났다 헤어지기를 반복한 전 여자친구'는 취소했다 되살린 휴가를 떠나, 가랑이에 혀를 놀리는 애인과 함께 파리에 있었다. '잠시 고통받은 두번째 전처'는 첫번째 전처가 굳이 참석하지 않는데 자기만 간다면 창피할 거라고 생각했다. '모델 겸 여자 배우'는 느지막이 도착해 화려하게 등장할 생각이었다. '전직 개인 비서'는 군중 앞에서 억지로 예술가를 껴안는 상상을 하고는 절대로 가지 않겠다고 결심했으나, 이내 예전에 그를 안았던 느낌을 상상하고, 특히 그가 자기의 눈을 들여다보며 미안하다고 말하면 어떤 느낌일지 상상하다가 결국 가야겠다는 생각이 들어 초대장에 회신했으나, 전시회 당일에 거울 앞에 서서 칵테일 드레스를 입은 제 모습을 바라보며 그에게서 마지막으로 버림받았을 때—마음에 상처를 입고 실직까지 한 상태로!—부엌바닥에 웅크린 채 흐느꼈던 기억, 끔찍했던 그후 일 년의 기억, 그랬다가 그 삶에서 이를 악물고 벗어나 지금의 삶을 일구어낸 기억을 떠올렸다. '전직 개인 비서'는 드레스를 벗고 그 끔찍했던 일 년을 함께 기억하는 친구에게 전화를 걸었고 친구는 '전직 개인 비서'가 혹시라도 마음을 바꿀까봐 현관문을 막은 채 몇 시간을 거실에 버티고 앉아 있었다.

미술관에는 세 개의 대형 전시실이 있었다. 제1전시실의 한쪽 벽에는 영화가 상영되고 있었고 반대편 벽에는 음료와 바텐더까지 갖춰 재현해놓은 임시 술집이 있었다. 제2전시실에는 터치스크린에 게임 앱을 띄워놓았고 원래 설치된 자리에서 촬영한 광고판 사진을 액자에 넣어 걸어놓았다. 화장실에는 사과문을 받고 감정이 북받쳐 잠시 혼자 있고 싶은 사람이 있을 경우에 대비해 사려 깊지만 누구에게나 적용될 만한 사과의 말을 거울 유리에 음각하거나 화장지에 인쇄해두었다.

제3전시실 안에는 화산의 입구가 있었다. 얼음으로 만든 듯 보였지만 진짜 연기를 뿜었다. 화산의 분화구 가장자리에 단이 하나 있고 거기로 올라가는 짧은 계단이 있었다. 예술가는 그 단 위에 서 있었다. 화산 전시실의 의미는, 입구에 걸린 표지판의 설명에 따르면, 누군가 이런 사과에 만족하지 못하더라도 계속해서 시도하겠다는 것이었다. 여전히 그가 화산 속에 빠지기를 원하는 누군가가 이 전시실로 들어온다면 그는 올바른 사과를 할 수 있을 때까지 단에서 내려오지 않을 생각이었다. 만약 그가 사태를 오히려 악화시킬 경우, 그는 분화구 속으로 떠밀려 곤두박질쳐야 마땅했다.

미술관에는 사과의 대상자보다 비평가와 문화예술 분야의 작가들이 더 많았고, 굳이 이곳에 나타난 사과 대상자들은 대개 예술가와 화해한 사람들이었다. 예술가는 화산 근처 단 위에서 한 시간 가까이 조용히 서 있었다. 새년이 화산 전시실로 들어와 그에게 소리를 질렀고 그는 새년을 달랬다. 쉬운 일이었다. 어쨌거나 예술가는 새년을 아이 때부터 알았으니까. '모델 겸 여자 배우'의 리무진은 미술관 근처를 빙빙 돌면서 입장하기 적절한 순간을 기다렸고, 스태프들은 어느 각도에서 입장해야 배우의 미모를 돋보이게 해줄 최적의 자연광을 받을 수 있을지 논쟁을 벌였다. '그에게서 사과를 받고 큰 충격에 빠져 정신과 상담을 받은 여자'는 미술관에 들어왔다 나가기를 수차례 반복하며 자신이 묻고 싶은 것을 표현할 적당한 말을 찾으려 애썼으나 결국은 찾지 못하고 질문하지 않은 채 떠났다.

'그 일을 뭐라 불러야 할지 내내 의문을 품어온 여자'는 예술가가 새년에게 사과하는 모습을 바라보다가 새년이 나간 뒤 단으로 올라갔다. 예술가는 여자를 잠시 몰라보다가 마침내 알아보고 나서는 부드럽게 대했으나 자신이 여자에게 무슨 짓을 했는지는 설명하지 못했고, 여자 또한 설명할 수 없었으며, 설명할 말을 자기가 찾아야 한다는 사실이 여자에겐 부당하게 느껴졌다. 그는 여자에게 고통을 준 일에 대해서는 이미 사과를 했다. 여자가 고통을 느낀다는 걸 알면서도 자기가 멍청이라서, 그리고 그 고통과 별개로 자기에겐 쾌락이 존재했기 때문에 그 고통을 무시한 일에 대해서도 이미 사과를 했다. 하지만 예술가는 이제 더 미안해할 일이 남았는지 알 수가 없어서 말을 더듬었다. 다음날 아침에 더 상냥하게 대해주지 못해서 미안했다? 전날 밤에 너무 상냥하게 행동함으로써 자신에 대한 그릇된 인상을 심어줘서 미안했다? 여자가 원한 것을 주지 못해서 미안했다? 여자가 원한 건 무엇이었나? 여자는 예전에 그가 무심히 속옷을 돌려주었을 때 느꼈던 감정을 똑같이 느꼈다. 그때 예술가는 여자가 사람다운 대접을 받고 싶다고 명확히 말하지 않았으므로 그런 사소한 세부 사항을 지킬 의무는 없다는 듯한 태도였다. 여자는 가까이 다가갔다. 그를 밀었다. 예술가가 아래로 떨어졌을 때 모든 사람이 그의 재등장을 기다렸다. 재등장은 없었다. 보안요원이 사람들을 미술관 밖으로 내보냈다. 구급차가 왔다. 화산에는 뜨거운 액체가 담긴 구덩이가 있었다. 거기에 정확히 무엇이 들어 있는지 예술가 말고는 아무도 알지 못했다. 문자 그대로 용암은 아니었으나 용암이나 마찬가지였다. 사람들은 예술가를 끌어내려 했다. 그런데 너무 늦었다. 떨어진 순간 곧바로 너무 늦어버렸다.

'방황하던 청년기에 만났다 헤어지기를 반복한 전 여자친구'는 예술가가 부주의해서 그렇게 된 거라고 생각했다. 그는 늘 착상에는 강하지만 세부에는 약했다고, 탁월한 작품이 몇 있었지만 솔직히 대다수는 늘 조잡했다고, 아마도 액체가 진짜 용암처럼 보이는지가 더 중요해서 빠져도 안전한지, 밖으로 나올 시간이 있을지는 신경쓰지 않았을 거라고. '오래 고통받은 전처'와 '잠시 고통받은 두번째 전처'는 이게 원래 그의 계획이었을 거라는 데 생각이 일치했다. 자기 방식대로 세상을 뜨면서 다른 사람에게 책임을 전가할 계획이었던 거라고. '그 일을 뭐라 불러야 할지 내내 의문을 품어온 여자'는 어떻게 생각해야 할지 몰랐고 처벌을 받지도 않았지만, 그뒤로 몇 년 동안 병원을 들락거리며 살았다. '고교 시절 여자친구'는 다시는 그를 생각하지 않았다. '전직 개인 비서'는 예술가가 구덩이 안쪽 어딘가에 붙잡거나 발 디딜 곳을 마련해두었으나 미끄러졌을 거라고 생각했다. '딸'은 이게 다 예술가의 연출일 거라고, 어딘가에 비밀 출구가 있었을지도 모른다고 생각했다. '딸'은 아버지가 돌아와 어떻게 했는지 알려주기를 성인이 된 뒤에도 오래도록 조용히 기다렸다.

'모델 겸 여자 배우'는 화산이 위험했다는 것을 알았다. 예술가는 자신이 실제로 그 안에 추락하리라 예상하지 않았을 테니까. 그는 항상 모든 끝이 좋기를 기대했다. 면죄를 기대했다. 사랑을 기대했다. 그는 모두의 마음을 달랜 뒤 단 위에 서서 화산의 무시무시한 중심부를 극적으로 보여주며 "감사합니다" 하고 말하려 했다. "여러분의 관용이 오늘밤 또다시 제 생명을 구했습니다." 그는 용서를 선언할 사람은 자신이라고 생각했다. 전시 제목에 쓰여 있는 바로 그대로.

'모델 겸 여자 배우'는 마케팅 담당자들에게 전화를 걸어 화산 제품 출시를 취소하고 이미 생산되어 창고에 보관중인 화장품의 포장과 상품명을 바꿀 방법을 의논했다. 마케팅 담당자들이 다시 전화를 걸어와 실은 선주문이 이미 들어왔다고, 최근 일어난 사건으로 '모델 겸 여자 배우'의 마음이 울적하다면 회사가 손실을 감수할 수도 있겠지만 한정 판매용인 이번 제품군은 매진될 조짐이 보인다고 말했다. '모델 겸 여자 배우'는 우아한 스모키 눈화장을 하고 추모회에 갔다. 회사는 신상품 출시를 예정대로 추진했다. 색채를 제대로 보는 법을 가르쳐준 남자를 기리기 위한 이보다 더 좋은 방법이 있겠느냐고, '모델 겸 여자 배우'는 말했다. 게다가 그 화장품이 눈물에도 지워지지 않는다는 걸 모두가 보았을 거라고, 마케팅 담당자들은 말했다.

계산된 말처럼 들리긴 했지만 '모델 겸 여자 배우'는 정말로 울었다. 나중에 누군가가 애초에 화산이라는 말을 왜 했느냐고, 그런 암시를 심어준 책임감을 느끼진 않느냐고 물었다. '모델 겸 여자 배우'는 그를 생각하면 가끔 타오르는 불길이 떠올라서 화산을 언급했는지도 모른다고 생각했다. 예술가와 마지막으로 함께한 겨울에 지역 오페라단이 〈디도와 아이네이아스〉 공연을 했다. 예술가가 떠난 뒤, 그러고도 한참이 더 지난 후, 예술가에게 사과를 요구하자 그가 둘의 만남 자체가 유감이라고 말했을 때, '모델 겸 여자 배우'는 줄곧 카르타고의 여왕 디도와 디도를 화장한 장작더미를 생각했다. 그의 전시회에 찾아가 자기 몸에 불을 지르고 예술가가 그 잔해를 치우게 하는 꿈을 여러 달에 걸쳐 꾸었다.

둘이 사귀던 해에, 예술가가 아직 그다지 유명하지 않고 '모델 겸 여자 배우'는 전혀 알려지지 않았을 때, 인생에서 무엇을 원하느냐고 그가 물은 적이 있었다. 아직 세상 물정을 몰라 진실을 곧이곧대로 말하던 '모델 겸 여자 배우'는 모든 걸 원한다고 대답했다. 예술가가 이마에 입을 맞추며 말했다. "나의 무자비한 야망의 여인." 그뒤로 몇 달 동안 그는 간간이 묻곤 했다. "세계 정복은 어떻게 되어가나, 우리 귀엽고 무자비한 아가씨?" 집에서 키우는 반려동물을 두고 맹수처럼 무섭다고 호들 갑을 떨 때와 같은 장난스럽고 바보스러운 말투였다. '모델 겸 여자 배우'는 예술가의 목에 얼굴을 묻으며, 그가 자신 안에 있는 무언가를 보지 못한다고 해서 그게 거기에 없다는 뜻은 아니라는 것을 이해하기 시작했다. 그리고 자신의 무자비함이 얼마나 생생한 현실이 될지, 얼마나 긴요해질지 그가 전혀 알지 못한다는 사실이 주는 자유로움을 새로이 알게 되었다.

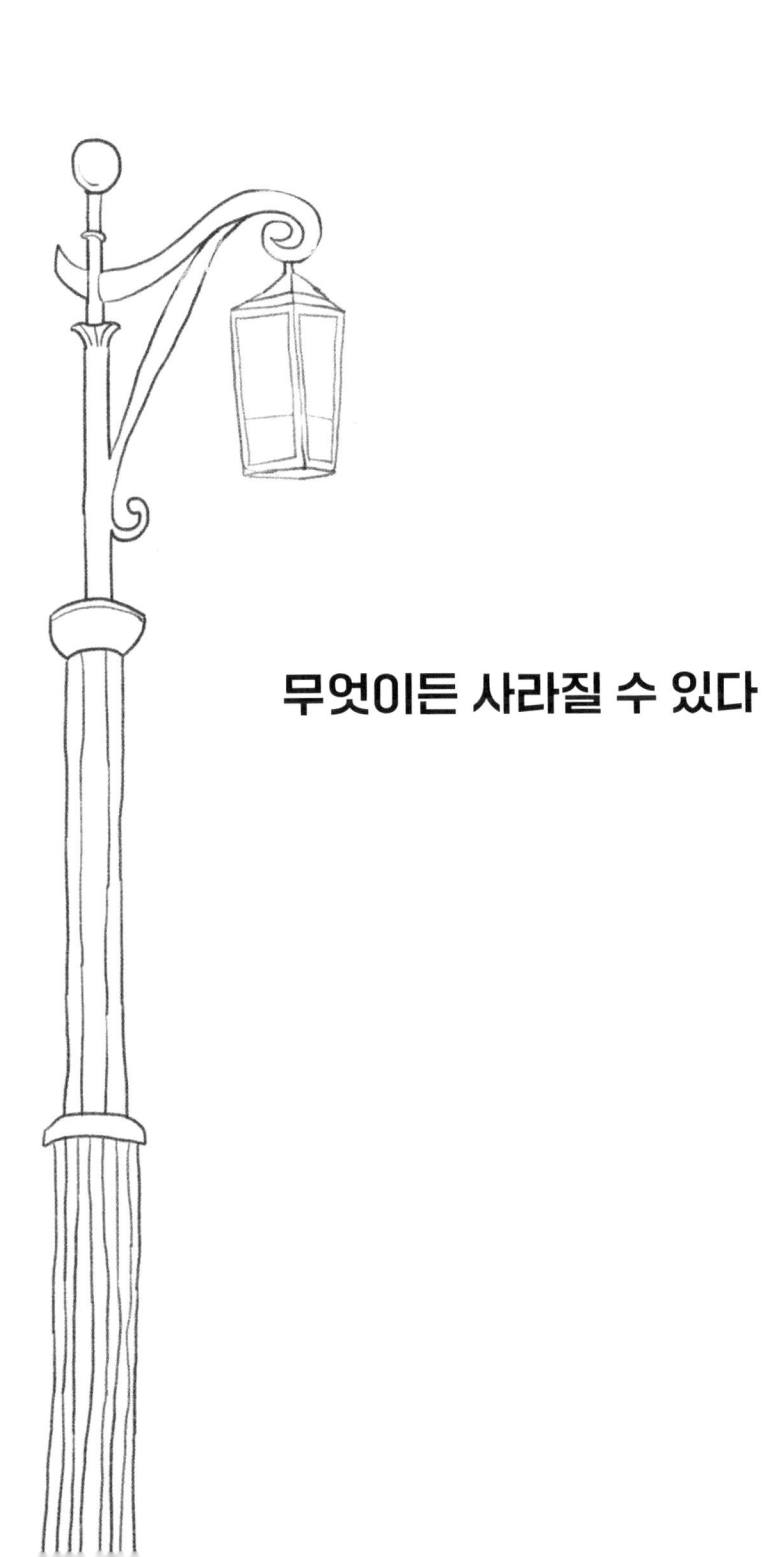

무엇이든 사라질 수 있다

베라는 달랑 더플백 하나만 지닌 채 그레이하운드 버스를 타고 뉴욕으로 가고 있었다. 미주리주를 떠난 날 아침에 폭염주의보와 주황색 단계*의 테러리즘 경보가 발효되었다. 시카고를 벗어나 한 시간쯤 달렸을 때, 어떤 나이든 여자가 울면서 내리고 싶으니 버스를 세워달라고 요구했다. 시카고에서 클리블랜드까지 가는 동안에는 베라의 옆에 더할 나위 없이 사근사근한 남자가 앉았다. 남자는 이제 막 십 년 형기를 마치고 텍사스에서 출발해 주머니에 버스표와 단돈 20달러만 지닌 채 고향에 가는 길이었다. 클리블랜드에서 피츠버그까지 옆에 앉은 남자는 둘의 자리가 에어컨과 너무 가까우니 담요 하나를 같이 덮자고 자

---

* 미국 국토부의 테러리즘 경보 체계에서 두번째로 높은 경계 단계. 경보 체계는 적색-주황색-황색-청색-녹색으로 이루어져 있다.

꾸 권했고, 피츠버그에서 필라델피아까지는 가출한 십대 청소년이 옆에 앉아 귀가 떨어지도록 수다를 떨었다. 그러다 급기야 이런 일이 벌어졌다. "잠깐 애 좀 봐줘요, 알았죠, 아가씨?" 하는 간단한 말과 함께 아이 엄마가 베라 옆자리에 건들건들 흔들리는 어린아이를 부려놓고 간 것이다.

베라는 다른 승객의 눈길을 끌려고 했다. 어쩌면 통로 건너편 두 자리 앞에 있는 여자는 뒤를 돌아보며 애는 젠장 당신이 봐야지, 아줌마, 당신 아이잖아, 아니야? 하고 말할 만한 사람 같아 보였지만, 결국 아무도 고개를 들지 않았다. 두 살가량 되어 보이는 그 남자애는 피부색이 갈색이었고 곱슬머리는 누군가가 시간을 들여 잘 빗긴 듯했다. 깨끗한 선홍색 티셔츠에 아기용 청바지를 입고 베라의 것보다 더 좋은 운동화를 신었다. 애엄마는 비쩍 마르고 신경질적인 백인 여자로, 밝기가 다른 세 가지 색조가 뒤섞인 푸슬푸슬한 금발에 강한 담배 냄새와 초콜릿 우유 냄새를 풍겼다. 버스에 탈 때는 남자애와 함께 엄마의 축소판처럼 보이는 일곱 살가량의 여자애도 데리고 있었다. 여자애는 자주색 풍선껌을 씹고 있었는데, 어찌나 열성적으로 씹는지 베라의 어머니가 봤다면 "넌 꼬마 아가씨니, 아니면 암소니?" 하고 물었을 것이다. 애엄마는 휴대전화를 귀에 딱 붙이고 상대편과 퉁명스러운 대화를 나누고 있었다. 고개를 숙여 아기 이마에 입을 맞춘 뒤 버스 뒤쪽으로 계속 걸어가면서도 전화기를 귀와 어깨 사이에 끼우고 있었다.

"애 끼니는 내가 챙기잖아, 안 그래?" 여자가 휴대전화에 대고 말했다. "당신은 마지막으로 밥 먹인 게 언제야?"

베라는 아기 때문에 불안했다. 조용하고 유쾌한 아이였다. 이
따금 양 손바닥을 딱 마주치면서 자기만 알아보는 뭔가에 박수
를 보냈다. 그렇지만 너무 작았다. 베라는 잠시라도 한눈을 팔
면 아기가 부서질지도 모른다는 비이성적인 믿음에 휩싸였다.
아기를 바라보면 아기도 베라를 바라보는 것 같았다. 베라는 아
기의 반대편 창문에 비친 흐릿한 자신의 반영을 보았다. 어떻게
보더라도 내세울 것 없는 모습이었다. 지난 스물한 시간 중 열
여섯 시간을 여러 버스 안에서 보냈다. 청바지에 이 년 전 자퇴
한 대학의 티셔츠 차림이었다. 뒤로 넘겨 하나로 묶은 머리는
곱슬곱슬해지기 시작했다. 베라는 몇 달 전 스물한 살 생일을
넘겼다. 스물한 살 생일 하면 일반적으로 연상하는 떠들썩한 소
란과 호들갑 따위는 없는 생일이었다. 조시와 레코드점의 다른
동료들이 일터에서 피자를 주문해주었고 약간의 맥주로 건배
도 했다. 그게 다였다.

저지 턴파이크를 달리던 버스가 95번 주간고속도로에 쉼표
처럼 출현하는 휴게소들 중 한 곳으로 들어갔다. 베라는 휴게소
매장으로 가서 커피를 샀다. 여자 화장실로 들어가 거울 앞에서
양팔을 머리 위로 쭉 늘리고 뒤꿈치를 들었다 내리기를 반복했
다. 얼굴에 물을 끼얹은 뒤에는 버스에서 들고나온 더플백 안에
서 작은 구강청정제 병을 꺼내 뚜껑 한 개 분량을 입에 넣고 오
물거리다 세면대에 뱉어냈다.

다시 버스를 탔을 때 아기는 여전히 옆자리에 앉아 있었다.

베라는 자신이 언제든 아이를 두고 떠날 수 있다는 걸 알고 나니 아기에게 더 너그러운 마음이 들었다. 베라가 과장되게 찡그린 표정을 지어 보이면 아기는 깔깔 웃었다. 짝짜꿍 놀이를 시켜보려고도 했지만 아기는 박자에 맞춰 동작을 반복하기보다는 혼자서 손뼉을 치는 게 더 좋은 모양이었다.

버스가 마침내 뉴욕항만공사 정류장에 도착했을 때 베라는 아기 자리를 비집고 나가 위쪽 짐칸에서 더플백을 꺼냈다. 가방이 무거워 얼굴을 찡그리자 아기가 다시 깔깔 웃기 시작했다. 베라는 아기에게 마주 웃어주고는 고개를 돌려 아기 엄마와 누나를 찾아보았다. 버스 뒤쪽에 앉았던 사람들이 한 명씩 걸어나왔지만 금발 여자나 여자의 딸은 보이지 않았다. 그들이 벌써 나가버렸나 싶어서 아기를 안아 옆구리에 걸치고 급히 달려가 주차장으로 내려섰다. 아이 엄마는 없었다. 베라는 아기를 내려놓고 남은 승객들이 내리는 모습을 버스가 텅 빌 때까지 바라보았다. 그래도 아이 엄마는 없었다.

"실례합니다." 베라는 몸집이 커다란 나이든 여자에게 말했다. "어린 딸을 데리고 있던 금발 여자 혹시 보셨어요? 우리와 함께 버스에 있었거든요."

"휴대전화로 통화하던 여자?"

"네." 베라가 말했다.

"저지에서 내린 것 같은데. 거기서 누구랑 만나기로 한 것 같았어요." 여자는 버스 옆구리에서 여행가방을 꺼내 멀어져 갔다.

베라는 빠르게 흩어지는 승객들을 둘러보며 그들은 도대체 어떻게 된 사람들이기에 아이가 버려지는데도 알아차리지 못했을까 생각했다. 하지만 베라는 무심결에 아기의 손을 꼭 쥐면서 그들에겐 처음부터 자신이 아기 엄마처럼 보였으리라는 사실을 깨달았다. 미국식 게으른 외모 묘사법에 따르면, 아기와 비슷한 피부색과 머리칼 때문에 베라는 아기의 친엄마나 누나보다 더 아기의 엄마 혹은 누나로 보일 법했다. 그래서 아이 엄마가 베라를 고른 것일까? 어쩌면 처음부터 아기를 버릴 생각이었는지도 모른다. 아니면 휴게소에서 그 여자에게 끔찍한 일이 일어났고 낯선 사람에게 끌려가며 너무 늦기 전에 자기가 없어졌다는 걸 누군가가 알아차리길 바랐는지도 모른다. 아니면 너무 오래 담배를 피우며 한눈을 팔다가 버스를 놓쳐 지금쯤 제정신이 아닐 수도 있다.

어떤 경우든 당연한 대응은 경찰을 찾아가 이 모든 상황을 바로잡게 하는 것이었다. 하지만 여기 베라를 왼손으로 꼭 붙잡은 채 오른손 엄지를 빠는 아이가 있었다. 그리고 이 더플백 안에는 비닐봉지 한 겹과 선물 포장지 한 겹으로 감싸 두 겹의 옷가지 사이에 조심스럽게 넣어둔 2만 달러어치의 코카인 한 팩이 있었다. 조시를 위해 마지막으로 베푸는 호의였다. 베라는 이런 일을 처음 해보지만 이걸 가지고 경찰서에 걸어들어가면 안 된다는 것 정도는 알았다.

"이름이 뭐니, 꼬마야?" 베라가 아이에게 물었다. 아이는 고개를 저었다. 베라는 이름표 같은 게 있는지 훑어보다가 결국 티셔츠 안감에서 찾아냈다. 누군가가 안쪽 라벨 위에 네임펜으로 윌리엄이라고 적어놓았다.

"이리 와, 윌리엄." 베라가 말했다. "뭘 좀 먹자."

베라는 맥도날드에 가서 아이가 프렌치프라이와 치킨너깃을 야금야금 먹는 모습을 바라보았다. 경찰서 계단 위에 데려다 놓고 가버릴까도 생각했지만 그러면 여러 가지 불미스러운 일이 발생할 가능성이 높을 듯했다. 아이가 베라를 따라오다 지금보다 더 심각하게 길을 잃을 수도 있었다. 누군가가 아이를 두고 가는 베라를 보고 막아설 수도 있었다. 대답할 수 없는 질문들이 쏟아질 게 뻔했다. 핸드백 안감 속에 현금 천 달러가 숨겨져 있고, 내일 이 물건을 배달하고 나면 추가로 받을 만 달러와 함께 베라 앞에는 새로운 인생이 펼쳐질 것이었다.

대학에서 중퇴하기 직전에 베라는 학교에서 요구하는 필수 사회봉사를 이수하기 위해 여자 교도소에서 글을 가르치는 활동에 참가했다. 나이가 베라보다 그리 많지 않은 여자들이 마약을—대부분 남자친구의 마약을—소지, 판매 및 운반한 죄목으로 십 년 형을 복역하고 있었다. 같은 수업을 듣던 학생 하나가 그 여자들은 자기 인생을 몇천 달러와 바꾼 거라고 말했는데, 베라는 그 학생이 요점을 완전히 놓치고 있다는 생각이 들 뿐이었다. 대부분의 여자들은 애초에 돈을 받을 생각도 없었다. 그저 사랑을 위해 한 일이었다.

빌어먹을 사랑. 베라의 사연은 사랑 이야기가 아니었다. 조시는 삼십대 후반으로 이미 머리가 벗어지기 시작했고 단추가 달린 하와이언 셔츠를 즐겨 입었다. 언젠가 반은 장난으로 베라에게 추근거린 적도 있지만, 베라가 거절했다고 마음이 상할 만큼 진지한 감정도 아니었다. 그는 레코드점 주인이었는데 그곳은 조시의 아버지가 죽기 전까지는 철물점이었다. 적어도 지난 십년간은 앞쪽 매장에서 레코드를 판 수익보다 뒷방을 통해 대마초와 소량의 알약을 팔아 번 돈이 더 많았다. 최근에 마약을 더 많이 팔기 시작해서가 아니라 사람들이 음악을 사지 않게 되어서 그랬다. 지금까지 베라는 철저히 앞쪽 매장 사업에만 관여하며 고용주가 무슨 일을 하고 있든 자신은 모르는 일이라고 주장할 개연성을 유지했다. 그리고 언제나 무덤덤한 표정으로 계산을 했다. 의심스러운 취향의 음악 앨범이나 표지가 포르노 같은 레코드, 진짜 포르노, 그리고 밖에서 얼쩡거리는 열네 살 여자애들을 위해 이십대 남자가 대신 사주는 담배를 계산할 때도. 베라는 눈에 띄기를 원치 않는 사람들을 못 본 척하는 데 능숙해졌다.

수년 동안 베라는 도심 재생 사업에 대한 전망에 기대를 걸었지만 불황이 찾아오자 그 전망은 점점 희미해지다 아예 사라지고 말았다. 대학에서 중퇴한 뒤에도 계속 도심에 머무는 편이 나아 보였다. 한 시간 정도 떨어진 곳으로 후퇴했다가 결국에는 집으로 다시 들어가게 될 것 같아서였다. 아버지는 미용학을 전공해 시내에 개업한 네일숍에서 일하라고 제안했다. 베라는 말했다. 말 그대로 매니큐어 마르는 거나 지켜보는 직업을 가지란 말이야? 버릇없는 말투를 사과하려고 부모님께 다시 전화를 걸었을 때 베라는 조시의 가게가 정말로 대단한 곳이고 자기에겐 원대한 계획이 있는 양 말했지만, 실은 지금보다 나아진 자신의 모습을 상상할 기력마저 날마다 점점 사라진다고 느꼈다.

시내에 새로 보수한 건물들의 로프트*에는 이사 들어오는 사람이 아무도 없었고, 그 아래에 미술관이 되어야 했을 공간들은 창문에 판자를 덧댄 채 폐쇄되어 있었다. 도심 주차장에서 흥분 상태로 어슬렁거리다가 베라를 보면 얼마 남지 않은 시커먼 치아를 휙 드러내는 마약중독자 아이들에 비하면 마리화나에 취해 레코드점 주변을 배회하는 사람들을 볼 때는 오히려 마음이 편안해졌다. 조시는 가게를 담보로 재융자를 받았는데 그 차액을 잘못 투자해 다 날린 뒤 대출금 상환에 어려움을 겪고 있었다. 베라는 그곳에서 일한 이 년 내내 최저임금을 받았다. 베라에겐 모아둔 돈이 없었고 조시도 그 사실을 알았다. 급여일이 가까워졌을 때 베라가 밥을 아예 안 먹는 걸 보고 조시가 점심과 저녁을 사먹으라고 20달러를 가불해준 적도 많았다. 그러다 그는 아는 사람을 통해 마약을 손에 넣었다. 필로폰도 아니고 헤로인도 아닌, 딱 한 번의 짧고 강력한 경험을 위한 약이었다. 조시는 그걸 제집 뒷마당에서 판매하는 도박은 하지 않을 생각

---

* 주로 창고나 상업 시설의 꼭대기 층에 있는 주거 시설로, 일반적으로 면적이 넓고 내벽이 없이 완전히 트인 형태이다.

이었다—지금껏 대마초는 눈감아주던 경찰이 점점 신경을 곤두세우고 있었다. 하지만 뉴욕에 조시가 아는 남자가 있어서 베라가 거기에 약을 갖다주기만 하면 수고비를 받을 수 있었다. 그러면 조시는 대출 기관과 곤란한 문제를 해결하고, 베라는 미주리를 영영 떠나 새 출발을 할 수 있었다.

월리엄이 음식을 다 먹자 베라는 다시 아이의 손을 잡고 밖으로 나가 공중전화 부스로 갔다. 시내버스 측면에 적혀 있던 번호로 전화를 걸어 익명으로 제보했다. 뉴저지 턴파이크의 9번 출구 근처에서 한 여자와 어린 여자애가 다쳤을지도 모른다. 아니, 그들의 이름은 모른다. 아니, 그들이 어디에서 왔고 어디로 가는지 모른다. 아니, 그들이 왜 위험에 처했다고 생각하는지도 확실히 말할 수 없다. 아니, 끊지 않고 기다릴 수 없다. 베라는 택시를 타고 호텔에 체크인한 뒤 아기를 침대에 누이고 엄마에게 전화해 아무 탈 없이 잘 있다고 말했다.

아침이 되자 기차를 타고 조시가 준 주소지로 갔다. 월리엄은 달리 어떡해야 할지 몰라 데리고 갔다. 적갈색 사암으로 지은 칙칙한 건물은 밖에서 보기에는 그리 대단치 않았다. 베라는 버저를 두 번 눌렀다. 두번째 눌렀을 때, 여자 목소리가 누구냐고 물었다.

"저는 베라예요." 베라는 대답했다. "조시가 보내서 왔어요."

삐 소리와 함께 문이 열렸다. 베라는 좁은 계단을 걸어올라가 앞에 있는 문을 열었다. 처음에는 자신이 호수를 잘못 받아 적었다고 생각했다. 그곳은 사무실이었다―광택이 도는 단단한 원목 마루, 벽에 생기를 주는 밝은 색채들, 높은 창문으로 들어오는 햇빛, 매끈한 빨간 소파, 접수대 근처의 대기실. 금발 가닥이 섞인 머리를 뒤로 모아 묶은 여자가 접수대에 앉아 있었다. 여자 뒤쪽 벽에 붙은 간판에는 브루클린 딜리버스라고 쓰여 있었다.

"무슨 일로 오셨나요?" 여자가 물었다.

"데릭과 할 얘기가 있어요. 내 이름은 베라예요."

여자가 전화기의 버튼 하나를 눌렀다. 몇 초가 흐른 뒤 짧은 레게머리에 베라는 들어본 적 없는 밴드 이름이 적힌 티셔츠를 입은 남자가 나와서 인사하는데 얼굴에 의아한 표정이 역력했다.

"나는 베라예요." 베라는 다시 말했다.

데릭은 베라가 옆구리에 걸쳐 안고 있는 윌리엄을 빤히 바라보았다.

"아기를 데려온 거예요?" 데릭이 물었다.

"두 살이에요." 베라는 그게 적절한 설명이라도 되는 듯이 말했다.

"잠시만요." 데릭이 뒤쪽 방으로 들어갔다. 하지만 문이 닫히기 전에 그가 하는 말이 들렸다. "저쪽 상대는 뭐하는 새끼야? 애 딸린 젊은 여자를 보냈어."

두번째 남자가 밖으로 나왔는데, 이번에는 지저분한 금발에 두꺼운 검은 테 안경을 끼고 있었다.

"난 애덤이에요. 조시가 보냈다고요?"

"네." 베라는 대답한 뒤 윌리엄을 가리키며 말했다. "아이 때문에 미안해요. 어디 두고 와야 할지 모르겠어서. 어제 막 도착했거든요."

"괜찮아요. 잠시 아이를 여기에 둘래요? 리즈가 봐줄 거예요."

베라는 접수대 뒤에 있는 여자에게 눈길을 돌렸다. 여자는 내내 고개를 들지 않고 컴퓨터 화면만 쳐다보았다. 베라는 윌리엄을 바닥에 내려놓고 애덤을 따라 뒤쪽 방으로 들어갔다. 앞쪽 방과 비슷한데 더욱 고급스러웠다—단단한 원목 마루, 안락해 보이는 소파, 문서 보관함이 늘어선 벽.

"예상과는 다른 곳이네요." 베라는 애덤에게 말했다.

"우리는 배달 업체예요." 애덤이 말했다. "물건을 배달하죠. 대개는 소규모 회사들을 위해 문서나 소포를 배달하는데, 다른 일을 할 때도 있고요."

"아." 베라가 말했다.

"그쪽도 우리 예상과는 다르네요." 데릭이 말했다.

"미안해요." 베라가 말했다.

"그래서 나쁘다는 게 아니라. 그냥, 애덤이 얼마 전에 자동차 여행을 하다 조시를 만난 건데, 애덤에게 들은 대로라면 그쪽은 조시와 어울릴 만한 여자로 보이지 않아서요. 쟤는 조시의 아이?"

"아뇨." 베라는 말했다.

"말수가 적은 분이시네." 애덤이 말했다. "눈치가 빨라."

그들은 베라의 예상과 달리 불길한 소란 없이 신속히 거래를 마무리했다. 조시의 돈은 송금되었다. 베라는 가방 속 마약이 있던 자리에 현금을 넣었다. 밖으로 나와 조금 전에 내려놓은 자리에 잘 있는 윌리엄을 데리고 왠지 허무한 안도감을 느끼며 건물 밖으로 나왔다.

베라는 은행 계좌를 개설해 2천 달러를 예금했다. 윌리엄과 함께 커피숍에 앉아서 크레이그스리스트*의 임대 게시판을 훑으며 전화를 돌렸다. 몇 시간 뒤 레드훅에 사는 러시아 여자가 세놓은 다락 아파트를 계약했다. 집주인에게 기꺼이 가짜 신원 보증을 해줄 친구들도 많았지만, 베라가 첫 달 임대료와 보증금을 현금으로 낼 생각이라고 하자 주인 여자는 많은 걸 묻지 않았다. 아파트로 이사한 날 밤에 둘은 바닥에서 잤다. 베라는 윌리엄의 가슴이 오르락내리락하고 조그만 콧구멍이 미세하게 벌름거리는 모습을 지켜보았다. 아기에게 침대가 필요하겠어, 베라는 생각했고 그런 생각이 드는 순간 아이를 돌려준다는 개념 같은 건 창밖으로 사라져버렸음을 깨달았다. 윌리엄은 누군가가 빼앗아가지 않는 한, 빼앗아가더라도 그 순간까지는 베라의 아이일 것이었다.

---

* 미국의 생활 정보 사이트.

한동안 윌리엄은 베라가 여태 겪은 다른 일들보다 더 힘들 게 없어 보였다. 아이는 조용하고 명랑했으며 베라의 삶에 어떤 질서를 가져다주었다. 식사는 꼭 정해진 시간에 해야 했다. 잘 시간, 일어날 시간이 있었다. 베라는 유홀* 트럭을 빌려 도시 곳곳에서 가구를 마련했다. 아기 침대를 사려고 파크슬로프에 갔을 때 침대를 내놓은 여자가 윌리엄을 보고 귀여워하더니 유아차를 추가로 50달러에 넘겼다. 한 주가 끝날 무렵 집 정리가 끝났고 돈은 반쯤 바닥났다.

베라는 처음부터 여기에 오면 바로 일자리를 찾을 생각이었지만, 이젠 윌리엄을 돌봐야 한다는 문제가 있었다. 아이를 데리고 면접 자리에 가기는 쉽지 않았고 심지어 이력서를 내기도 힘들었다. 바로 그 자리에서 얘기 좀 하자고 하면 어쩐단 말인가. 정규 탁아소에 보내자니 베라가 제출할 수 없는 서류를 요구할 것 같았고, 그건 결국 아이 봐주는 사람을 구해야 한다는 뜻이었으며, 그건 곧 아이를 믿고 맡길 사람을 알아보기까지 시간이 좀 필요하다는 뜻이었다. 낯선 사람에게 아이 맡기는 걸 불안해하다니, 불현듯 죄책감이 들었다. 그러는 자기는 무엇이기에? 베라는 구글에 들어가 '윌리엄' '실종된 아이' '뉴저지'를 입력하고 지난 한 달로 날짜를 한정해 검색했으나 누군가 아이를 찾고 있다는 증거는 없었다.

일요일에 베라는 윌리엄을 데리고 프로스펙트공원으로 산책

---

* U-Haul. 이사 트럭이나 트레일러를 대여하는 회사.

을 갔다. 노점상에서 아이에게 줄 막대 아이스크림도 샀다. 함께 잔디밭에 앉아 아이에게 아이스크림을 먹이며 능력이 닿는 데까지 애써 〈작은 토끼 푸푸〉를 불러주고 있는데 베라의 이름을 부르는 누군가의 목소리가 들렸다. 고개를 돌려보니 짧은 레게머리를 한 남자가 다가오고 있었다.

"베라, 맞죠?" 그가 물었다.

"네." 베라가 대답했다. "데릭이죠?"

데릭이 고개를 끄덕였다. "이 동네에 계속 있기로 했나봐요?"

"아예 눌러살고 싶어요. 여기 올 계획이라 부탁을 들어준 거였어요."

"비싼 부탁이죠."

베라는 어깨를 으쓱했다.

"그래, 아들 이름은 뭐예요?"

"윌리엄." 베라는 망설임 없이 대답했다. 여태 그 아이를 가리켜 아들이라는 말을 써본 적은 없었는데도. 데릭이 잔디밭에 앉아 윌리엄과 까꿍 놀이를 하기 시작했다.

"애아빠는 근처에 있어요?"

"근처에 나 말고 다른 사람이 보이나요?"

"그렇군요." 데릭이 말했다. 얼굴을 가렸던 손을 내린 윌리엄은 데릭이 놀이를 멈추어서 실망한 듯했다. 데릭이 손을 뻗어 윌리엄의 배를 간질이자 아이는 높은음의 아기 목소리로 낄낄거렸다.

"애 잘 보는 사람 혹시 알아요?" 베라가 물었다.

"나 정도론 부족해요?" 데릭이 웃었다. "꼬맹이와 내가 꽤 사이좋게 놀고 있다고 생각했는데."

"애를 봐줄 사람이 필요해요." 베라가 말했다. "직장을 구해야 하거든요."

"무슨 일 해요?"

"전에 계산대에서 일했어요."

"계산만 했어요, 장부 관리도 했어요?"

"장부 관리도 했죠."

"전화도 받아요?"

"전화가 울리면요."

"있잖아요." 데릭이 말했다. "우리 회사 접수 담당자가 최근에 그만뒀어요. LA로 이사한대요. 이 자리 관심 있어요? 전화 받고, 문서 정리하고, 수거와 배달 일정을 세우죠. 우리 일의 95퍼센트는 합법적인 사업이에요."

"나머지 5퍼센트는?"

"그래서 시급을 11달러가 아니라 20달러 줄 거예요. 우린 골치 아픈 일에 연루되지 않으려고 노력해요. 모든 걸 여기저기에서 적은 양씩 구한 다음 비싼 값을 붙이죠. 약을 원하는데 너무 게으르거나 겁이 많아서 직접 딜러를 구하지 못하는 젊은 애들의 시장이 있거든요. 우린 기본적으로 중개인이에요. 사실 중개인도 아니죠, 공급원으로부터 직접 구매하는 일도 별로 없으니까. 우린 주로 레이더망 아래에 있어요."

"윌리엄은 어쩌죠?"

"말썽만 안 부리면 애 봐줄 사람 구할 때까지 사무실에 데리고 와도 돼요."

윌리엄이 활짝 웃더니, 자기가 얼마나 말썽과 거리가 먼지 보여주려는 듯 포도 아이스크림이 묻은 손으로 입을 가렸다.

바로 그렇게, 베라의 삶은 제자리를 찾았다. 혹은 제자리에서 벗어났다. 일곱시부터 네시까지 사무실에서 일하며 전화를 받고 서류를 정리하고 두 가지 장부를 관리했다. 지난 접수 담당자의 서류 정리법을 파악했다—자전거 배달원들 가운데 이름 옆에 C자가 없는 사람들은 물건을 당일 안에 도시 반대편으로 전달해야 하는 회사들을 위해 문서나 다른 무해한 소포를 운반했다. 이름 옆에 C자가 있는 사람들은 정규 배달과 비정규 배달 양쪽을 다 할 수 있었다. 베라는 배달원들이 좋았다—그들은 일을 받고 물건을 수거하고 일정을 정하고 수표를 받으러 사무실을 들락거렸다. 더 빠른 길과 가장 좋은 자진거 자물쇠에 관해 서로 의논했다. 다들 어떤 주소를 받아도 겁나지 않는 척했지만, 누군가에겐 손바닥처럼 훤히 보이고 또 누군가에겐 아무리 다녀도 혼란스러운 이 도시 어딘가에서 길을 잃고 멋쩍어하며 베라에게 전화를 거는 이들도 있었다. 그들은 베라의 또래이거나 더 어리기도 했고, 다들 삶에서 시급히 이루고자 하는 일들이 있었다. 아직 이루지 못했을 뿐.

그들은 주행 시간을 단축하기 위해 서로와, 그리고 자신의 최고 기록과 경쟁했다. 보수는 배달 건수에 따라 받았다. 베라가 몸에 있는 흉터를 보고 구분하는 사람들도 있었다―사고로 긁히거나 쓸린 자국, 그리고 한 사람의 경우에는 자전거 도둑이 칼로 새긴 가늘고 삐죽삐죽한 선. 배달원들은 대부분 윌리엄이 있다는 사실조차 알아차리지 못했지만 몇몇은 사탕이 있으면 주거나 베라가 필요한 일 처리를 마칠 때까지 바닥에 앉아 아이와 함께 놀았다. 윌리엄이 사무실에 있어도 아무도 개의치 않는 듯하고 특히 윌리엄이 잘 놀아서 애 봐주는 사람을 구해야 한다는 생각은 점점 사라졌다. 그러던 어느 날 사무실에 갔을 때, 접수대 뒤에 애덤과 데릭이 쓴 쪽지와 함께 놀이 울타리가 놓여 있었고, 문제는 해결된 듯했다.

애덤과 데릭은 점점 더 베라를 좋아하게 되었다. 둘 다 베라보다 두서너 살 위지만, 철없는 장난을 치거나 갑자기 삐질 때도 있어서 어떤 때는 더 어리게 느껴지기도 했다. 뉴저지 교외의 고등학교 시절부터 친구인 그들은 때로 둘이 공유하는 추억으로만 이루어진, 자기들만 아는 언어로 대화했다. 그들은 어디에도 매이지 않은 삶을 살고 있다고 주장했지만 서로가 없다면 얼마나 속수무책일지 둘 다 모르는 것 같았다. 애덤은 매일 아침 베라의 접수대에 커피를 놔두었다. 데릭은 음악 플레이리스트를 만들어주거나 화려한 서체로 베라의 이름을 적은 쪽지들을 남겼다. 몇 년 전에 데릭은 그래픽디자인 회사 창업을 준비하고 있었지만 이미 오 년 정도 뒤처진 발상이었다. 그 무렵 애덤은 자전거 배달원으로 일하고 있었는데, 물건을 배달하는 사람이 아니라 배달을 관리하는 사람이 되면 도시의 차량 행렬 속에서 생을 마감할 위험 없이 더 많은 돈을 벌 수 있음을 깨달았다. 애덤은 지분을 반씩 갖고 동업한다면 디자인 회사가 아니라 배달 업체를 창업할 수 있다고 데릭을 설득했고 삼촌에게서 돈을 빌려 지분을 샀다. 험난한 첫해가 지난 뒤 그들은 사업 영역을 합법 물품과 불법 물품으로 분리하기 시작했고, 다시 삼 년이 흘러 지금에 이르렀다.

그리고 여기, 이전의 삶을 깨끗이 지워가는 베라가 있었다. 베라는 뉴욕 생활을, 아마도 새로 얻은 직업을, 그리고 어쩌면 경제적 여유까지도 다 설명할 수 있었을 것이다. 하지만 윌리엄은 설명할 길이 없었다. 베라는 페이스북 페이지를 삭제했다. 예전에 쓰던 이메일 계정을 닫고 지금 만나는 사람들만 아는 새 계정을 만들었다. 이전 휴대전화를 해지하고 새 전화기를 샀다. 엄마에겐 일주일에 한 번, 전화 카드를 쓰거나 빨래방의 공중전화기로 전화했다. 난 잘 지내, 베라는 거듭거듭 말했다. 사랑해. 언제 집에 들를 수 있을진 잘 모르겠어.

윌리엄은 말이 조금씩 늘었다. 윌리엄이 이름을 불러주면 베라는 어쩐지 자랑스러웠다. 자기한테 베-라라고 할 뿐 엄-마라고 하지는 않는 것도 자연스러운 일처럼 느껴졌고, 사람들에게는 윌리엄을 가졌을 때 엄마가 되기엔 너무 어리다고 느껴 그렇게 부르게 했다고 설명했다. 밤에 잠자리에서 이야기책을 읽어주었고, 색깔과 글자도 가르쳐주었다. 그 일들을 제대로 하려면 어떡해야 하는지 물어볼 사람은 없었다. 처음 눈이 올 것 같았을 때 데릭이 아이의 겨울 모자를 사주었는데, 베라는 이를 반은 호의의 표현으로, 반은 책망으로 해석했다.

그날 밤에 라일락향 아기 비누로 윌리엄을 목욕시켰다. 곱슬곱슬한 머리와 오동통한 몸을 닦아주었다. 아이는 욕조 물속에서 첨벙거렸다.

"행복해?" 베라는 물었다. "내가 널 잘 돌보고 있니?"

윌리엄은 아기 치아를 반짝이며 웃었다. 베라는 아이를 안아 수건에 감싸 물기를 닦고 로션과 파우더를 바르고 플리스 파자마를 입혔다. 아이는 베라의 목 우묵한 곳에 머리를 파묻고 잠들었다. 어렸을 때 어떤 여자애들은 다른 애들이 밴드나 말馬이나 마법에 열광하듯 아기에게 열광했지만, 베라는 그런 적이 없었다. 아기들은 시끄럽고 끈적끈적했으며, 애초에 베라가 대학에 진학한 이유도 성교육 수업에서 이것 아니면 저것인 양―학위를 따지 않으면 아기를 떠안게 될 것이다―설명했기 때문이었다. 조시의 레코드점과 같은 블록에 있는 커피숍에서 일하던 여자들 중 하나는 막 걸음마를 하는 아이를 가끔 데리고 출근했다. 사장이 커피숍에 아이를 데려오지 말라고 해서, 여자는 사장의 차가 가게 앞을 지나 주차장으로 들어가면 커피숍 앞문으로 달려나와 조시의 가게 앞문으로 들어온 뒤, 사장이 갈 때까지 아이를 거기에 앉혀두었다. 조시는 상관하지 않았다. 여자가 예쁘기도 했거니와 조시는 아이를 구석에 털썩 앉혀두기만 하고 아무것도 안 했기 때문이다. 아이와 놀이를 하고 위험한 물건을 치우고 장난감을 마련해야 하는 사람은 베라였다. 그리고 베라가 어떻게 해줘도 아이는 항상 엄마가 올 때까지 멈추지 않고 소리를 질렀다. 베라를 보고 웃지도 않았다. 윌리엄이 베라와 있을 때 그토록 차분하다는 사실은 그 자체로 어떤 주장이었다. 마치 온 우주가 윌리엄이 베라의 아이라고 말해주는 것 같았다.

11월의 어느 밤에 도시는 예기치 않은 눈에 뒤덮였다. 상점들은 일찍 문을 닫았다. 기차도 서행 운전했고 택시를 잡기는 사실상 불가능했다. 베라는 사무실에서 기차역까지, 기차역에서 아파트까지 빙판길을 걸어가자니 막막해서, 자고 가라는 데릭과 애덤의 제안을 받아들였다. 그들은 사무실로 쓰는 복층 로프트의 위층에서 살았다. 윌리엄을 소파에 재운 뒤 두 남자는 베라에게 토스터에 구운 피자와 럼을 넣은 코코아를 만들어주었다. 베라는 노총각 저녁밥이라고 놀렸지만, 기분좋은 포만감이 드는 식사였다. 저녁에 또래와 함께 어울린 게 몇 달 만에 처음이었다.

코코아를 세 컵째 마신 뒤 언제쯤인가 데릭이 베라에게, 혹은 베라가 데릭에게 키스를 했고, 아무튼 둘은 밤을 함께 보냈으며, 다음날도, 그다음날도 계속 함께였다. 일주일이 지나기 전에 베라는 로프트 위층에 칫솔과 갈아입을 옷 몇 벌을 갖다놓았고 윌리엄에게는 두번째 침대가 생겼다. 레드훅의 다락방에는 점점 덜 가게 되었고, 그곳에 갈 때면 옆 건물 창가에서 베라가 드나드는 모습을 의심스럽게 바라보는 주인 여자가 이따금 눈에 띄었다.

12월에 그들은 로프트에서 크리스마스 파티를 열었다. 베라는 화환과 겨우살이를 매달고 작은 플라스틱 트리를 사서 장식했다. 파티 손님들 모두가 럼을 부은 에그노그에 취했고 에그노그가 떨어지고 나서는 값싼 맥주에 취했다. 사람들은 겨우살이 아래에서 진하게 애무하며 포르노에 가까운 사진들을 찍어댔다. 베라는 표면에 유성펜으로 글을 적을 수 있는 트리 장식물 한 상자를 저가형 생활용품점에서 사다 놓고 손님들에게 하나씩 나눠주었다. 얼마 지나지 않아 트리는 뉴욕, 난 널 사랑하는데 넌 날 초라하게 해, 같은 글귀가 적힌 공 모양 장식물로 뒤덮였다. 윌리엄은 유달리 사람과 닮은 인형이라도 되는 양 이 손에서 저 손으로 전해졌고, 베라는 마음이 넉넉해져서 자신뿐 아니라 다른 사람들도 윌리엄을 통해 가정생활에 대한 환상을 누릴 수 있도록 해주었다. 사람들은 윌리엄에게 장난감이나 동물 인형 따위를 선물했다. 데릭은 나무 블록 한 세트를 사주었다. 데릭이 두번째 상자를 내보이자 베라는 애 버릇을 망친다고 만류하려 했으나 알고 보니 그 상자는 베라의 것이었다. 베라는 한참 동안 그것을 바라보았다. 지금껏 윌리엄이 선물을 받으면 자신이 받는 거라 생각했고, 언제부터 자신을 아이와 별개의 존재로 여기지 않게 되었는지 기억조차 나지 않았다. 베라는 데릭이 준 상자를 열고 그 안에 있는 유리구슬 목걸이를 목에 걸었다. 데릭이 베라에게 키스했다.

"사랑해." 데릭이 말했다.

"럼을 사랑하겠지." 베라가 말했다.

"너와 럼을 사랑해." 데릭이 말하고 다시 키스했다.

나중에 베라는 뒷방으로 들어가 부모님에게 전화했다. 중부 표준시 기준으로 그곳이 한 시간 빠르지만, 그래도 엄마가 잘 시간은 지나 있었다.

"왜 잠을 깨우는 거니?" 엄마가 물었다. "무슨 일 있어? 왜 이렇게 소란스러워?"

"사랑해, 엄마." 베라가 말했다.

"너 취했니?" 엄마가 말했다. "거기서 뭘 하는 거야?"

"나 행복해." 베라가 말했다. "한참 전화하지 않을 거야. 알고 있으라고."

윌리엄을 데리고 있으니 과거는 확고히 과거가 되었고, 집을 떠나왔던 베라는 이제 더는 존재할 수 없는 베라가 되었다. 베라는 온전히 현재에 집중했다. 옆에 든든한 존재를 느끼며 데릭과 함께 잠에서 깨는 것이 좋았다. 데릭이 자신을 바라보는 눈빛, 윌리엄과 함께 있는 모습, 베라를 놀라게 하는 방식이 좋았다. 지금 삶의 형태가 좋았다. 가정생활은 단조로웠지만 언제나 무언가의 가장자리에 바짝 다가선 듯 아슬아슬한 느낌 때문에 그저 단조롭지만은 않았고, 사랑하는 것을 가졌으나 언제라도 모든 게 잘못될 수 있음을 알기에 더욱 소중하게 느껴지는 감각이 좋았다.

그러다 모든 것이 정말로 잘못되었다. 제이컵이라는 배달원이 비 오는 날 맨해튼에서 물웅덩이를 피하려고 급히 방향을 틀다가 대형 트레일러트럭 쪽으로 미끄러졌다. 제이컵은 눈이 놀랍도록 파랗고 반듯한 치아를 드러내며 완벽한 미소를 짓는 열아홉 살 청년이었고, 시간제 바텐더로도 일했으며 언젠가 배우가 되겠다는 꿈이 있었지만 결국 실현되지 못했다. 그는 바로 전날 베라의 사무실에 와서 수표를 받아가며 윌리엄에게 막대사탕을 주었다. 몇 주 전 열렸던 파티에도 와서 불꽃을 피우는 테킬라를 마셨고 부분 부분 분홍색으로 염색한 머리칼에 손목 안쪽에 초승달 문신이 있는 여자에게 키스했다. 음울한 추도식에 제이컵의 친구와 동료 배달원 수십 명이 모였고, 일부는 연대의 의미로 검은 자전거 헬멧을 썼다. 베라는 검은 원피스를 사 입고 추도식에 가서 윌리엄을 가슴에 꼭 안고 있었다. 울지 않는 사람은 윌리엄뿐이었다.

제이컵의 어머니는 코네티컷에 사는 의사였다. 어머니는 법률 회사에 사건을 의뢰했다. 자전거 사용자들의 안전을 확보할 적절한 규정을 수립하지 않은 시 당국을 상대로 고소장이 접수되었다. 또한 불합리한 배달 일정을 요구하고 배달원들이 안전 규정을 위반할 수많은 방법이 있음을 간과한 부주의에 대해 브루클린 딜리버스를 고소했다. 이 모든 주장은 사실이었고―배달원들이 책임 면제 서류에 서명을 했지만 이는 실효성 없는 계약이었다―아마도 소송이 가능할 사안이었다. 제이컵의 죽음 뒤에 이어진 침울한 시기에 애덤과 데릭은 처음 몇 주 동안 별 반응을 보이지 않았다. 한 달 가까이 그들은 말이 거의 없었고 대개는 약에 취해 있었다. 베라는 이제 밤에 그곳에서 지내지 않기로 했다.

다락 아파트에 돌아온 베라는 제이컵이 허리를 숙여 윌리엄에게 막대사탕을 주던 날의 그 얼굴을 떠올리며 가끔 밤을 지새웠다. 난해한 법률 용어를 뚫고 전해진 어머니의 슬픔을 생각했다. 어느 밤, 베라는 윌리엄을 돌이킬 수 없이 잃는 상상을 했다. 아주 잠깐 아이가 없는 척해봤을 뿐인데 그 순간 엄습한 감정이 어찌나 완전하고 낯선지 마음이 갈기갈기 찢어졌다. 베라가 누워서 심하게 흐느껴 우는 바람에 윌리엄도 잠에서 깨어 울었다. 베라는 일어나 아이에게 다가갈 수조차 없었다.

사무실에 출근한 베라는 몇 달 만에 처음으로 윌리엄을 잃어버린 누군가가 아이를 찾으려 한다는 증거가 있는지 검색했다. 실종 아동 소식을 전하는 페이지들을 건성으로 계속 넘겨 보면서 베라는 윌리엄의 얼굴을 찾고 싶지도 않았고 찾으리라 예상하지도 않았다. 수많은 사진이 있었다. 금발에 잇새가 벌어진 소년이 엄마 무릎에 앉은 사진. 구슬을 끼워 땋은 머리를 한 갈색 피부 소녀가 활짝 웃으며 곰 인형을 쥐고 있는 사진. 분홍색 자전거를 탄 일곱 살 아이 사진. 그들 중 일부는 이미 시신으로 발견되었다는 사실을 뉴스를 봐서 알고 있었다. 다른 아이들에 대해서는 비현실적인 시나리오를 상상했다. 자신과 같은 사람들이 그 아이들을 구조해 다른 인생으로 데려갔다는 시나리오를.

검색 결과를 훑다가 세번째 페이지로 넘어갔을 때 실종 아동

부모를 위한 게시판을 발견했고, 나의 아들 윌리엄—10월부터 실종 상태라는 제목 아래에서 마침내 찾을까봐 무서웠던 사진을 찾고 말았다. 베라가 발견한 당시 모습과 같은 윌리엄, 틀림없는 그 눈. 자신은 윌리엄을 8월부터 데리고 있었으니 이건 다른 아이일 거라고 애써 합리화하면서도 베라는 계속 읽어나갔고, 뱃속이 울렁거렸다. 페이지 맨 위에 아이의 출생일이 적혀 있었다. 그 날짜에 따르면 윌리엄은 4월에 세 살 생일을 맞을 예정이었다. 사진을 올린 남자는 자신이 윌리엄의 아빠라고 했다. 두번째 사진에는 그 남자와 윌리엄, 윌리엄의 엄마가 있었는데, 먼 옛날처럼 느껴지는 그날에 본 푸슬푸슬한 금발 여자가 맞았다. 아이를 찾는 사람이 왜 그 여자가 아닌지에 대한 설명은 없었다. 윌리엄이 어떻게 아버지가 사는 시카고에서 저지 턴파이크를 달리던 버스까지 가게 되었는지에 대한 설명도 없었다. 두번째 사진에서 윌리엄은 젖먹이였다. 남자와 여자 둘 다 눈을 반짝이며 환히 웃고 있었다. 게시물 맨 아래에 윌리엄의 아버지라고 주장하는 남자가 경찰 제보 번호와 자신의 휴대전화 번호를 적어놓았다.

베라는 두번째 번호로 전화를 걸었다.

"여보세요." 베라가 말했다. "윌리엄 찰스 시니어와 통화할 수 있을까요?"

"접니다." 건너편의 딱딱한 목소리가 대답했다.

"저는 기자예요." 베라가 말했다. "아드님에 대해 올리신 글을 봤어요. 그 사건과 관련해 말씀 좀 나눌 수 있을까요?"

"뉴욕입니까?" 목소리가 물었다. "전화번호가 뉴욕이라고 뜨네요."

"맞아요. 여긴 작은 신문사인데요, 관심 가는 사건이 있으면 전국 뉴스도 보도합니다. 전 실종 아동에 관한 시리즈를 기획하고 있어요."

"시카고 경찰도 제 얘기를 잘 들어주지 않던데요. 신문은 두말할 것도 없고." 남자는 말했다.

"전 듣고 있어요." 베라가 말했다.

"아이가 제 엄마랑 함께 지내기로 했는데, 어느 날 갑자기 그여자가 아이랑 전화 연결을 안 해주는 겁니다. 어떤 남자랑 함께 살겠다고 뉴저지로 이사했는데, 내게 전화하지 말라더군요. 그래도 난 가끔 전화를 걸었고, 그러면 딸이 전화를 받았어요. 제 딸은 아니지만 어릴 때부터 봐온 아이이기 때문에 잘 알거든요. 그런데 윌리엄에 대해 묻기만 하면 애가 울기 시작하는 거예요. 그러다가 함께 살던 남자가 떠났고 내 전처도 갑자기 죽었어요. 약물 남용으로. 불쌍한 딸애가 그 꼴이 된 엄마를 발견했죠. 그 아이는 제 외할머니한테 갔고요, 이쨌든 날 싫어하는 그애 외할머니는 내 아들에게 무슨 일이 일어났는지를 모르는지, 알고도 그러는지 말을 안 해줘요. 아이가 그 집에 없었다고만 하는 거예요. 하지만 겨우 두 살이에요. 가봐야 얼마나 멀리 갔겠어요?"

"유감입니다." 베라가 말했다.

"난 그냥 내 아들을 찾고 싶을 뿐이에요."

다음 한 주 동안 안개 속을 걸어다닌 사람은 베라였다. 데릭과 애덤은 패닉 모드에 들어갔다. 그들은 최대한 질질 끌면서 소송에 협조하고 있었지만 제이컵의 어머니는 증거 개시를 위해 회사의 재정 기록을 공개하기 전에는 합의 제안을 받아들이지 않겠다고 했다. 둘은 철저한 감사가 실시되면 너무 많은 부조리가 드러날까봐 걱정하고 있었다. 월요일에 데릭이 베라에게 회사에 늦게까지 남아 있으라고 말했다. 영업을 마치고 문을 닫은 뒤 데릭은 베라를 뒷방으로 데려갔다.

"우린 여길 뜰 거야." 데릭이 말했다. "새 신분증과 한동안 숨어 지내기 충분한 돈을 준비했어. 결국에는 해결책을 찾아낼 거야. 마리화나 재배업을 하는 사람을 아는데, 머지않아 다 합법화될 거라고 했어."

"어디로?" 베라는 물었다. "언제?"

"캘리포니아." 데릭이 대답했다. "이 주 안에. 애덤이 아는 사람이 있어."

"난 어떡하면 돼?"

"우리랑 같이 가도 돼." 데릭이 말했다. "너도 어쨌거나 한동안 좀 피해 있어야 할 거야."

그 가능성이 반짝이는 열쇠처럼 눈앞에 아른거렸다. 벌써 이만큼 왔다. 더 멀리 갈 수도 있다. 윌리엄을 지킬 수 있다. 데릭을 지킬 수 있다. 베라는 다 자란 윌리엄을, 통통한 볼이 갸름해진 윌리엄을 상상했다. "난 농장에서 자랐어." 윌리엄은 말할 것이다. "부모님이 돈을 벌려고 뭔가 수상한 일을 한 게 틀림없어. 그래도, 와, 둘이 얼마나 서로 좋아했는지 몰라." 베라는 캘리포니아를 떠올리려 애써봤지만 머릿속에 그 어떤 이미지도 없었고 막연히 지진이 무섭다는 생각만 났다.

"내 서류도 마련해줘." 베라는 말했다. "좀 생각해볼게."

베라는 여행가방 안에 들어갈 정도의 짐만 챙기고 나머지는 팔았다. 윌리엄의 침대가 없어지자 바닥에 담요를 깔고 아이를 꼭 안은 채 잤다. 주인 여자에게 이사한다고 통보한 뒤, 다음날 퇴근하고 돌아와보니 다음 세입자 후보가 잔뜩 주눅든 모습으로 벌써 집을 보러 와 있었다. 그 주 후반에 데릭이 접수대 위에 봉투를 하나 두고 갔다. 베라의 사진 옆에 제시카라는 이름이 쓰인 캘리포니아 주민증이 들어 있었다. 이름이 조슈아로 바뀐 윌리엄의 출생증명서도 있었다. 사무실의 하루는 파쇄된 서류의 양으로 측정되었고, 파쇄기의 소음은 위협이자 약속이었다. 모든 것이 지워질 수 있다면 무엇이든 사라질 수 있다. 모든 것을 지울 수 있다면 다시 시작할 수 있다.

베라는 아이 아버지를 먼저 만나본 뒤에 무슨 결정이든 내리고 싶었다. 데릭에게는 확실한 약속을 하지 않고 얼버무렸다. 혹시 생길지 모르는 윌리엄의 빈자리가 데릭으로 메워질 만큼 그를 사랑하진 않았으므로 굳이 가장할 필요를 느끼지 못했다.

베라는 데릭이 짐 싸는 걸 도왔다. 그가 준 목걸이를 계속 착용했다. 데릭의 레게머리를 전기면도기로 밀어주었다. 애덤의 금발을 검게 염색해주었다. 데릭과 애덤이 뉴욕에서 보내는 마지막 밤에 그들과 함께 로프트에서 잤다. 마르가리타를 만들었다. 데릭의 팔에 안겨 웅크린 채, 두 친구의 죄책감보다 훨씬 더 큰 자신의 죄책감을 그에게 어떻게든 설명해보는 상상을 했다. 베라는 날이 밝기 전에 일어나 아침식사를 만들어놓고 데릭에게 작별 키스를 했다. 데릭은 어디로 가면 자기들을 찾을 수 있을지 알려줄 사람의 주소를 주겠다고 했고 베라는 그러지 않는 편이 낫겠다고 말했다.

다음날, 베라는 윌리엄과 함께 시카고로 가는 버스를 탔다. 아이에겐 겨울옷을 겹겹이 껴입혔다—터틀넥, 스웨터, 모자 달린 외투, 그리고 데릭이 사준 모자까지. 윌리엄은 너무 덥고 까슬까슬하다며 평소답지 않게 까탈을 부렸다. 겉옷이 한 겹 한 겹 벗겨졌다. 클리블랜드에서 잠시 정차했을 때 베라는 시카고에서 학교에 다니는 친구 아일린에게 전화를 걸었다. 오랫동안 만나지 못했어도 고등학교 때부터 친구였던 아일린은 베라가 그날 밤 잘 곳이 필요하다고 하자 버스 정류장으로 데리러 오겠다고 했다.

"세상에, 너 애가 있구나!" 베라와 윌리엄을 보고 아일린이 말했다. "정말 크네."

"곧 세 살이야." 베라는 말했다.

"뉴욕은 어땠어?" 아일린이 물었다.

"아름답지." 베라가 말했다. "피곤하고."

아일린은 하이드파크에 있는 방 하나짜리 아파트로 그들을 데려갔고, 소파를 펼쳐 잠자리를 마련해준 뒤 편히 쉬라고 말했다. 베라는 만화 방송을 틀어놓고 윌리엄의 머리를 빗겼다. 아이의 정수리에 입을 맞추며 사랑한다고 말했다. 어렸을 때 엄마의 다리 사이에 끼어 앉아 텔레비전을 보는 동안 엄마가 머리칼을 가르고 땋아주던 기억을 떠올리며 몇 년 만에 처음으로 집이 그리워서, 앞으로 더 잃게 될 모든 것이 아쉬워서 마음이 아렸다.

베라는 잠을 거의 이루지 못했다. 아일린과 함께 커피를 마시며, 잠깐 볼일을 마치고 오는 동안 윌리엄을 봐달라고 부탁했다. 베라는 택시를 타고 윌리엄 아버지의 주소로 갔다. 길게 늘어선 오래된 벽돌집 가운데 하나로, 약간 낡았으나 방치된 집은 아니었다. 잔디가 짧게 깎였고 덧창도 새로 페인트칠이 되어 있었다. 베라는 그 집 주위를 계속 돌면서 길 건너에 매물로 나온 집을 보러 온 척했다. 은행 소유!라고 쓰인 간판이 있었다. 다섯 바퀴째 돌고 있을 때 윌리엄 아버지의 집 문이 열리고 사진에서 봤던 남자가 밖으로 나오더니 몸을 돌려 계단을 내려오는 더 나이든 여자를 거들었다. 둘 다 윌리엄과 닮았다. 윌리엄에겐 아빠가 있었다. 할머니도 있었다. 베라의 아이인 적이 없었다. 두 사람이 고개를 들었다. 잠시 베라는 윌리엄 시니어가 손짓으로 자신을 가리킨다고 생각했고, 다 털어놓을 마음의 준비를 했다. 그러다 그가 자신의 뒤쪽을, 담보로 넘어간 집을, 그 집의 웃자란 잔디밭을 가리킨다는 사실을 깨달았다.

　아일린의 집으로 돌아와서 보니, 과제를 하는 아일린 옆에서 윌리엄이 곰 인형을 쥐고 거실을 빙글빙글 돌고 있었다. 베라는 점심으로 그릴드치즈 샌드위치를 만들었다. 아일린에게 윌리엄과 함께 다시 버스를 타고 캘리포니아까지 가야 한다고, 저녁에는 떠나고 없을 거라고 말했다. 오후에 학교에 가면서 아일린은 나갈 때 문을 잠그라고 말했다. 베라는 친구를 안으며 잘 있으라고 인사했다. 아일린이 윌리엄의 머리칼을 헝클었다.
　"운좋은 꼬마로구나." 아일린이 말했다. "이렇게 조그만 사람이 그렇게 먼 데까지 여행을 하다니."
　아일린이 문밖으로 나가자마자 베라는 담배 라이터로 윌리엄의 위조된 출생증명서에 불을 붙였다. 안 그러면 윌리엄을 계속 데리고 있고 싶은 유혹에 넘어갈까봐 두려웠기 때문이다. 편지 글을 세 번이나 새로 썼다. 처음 쓴 편지에서는 아이를 데려갈 의도가 아니었다고, 그저 아이가 자기한테 주어진 것 같았고 그런 생각에 의문을 품지 않았을 뿐이라고 힘주어 말했다. 한 단락을 썼을 때 문득 이게 자신의 이야기여서는 안 된다는, 자신을 방어하는 일은 중요하지 않다는 깨달음이 찾아왔다. 두번째로 쓸 때는 그간 윌리엄에게 일어난 특기할 만한 일들—가장 사랑스러운 특징, 가장 즐거워했던 날 등등—에 중점을 두었다. 윌리엄이 행복하고 무탈하게 지냈음을 알리고 싶었지만, 다시 읽어보니 그애 아버지가 영영 되찾을 수 없는 시간을 강조하는 건 잔인한 짓 같았다. 세번째이자 마지막으로 쓴 편지에서는 윌리엄을 데리고 있던 시간을 담담하게 설명하며 아이에게 해를 끼치지 않으려고 노력했다는 점, 아이가 흉악한 사람의 손에 떨어지지 않았다는 점, 회복 불가능한 트라우마를 경험하지 않았다는 점, 자신은 윌리엄에게 해를 끼칠 사람이 아니라는 점을 납득시키려고 애썼다. 하지만 물론 해를 끼쳤다는 사실을 이제는 이해했다. 베라는 윌리엄을 안고 잠들 때까지 기다렸다가 아일린의 침대로 데려가 이불 속에 눕혔다. 아일린이 집에 오고 있다는 사실을 문자로 확인했다. 윌리엄의 아버지에게 쓴 짧은 편지와 함께 아일린에게도 그의 이름과 주소를 적은 쪽지를 써서 소파 테이블 위, 집 열쇠 옆에 놔두었다. 베라는 세 블록을 걸어가 택시를 잡았다.

버스 정류장으로 가는 길에 창밖의 도시는 벽돌색과 베이지색과 회색의 흐릿한 풍경으로 스쳐갔다. 베라는 놀란 채로 몸을 덜덜 떨고 있었다. 애덤과 데릭은 그들이 다시 만날 날이 오기를 기다리고 있지만, 베라는 이제 자신이 영원히 사라저야 한다는 것을, 어두컴컴한 세상에 집어삼켜져 다시는 나타나지 않아야 한다는 것을 깨달았다. 베라가 취했다고 생각한 택시 기사가 토하고 싶다면 차를 세워주겠다고 거듭 말했다. 기사가 세번째로 권했을 때 베라는 세워달라고 했지만 문을 열고 밖으로 몸을 내밀어도 입 밖으로 나오는 건 없었다. 추위의 충격, 그리고 빈 속에서 올라오는 마른 구역질만 있을 뿐이었다.

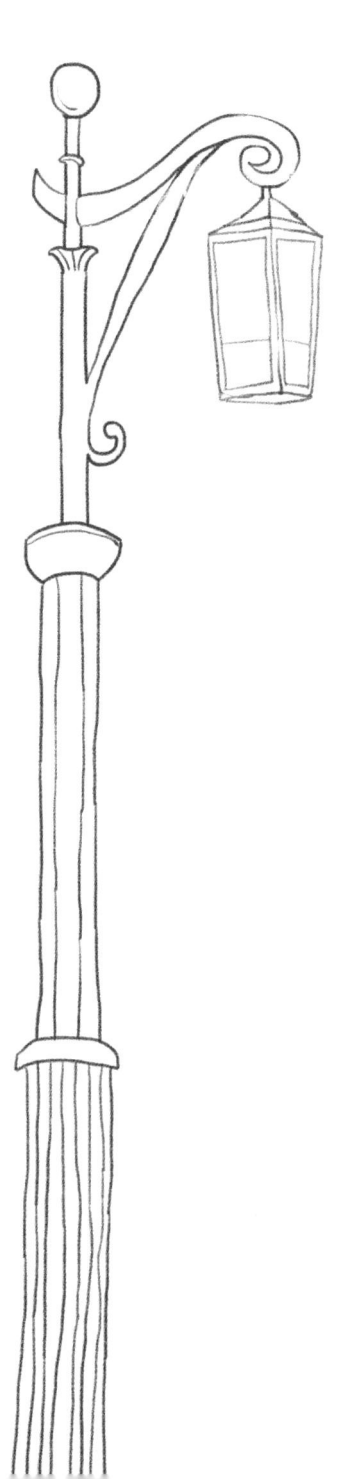

역사정정사무소

이 도시에는 온통 베이지색 콘크리트 벽면과 줄줄이 늘어선 사각형 창문으로 이루어진 미로형 브루털리즘양식 건물이 많고, 우리 사무소는 그중 한 건물의 뒤편 복도 후미진 곳에 자리 잡고 있다. 나는 워싱턴 DC에 끈질기게 남아 있는 이 건축양식에 불만을 품어본 적이 없다. 그런 건축물이 편리하고 실용적이라기보다 보기 흉하다는 것이 일반적인 시각이라는 사실도 대학에 들어가서야 알았다. 하지만 나는 어릴 때부터 그런 건축물을 봐왔고 우리 사무소 건물 같은 곳에서 일하는 사람들을 동경했으며, 게다가 브루털리즘이라는 용어는 어떤 미적인 평가에서 유래한 게 아니라 '미가공 콘크리트'를 뜻하는 프랑스어에서 비롯되었다는 사실을 떠올리면 기분이 좋았다.* 우리 기관에서 일하기 시작한 뒤로 이 용어의 어원에 대한 잘못된 주장을 일곱 번이나 공식적으로 정정했다. 평소에 너무 사소한 사실들을 바로잡을 때는 스스로가 한심하고 현학적으로 느껴지지만, 이 단어를 정정할 때는 기분이 좋았다. 우리가, 이 사무소에서 일하는 사람들뿐만 아니라 이 도시의 공무원 전체가 주어진 미가공 재료에서 무언가 알찬 것을 만들어내려 애쓰는 사람들이라고, 우리가 업무와 어울리는 적절한 환경에서 일하고 있다고 생각하고 싶었다.

물론 나는 현장 요원이라서 온종일 실내에 머무는 일은 드물었다. 그런 자유를 호사라고 느낄 때도 많지만, 때는 6월이었다—최악의 여름이라고 할 순 없어도, 정규 일일 점검을 위해 걸어다니는 동안 온몸에 땀이 송송 맺히고 계속 실내로 들어갈 핑계를 찾게 될 만큼 더운 날씨였다. 어떤 날은 순전히 에어컨 바람을 쐬기 위해 대량생산된 싸구려 기념품이 가득한 상점으로 들어가 관련 일자가 잘못 기재된 것들을 찾아 정정하기도 했다. 그 모든 사건이 일어난 뒤로, 나는 그 여름의 초입에 얼마나 자주 지루함을 느꼈는지, 우리 업무가 너무 하찮아졌다며 얼마나 걱정했는지, 앞으로 내가 다시 진정 의미 있는 일에 참여할 수 있을지를 얼마나 자주 자문했는지 떠올리곤 한다.

조지워싱턴대학교에서 역사학 교수로 일하던 나를 불러들인 건 공공역사연구소 설립이라는 참으로 거창한 목표였다. 야심

---

* '브루털리즘(brutalism)'이라는 용어는 '미가공 콘크리트'를 의미하는 프랑스어 'béton brut'의 'brut(날것의, 가공하지 않은)'에서 온 말이지만 영어 형용사 'brutal(야수적인, 참혹한, 조잡한)'과의 유사성 때문에 미적 특징을 묘사하는 말로 종종 오해를 받는다.

만만한 초선 여성 하원의원이 전국의 각 지역에 우편번호 단위별로 한 명씩 공공 역사학자를 배치할 예산 배정을 요구하며, 그것이 이 시대가 처한 진실의 위기를 바로잡을 한 가지 방안이라고 주장했다. 이 계획은 지식층을 위한 새로운 공공근로 사업으로 홍보되었는데, 근래에 우리 중에는 차를 운전하고 식료품을 배달하고 주문을 받아 잡다한 일을 처리하며 근근이 생계를 꾸리기에 바쁜 이들이 너무 많기 때문이었다. 정부 일자리가 생기면 우리가 가진 그 모든 학위를 활용하는 동시에 상대적으로 더 나은 수입을 올릴 수 있었다. 하원의원이 구상한 것은 팩트체크 전문가와 역사학자로 이루어진 전국 네트워크이자, 진실을 접근이 쉽고 매력적이어서 무시할 수 없는 방식으로 제시하는 일에 전념하는 친절한 시민군이었다. 처음에 우리는 의회도서관에 느슨하게 소속된 연구소로—다른 종류의 공공보건 위기에 대처하는 국립보건원으로—출범했다. 우리는 수십 년간 축적된 잘못된 정보와 그것을 부정하게 사용하는 행태에 대한 해법이었다. 우리의 업무는 역사 기록의 보호이지 싸움 걸기가 아니며(지침 제1조), 최근 뉴스에 대한 사람들의 해석을 교정하는 일도 아니었다(지침 제2조).

우리를 탄생시킨 선거 직후의 동력은 거의 즉시 잦아들었고, 재선에 실패한 하원의원은 이제 텔레비전에 출연하는 논객이 되었다. 연구소의 전체 구성원은 고작 마흔 명에 불과했으며, 그중 스무 명이 DC의 본사에서 근무했다. 임무의 범위가 줄어들자 사람들은 우리를 지나치게 열성적인 여행 가이드나 본거지에서 벗어난 수다쟁이 박물관 직원 정도로 생각할 때가 많았다. 그런 오해를 순순히 받아들인 동료들도 있었다. 빌은 여러 기념비 주위를 돌면서 관광객들이 잘못 아는 사실을 바로잡았는데 그들이 읽지 않고 지나친 안내판의 설명을 읽어주는 게 전부일 때도 있었다. 소피는 스미스소니언박물관 경내를 벗어나는 경우가 드물었다. 에드는 종일 양조장들만 찾아다니며 어슬렁거렸지만 매주 그럴싸한 정정 항목을 길게 적은 기록지를 제출하기 때문에 에드가 붙임성 있고 유능한 술꾼인지, 허구의 대화를 지어내는 탁월한 작가인지는 아무도 확실히 알지 못했다.

당시에 이미 사 년간 공공역사연구소에서 근무해온 나는 담당 업무를 진지하게 수행하고 싶었다. 판에 박힌 일상에 갇히지 않으려고 매달 DC의 다른 지역을 지정해 방문했다. 6월에는 캐피틀힐에 있었다. 레이번 빌딩이 진 레이번*의 이름을 딴 거라는 한 관광객의 오해를 정정한 직후 점심시간이 되었음을 깨달았다. 주변 블록에는 말장난 같은 상호를 걸고 과시적인 복고풍 크롬 소재 조리대에서 만든 집밥 메뉴를 비싼 가격에 파는 레스토랑이 수두룩했다. 전부 좀 사악한 느낌이 들어서 피자나 먹어야겠다고 마음을 정하고 걸어가는데, 분홍색 차양에 케이크 크림을 흉내낸 둥글둥글한 필기체로 케이크 에브리데이 카운트**라는 상호가 적힌 베이커리가 눈에 들어왔다. 가게 이름이 싫었지

---

* 미국의 유명 방송인이자 게임쇼 진행자.

만―이중적 의미를 나타내려는 시도이겠으나 한 가지 의미조차 제대로 품지 못했다―그날은 대니얼의 생일이었고, 빨간색과 코코아색과 금색 컵케이크를 무더기로 쌓아올려 거대한 나무처럼 꾸며놓은 진열창도 눈에 띄었다. 컵케이크라면 가볍고 선택할 여지가 많겠다 싶어서 가게 안으로 들어가 무슨 맛으로 할까 고민하다가, 결국 컵케이크는 안 되겠다고 판단했다. 잡다한 컵케이크를 가져가면 내가 마음을 정하지 못하는 어린애라고 광고하는 셈이거나, 아니면 대니얼에게 그 정반대―학부모회 장소로 위풍당당하게 걸어가는, 완전히 가정적으로 변한 나―를 상상하라고 부추기는 셈이었다. 마치 그가 그런 미래를 제안해주기를 기다리는 것처럼 말이다. 나는 진열대를 따라 계속 걸어가면서 웨딩케이크, DC의 랜드마크를 극히 사실적으로 재현한 케이크, 구두와 샴페인 병과 만화 캐릭터처럼 생긴 케이크 등을 지나며 좀 평범한 건 없나 찾고 있었다.

그 정정 항목은 너무 사소해서 사 년 전의 나라면 굳이 나설 가치가 없다고 판단했을 것이다. 진열용 케이크 위에 빨간 크림으로 쓴 6월 19일!이라는 글씨, 그 주변을 장식한 빨갛고 희고 파란 별들과 불꽃놀이 그림이 보였다. 바로 위쪽 진열대에 테이프로 붙인 광고 전단은 손님들에게 6월 19일을 기념하는 케이크를 미리 주문하라고 권유했다. 7월 4일***이 무슨 날인지는 다들

** 'Make Everyday Count(매일을 의미 있는 날로 만들자)'라는 관용구에서 'make'를 'cake'로 바꾼 말장난.
*** 미국의 독립기념일.

아시잖아요! 전단에는 그렇게 쓰여 있었다. 하지만 노예해방선언기념일부터 시작해 몇 주 일찍 자유를 기념하면 어떨까요? 케이크로 마음을 표현하세요! 베이커리 진열대 뒤에 있는 젊은 여성 둘 중 하나는 흑인이었지만 아마도 사장은 흑인이 아닐 거라고 나는 짐작했다. 가게가 위치한 동네, 상품 가격, 날렵한 스피커에서 흘러나오는 아기자기한 어쿠스틱 음악. 내가 가사를 다 아는 노래였지만, 그곳이 누구를 위한 공간인지는 사방의 모든 것이 말해주고 있었다. DC에서 내가 기념한 6월 19일을 떠올리면 부모님과 함께 누군가의 집 뒷마당에서 열린 바비큐 파티에 가서 바나나 푸딩과 복숭아 파이, 딸기 젤리 가루를 넣어 만든 케이크를 먹은 기억이 났다. 하지만 추가 비용을 내면 명품 핸드백 모양으로 만들어주는 75달러짜리 베이커리 케이크는 그 어떤 집에서도 본 적이 없었다. 전단의 홍보 문구—다들 아시잖아요, 라는 말에 너무 많은 의미가 담긴—는 여태 6월 19일을 기념해온 이들이 아니라 흑인 휴일을 무시하면 안 된다는 부담을 느끼는 사무실 관리자들이나 그저 잡다한 디저트를 살 핑계가 필요한 이들을 노린 것이었다.

"실례합니다." 나는 여전히 손가락을 전단 위쪽 진열대에 올린 채 말했다. 젊은 흑인 여자가 돌아섰다.

"그 케이크 드릴까요?" 여자가 물었다.

"아니요." 나는 말했다. "안녕하세요. 저는 캐시예요. 공공역사연구소에서 나왔습니다."

백인 여자도 돌아섰지만, 둘 다 그 명칭에 대해 어떠한 반응도 내보이지 않은 채 나를 바라보았다.

"별일 아니에요." 나는 말했다. "우린 명령을 내리거나 하진 않아요. 공공서비스를 제공하죠. 311* 전화처럼요! 하지만 이 전단 내용이 부정확하다는 점을 알아주시면 좋겠다고 생각했어요. 노예해방선언은 1862년 9월에 발표되었거든요. 6월 19일을 전국적으로 기념하는 건 그날이 흑인 디아스포라 전체를 위한 날로 지정되었기 때문이지만, 실은 텍사스의 노예들이 해방 사실을 알게 된 날에서 유래했어요. 1865년 6월이었죠. 남북전쟁이 끝나고 나서요."

"음, 네." 백인 여자가 말했다.

"쪽지 하나만 남길게요. 아주 사소한 정정 문구예요."

나는 정정 스티커를 꺼냈다. 상당한 돈을 들여 홀로그램 두 겹을 입히고 인쇄해 양각 인장까지 넣은 스티커로, 흉내내기는 쉽지만 똑같이 복제하기는 불가능에 가까웠다. 나는 연구소의 초현대적 사치품 중 하나인 초소형 프린터―채용 시점에 개별적으로 지급되었다―에 정정 사항을 입력한 뒤 스티커를 통과시켜 인쇄했다. 내 이름과 날짜를 적고 이형지를 떼어낸 스티커를 진열대 위 전단 옆에 붙였다.

"봐요," 나는 말했다. "별일 아니죠."

나는 웃으며 두 여자와 시선을 주고받았다. 우리는 사람들에

---

* 미국 일부 도시에서 응급 상황을 제외한 문제나 사건을 보고하는 시민 신고 전화.

게 시간을 내달라고 할 때 공격적인 태도를 보여서는 안 되었지 만—부정확한 정보를 최대한 신속하고 정중하게 정정한다(지침 제3조)—정정 사항에 대해 더 자세히 알고 싶은 사람은 누구든 추가 질문을 해도 좋고 긴 대화도 가능하다는 점을 확실히 알려줘야 했다(지침 제5조). 또한 우리가 정정한 사실의 출처가 어디인지 대답할 준비가 되어 있어야 했다(지침 제7조).

"케이크를 사실 건가요?" 흑인 여자가 물었다. "아니면 전단 때문에 들어오셨나요?"

"아," 나는 말했다. "맞아요. 지금 제가 누구랑 연애 비슷한 걸 하고 있는데, 오늘이 그 남자 생일이거든요. 어떤 케이크가 제일 좋을까 고민하고 있었어요. 아니면, 모르겠네요, 컵케이크가 나으려나. 혹시 추천해주실 만한 케이크가 있나요?"

"손님, 남자 생일에 케이크를 들고 찾아갔는데 그 사람이 이러쿵저러쿵 불평한다면, 그건, 연애 비슷한 것도 아니죠. 어떤 케이크인지는 중요하지 않아요."

"맞는 말씀이네요." 나는 말했다. "저걸로 주세요."

나는 블랙아웃 케이크라는 라벨이 붙은 제품을 가리켰다. '크림 없는 오레오 쿠키 같은 케이크'라는 설명이 있었다. 대니얼에게 가게에 있는 케이크 중에서 가장 검은 걸 사왔다고 말하면 되겠다 싶었다. 분홍색 케이크 상자에는 저마다 다른 장난스러운 문구가 금색 글씨로 쓰여 있었고, 나는 케이크 포 데이스*라고

_____

* Cake for Days. 한참 두고 먹을 만큼 케이크가 많다는 의미로, 만족, 탐닉에 대

쓰인 상자를 골랐다. 대니얼이 그걸 보고 음탕한 농담을 하든, 백인 소유 기업의 문화 유용에 대해 불평하든, 오레오와 연결지은 빤한 설명을 헐뜯든, 알아서 하게 놔두기로 했다. 사실 정정과 관련한 얘기는 하지 않을 생각이었다. 언론인인 대니얼은 타고난 성정이 회의적인데다 직업적으로도 그렇게 단련된 터라 내 업무에 대해 아무리 좋게 봐줘도 미심쩍다고 여겼다.

그런 사람은 대니얼 말고도 많았다. 조지워싱턴대학교를 떠나 연구소에 합류하기 전에 나는 상승 가도를 달리고 있었고 운이 좋은 편이었다. 내가 과거에 들었고 내 차례가 되면 유망한 학생들에게 그대로 들려주어야 하는 학계에 대한 경고를 지금도 줄줄 읊을 수 있다―이 분야에서 일하고 싶다면 어디든 기꺼이 갈 수 있고, 누구와도 헤어질 수 있고, 아무리 적은 돈을 받아도 일할 수 있어야 하며, 그렇게 해도 일자리가 없거나 한 자리에 지원한 박사학위자 백 명 중 네가 선발될 가능성은 없을 수도 있다. 하지만 나는 중서부에서 학기당 강의를 네 과목 담당하는 초빙교수 시기를 단 일 년 만에 마감한 뒤, 대도시일 뿐만 아니라 내 고향이기도 한 도시의 유명한 대학에서 학기당 강의를 두 과목만 맡으면 되는 정년트랙 교수직 과정을 시작했다. 내 어린 시절의 워싱턴 DC는 물론 사라지고 없었으며, 도시 곳곳이 친숙하게 느껴지는 건 단지 내가 이곳의 옛날 모습을 덜 기억하기 때문이었지만, 어쨌거나 이 도시는 내가 고향이라고

한 기대를 표현하며 성적인 함의가 섞이기도 한다.

느끼는 유일한 곳이었다. 여기에서 훌륭한 학계 일자리를 얻은 것은 '교수'라는 직업이 최저임금도 못 받고 건강보험도 없이 서로 다른 네 곳의 교정에서 일곱 개 강의를 맡는 일을 뜻하게 된 시장에서는 마법에 가까운 행운이었다.

대학을 떠난 뒤 나는 학생들과 동료들이 그리웠고, 논문을 쓰던 시간이 그리웠다. 이제는 아무도 내게 논문에 관해 묻지 않았다—몇 년간 진행해왔던 오데타 홈스*에 관한 연구는 아직도 서류 보관함에 들어 있었다. 학자들이 모인 파티의 특징이랄 수 있는 장난스러운 허세라든가 영원히 사춘기에 머물러 있는 듯한 분위기도 그리웠고, 솔직히 인정하자면 무너져가는 업계라지만 꼭대기 부근은 여전히 꼭대기 같았던 그 느낌도 그리웠다. 하지만 공공역사연구소에서 일할 기회가 생겼을 때 나는 좀더 즉각적으로 의미 있는 일을 하기 위해 그 모든 것을 버렸다.

내 부모님은 나를 역사학 교수 제이컵스 박사라고 소개하는 걸 기쁨으로 여겼으나 이제는 나를 무엇이라 칭해야 할지 난감해했다. 나는 부모님에게 애써 설명했다. 오늘날 교수란, 그나마 가장 나은 일면을 보더라도, 매년 성량 평가와 수강자 수의 압제에 순응하는 사람이자, 좋아서 좋아하고 소중해서 소중히 여기는 것을 기업의 언어로 치환하여 자기 학생의 입사 자격을 관리자들에게 납득시키는 사람이라고. 교수란 죽기 살기로 경쟁해야 하는 세상에 학생들을 대비시킬 마지막 기회라면서, 학

---

* 미국의 가수, 배우, 시민평등권 운동가.

생들의 응석을 너무 받아줘도 당신이 문제, 학생들이 위기를 겪어도 당신이 문제, 학생의 자해 경향을 미리 알고 당국에 경고하지 않아도 당신이 문제, 문이 안전하게 잠기지 않는 오십 년 된 건물에서 총을 들고 나타난 학생에 대항해 강의실을 지킬 계획이 없어도 당신이 문제라는 말을 듣는 사람이었다. 교수란 매년 교원 구성이 그 어느 때보다 다양해졌다는 축하 투의 말을 들었다가도, 불과 몇 달 뒤 좀더 침울한 회의에서 교원의 자율권이 더이상 보장되지 않는 활동의 목록과 앞으로 좀더 엄격히 고려할 교원 평가 기준이 적힌 목록을 받는 사람이었다. 교수란 선배 교수들이 그들의 인생을 바쳤던 학계, 그들이 알던 과거의 학계는 이미 끝장났다는 사실을 애써 부인하며 건네는 선의의 무용한 조언을 받다가, 처지가 더 위태로운 동료들을 볼 때는 이렇게 행운을 누리면서 불평해서는 안 된다는 걸 새삼 깨닫는 사람이었다.

사람들을 납득시키기는 힘들었다. 공공역사연구소 직원들—대부분 채용 전에는 정규직 일자리를 구하지 못한 잉여 박사학위자였던 이들—조차 내가 정말로 원해서 대학을 떠났다는 사실을 이해하지 못했다. 가능한 최선의 설명은 나는 내 일을 사랑했으며 그 일이 사라지는 걸 보고 싶지 않았다는 것이었다.

연구소의 가치를 폄하하는 이들도 없지 않았다. 설립 제안만으로도 여기저기에서 자유주의자들의 공황에 가까운 반응을 불러일으키기에 충분했다. 설립 첫해에는 우리의 정정 활동 감시에만 매진하는 소셜미디어 계정이 무려 열일곱 개나 생겨났다. 그 계정들은 비판의 각도에 따라 다양한 이름으로 우리를 불렀다. '빅브러더연구소'라든가 '정치적올바름부'라든가 '사실은폐처' 등이 그것이었으며, 언젠가 주요 언론사 한 곳은 기명 칼럼에서 우리를 '역사정정사무소'라고 부르기도 했다. 본디 멸칭을 의도했을 이 이름은 우리의 실제 임무와 상당히 비슷하게 느껴져 직장 동료들 사이에서 농담으로 계속 쓰였고, 우리가 저지른 모든 실책과 나쁜 평판의 책임을 떠넘기는 실체 없는 가상의 조직을 가리키게 되었다. 역사정정사무소가 또 사고를 쳤군!

관심 경제*는 우리의 앙숙이면서 가장 값싼 도구이기도 했다. 연구소에 소속된 대략 절반 정도의 역사학자가 주로 온라인에서 일했다. 원래는 각자 이름과 사진과 자격 사항이 포함된 친근한 프로필을 올려 다가가기 쉬운 사근사근한 사람들처럼 보이게 하려 했으나 세 명의 유색인종 여성 역사학자 모두가 정정 항목을 게시할 때마다 인신공격성 댓글이 수두룩하게 달린다고 불평했다. 무작위 로그인 방식을 활용해 그날의 정정 항목들이 실제 작성자에게 연결되지 않게도 해봤으나 이는 아무도 만족시키지 못한 해법이었다. 못생긴 잡년이라는 말이 듣기 싫은 건 백인 남자들도 매한가지였고, 애초에 불만을 제기했던 유색

---

* attention economy. 소비자나 대중의 관심이 핵심 재화이자 변수로 작용하는 경제.

인종 여성들 또한 직접 수행한 작업을 실적으로 인정받지 못한 다고 느껴서, 혹은 각자가 구축해온 전문적인 목소리가 지워져 버려서 아쉬워했다. 이제 사무실에서 내근하는 이들은 모두가 얼굴 없는 계정 하나를 공유하며 일했고, 인정하건대 그 계정은 어쩐지 불길하고 관료주의적인 느낌을 주었지만 말투는 전반적으로 명랑했다.

우리는 최선을 다했다. 부정확한 내용의 교과서를 낸 출판사에 엄중한 항의 서신을 보내는 일을 전담하는 직원이 한 명 있었지만, 우리는 학교와 교실에는 찾아가지 않았다(지침 제4조). 우리의 목적은 역사 기록 정정에 국한되었으며, 우리의 임무가 정의하는 역사 기록이란 적어도 일 년은 지난 사건들이었다(지침 제2조 b항). 우리는 무력이나 경찰 개입으로 번질 수 있는 대립은 피하거나 중단하기 위해 모든 노력을 다해야 했다(지침 제1조). 무의미하고 현학적인 정정은 수행하지 않아야 하지만 (지침 제8조), 업무 특성상 현학적인 사람들이 모일 수밖에 없었다. 인기 있는 인플루언서가 그랜트의 묘지*에서 찍어 올린 패션 브이로그에서 '율리시스'를 발음한 방식을 두고 우리의 너무 열성적인 동료 하나가 그 여자를 공개적으로 망신을 준 뒤로 우리는 한 달 동안 뒷수습을 해야 했다. 그 인플루언서가 우리에게 '맨스플레인사무소'라는 이름을 붙인 뒤로 그녀의 백만 팔로어 중 적어도 천 명은 그 말을 썼다. 당시에 나는 그 프로젝트

---

* 뉴욕에 있는 미국 제18대 대통령 율리시스 S. 그랜트의 무덤이자 기념관.

를 담당한 유색인종 여성 현장 역사학자 세 명 중 하나였다. 논란이 일자 소장은 우리가 위압적이지 않고 포용적인 조직임을 보여주려고 〈워싱턴 포스트〉 인터뷰에 나를 보냈다.

우리에게 가장 끈질기게 저항한 이들은 '자유로운 미국인들'이었다. 그들은 백인보존주의자라 불리기를 원하는 백인우월주의 단체였다. 지도자는 작년에 마흔이 되었으나 언론에서는 자주 소년 같은 매력의 소유자라고 묘사하는 인물로, 심리학 박사학위를 받았고 말투도 온화했다. 폭력도 세간의 이목도 싫어한다고 주장했지만, 텔레비전에 자주 얼굴을 비췄고 끝에 가서는 싸움으로 비화하는 행진에도 자주 참석했다. 몇 년 전 그는 맞춤 양복에 스카프 넥타이를 맨 모습으로 전국 잡지의 표지에 실렸는데, 그 넥타이가 대단한 농담거리가 되면서 지금은 회원 모두가 스카프 넥타이를 맸다. 물론 똑같은 문양의 문신을 새겨 단체의 표식으로 사용하는 관습을 계속 따르는 이들도 많았다. 그 문신은 엘크의 머리 모양으로, 두 개의 뿔 사이에는 자유로운 남자, 자유로운 주먹, 공짜 점심은 없다Free Men Free Fists No Free Lunches라고 쓰여 있었다. 그늘이 나타나는 곳마다 폭력이 발생하는 듯했지만, 그들의 책임으로 공식 인정된 사망 사건은 단 세 건에 불과했다. 대립하는 두 시위대 간의 싸움 끝에 맞아 죽은 무정부주의자 청년, 직장에서 퇴근하고 집으로 돌아가다가 시끌벅적하게 술집에서 나오던 지역 회원들에게 행패를 당하고 칼에 찔린 엘살바도르 출신 남자, 남자친구가 해당 단체의 회원임을 알고 그 문제로 싸우다가 총에 맞고 호수에 던져진 백인 여대생. 이 단체가 공공역사연구소 직원을 물리적으로 공격한 일은 없었지만 오클랜드의 현장 요원 한 명은 당혹스러운 언쟁에 휘말린 뒤 일을 그만두었다. 그들은 우리에 맞서 시위를 벌이며, 현장 역사학자를 종일 따라다니거나 특정 도시의 모든 정정 스티커 위에 자신들이 수정한 내용을 적어 붙이기도 했지만, 그들의 관심사는 우리가 아니라 자기 단체의 홍보라는 사실을 우리는 이미 알고 있었고, 우리 주변의 언론이 잠잠해지면 그들 역시 대체로 잠잠해졌다.

베이커리에서 나온 뒤로 정정 업무를 겨우 세 건 더 하고 나서 반사 연못* 주위를 여러 번 돌았으나 연예인 뒷소문과 오리의 교미 습관에 관한 비과학적 추측 이상의 부정확한 정보는 듣지 못했다. 케이크가 그 장식적이고 살짝 저속한 상자 안에서 녹고 있을 거란 생각이 들어서 우선 케이크를 사무실 냉장고에 안전하게 옮겨놓고 남은 오후에는 보고서를 작성하기로 했다. 로비에서 보안요원에게 배지를 보여준 뒤 엘리베이터를 타고 칠층의 개방형 사무실로 갔다. 다른 어떤 정부 기관이 개방형은 오히려 효율성이 떨어진다는 연구 결과를 들이밀며 입주를 거부한 그곳에 우리가 떠밀려 들어갔다.

---

* 잔잔한 수면 위로 풍경이 반사되도록 조성한 인공 연못. 워싱턴 DC 링컨 기념관에 있는 반사 연못이 유명하다.

좁고 빽빽한 공간이라도 난 상관없었다. 업무중에 책상 앞에 묶여 있는 시간은 거의 없었고, 사무실에서 일할 때는 맞은편에 엘레나가 있었다. 사업 초창기에 합류한 우리 두 사람은 빠르게 유대를 맺었다. 엘레나는 온라인에서 일했고 나는 현장에서 일했다. 엘레나는 LA 출신의 멕시코계였고 나는 DC 출신의 흑인이었다. 엘레나에게는 남편과 아이 셋이 있었고 내게는 엘레나의 너그러운 묘사에 따르면, '자유로운 영혼'이 있었다. 하지만 우리 둘 다 우리가 하는 이런 사업의 긴급성에 공감했다. 진실은 마지막 남은 최선의 희망이라는 믿음, 우리의 임무는 사무실에서 우리를 지휘하는 백인 남성들의 임무보다 덜 중립적이고 더 긴요하다는 감각을 공유했다.

"케이크는 왜 샀어?" 엘레나가 물었다.

"대니얼 생일." 내가 대답했다.

"흐음." 엘레나가 말했다.

"뭐?"

"이번엔 네가 노력할 차례인가봐."

"노력과는 상관없어. 그게 바로 진지하게 사귀지 않는 관계의 핵심이야. 쉬워. 아무도 노력할 필요가 없지."

"잠깐, 나 지금 날짜를 적고 있어."

"왜?"

"지금부터 일 년이 지나야 네 말을 정정할 수 있으니까. 지침 제2조."

"있잖아, 네게 컵케이크를 사다줄 뻔했거든. 그런데 그 순간

네가 얼마나 못됐는지 생각이 났어.”

“그럼 정말로 안 사온 거야?”

“실은 정말 사오려고 했는데, 베이커리 안에서 정정할 사항을 발견하고 허둥대다 잊어버렸어. 게다가 거기에서 일하는 여자에게 이미 미친 사람으로 찍혀버려서 말이야.”

“케이크를 정정했다고?”

“케이크 가게 안의 전단을.”

“음, 소장이 보자더라. 쪽지를 남겼어.” 엘레나가 내 책상을 가리켰다. “들어가자마자 케이크 얘기부터 하진 않는 게 좋겠어.”

쪽지를 읽었지만 내용이 잘 이해가 되지 않았다. 최근에 논쟁적인 일에 연루된 기억은 없었지만ㅡ요즘에 한 정정 업무는 한결같이 무난한 내용이었다ㅡ일반적으로 이곳은 업무 감독이 굉장히 느슨한 편이라 마치 교장실에 불려가는 기분이 들었다. 소장은 이 조직의 수장으로 초빙되기 전에는 한 명문 대학교에서 음악인류학 연구소를 운영했다. 그는 평소에 짧게 깎은 머리와 양복 차림으로 DC 본사의 직위에 어울리는 외양을 유지한 채 연구소의 움직이는 조각들이 나름대로 잘 움직이도록 관리해왔지만, 그가 가진 활력의 총량은 해변에서 기타나 치면서 노후를 보낼 사람에 걸맞은 정도였기에 문제가 발생할 때마다 어찌할 바를 모르며 하루하루를 보내고 있었다.

“캐시.” 내가 사무실로 들어가자 소장이 말했다. “제너비브 문제예요. 수습하려면 발품을 좀 팔아야 할 것 같아요.”

그는 책상 위에 놓인 서류철을 톡톡 두드렸다. 해명 요구서였다. 1차 검토를 통과한 해명 요구 항목들은 대개 역사학자가 애초에 과도한 열성을 부려 정정 활동을 하다가 문제가 발생한 사례들로, 지침 제6조 위반일 때가 많았다. 지침 제6조는 '우리는 사실이 실제로 모호하거나 논쟁적일 경우 확실성을 상정하지 않으며, 사안이 사소해서 논쟁 당사자들의 설명을 통해서만 관련 정보를 입증할 수 있을 때는 그 논쟁에 개입하지 않는다'는 것이었다. 하지만 현재 연구소는 최근에 퇴사한 제너비브 마샨이 촉발한 해명 요구 건들을 마저 처리하느라 애쓰고 있었다.

제너비브는 육 개월 전에 연구소에서 나갔지만, 그전부터 거의 평생을 나의 숙적으로서 내 인생에 주기적으로 재등장했다. 우리는 초등학교 4학년 때 처음 만났고 그때는 제너비브가 아직 지니로 불리던 시절이었다. 내가 장학금을 받고 가게 된 사립학교에서 우리가 서로 인사를 나누던 그 순간까지, 제너비브는 자기 반에서 유일한 흑인 여학생이었다. 우리의 부모들은 넓게 보면 같은 흑인 전문직 업계에 속한다고 할 수 있었지만, 변호사인 내 아버지는 소비자보호국에서 일을 시작했다가, 지니의 집에서는 청취가 금지된 라디오 방송국들에 광고를 내는 부류의 변호사업으로 진출한 사람이었고(돈이 없나요? 괜찮습니다! 1-800-TROUBLE로 전화하세요. 여러분이 돈을 받을 때 여러분의 변호사도 돈을 받습니다), 지니의 어머니는 현직 판사였다. 내 어머니는 당시 법무부에서 시민권 업무를 하다가 교육부의 시민권 업무로 옮겨간 지 얼마 안 된 시점이었고, 지니의 아버지는 어느 기술 회사의 지분을 일부 가지고 있었으며 우리 학교 별관에 그의 이름이 새겨져 있었다. 내 부모님은 중상류층으로 진입한 첫 세대였고, 지니의 부모님은 미국에서 흑인에게 부의 축적을 허락한 역사만큼 오랫동안 부자였던 유서 깊은 집안 출신으로, 달리 말하자면 유서는 그리 깊지 않았고 자부심은 어마어마했다.

그 학교에 다닌 지 일주일쯤 되었을 때 부모님과 나는 그들의 집에 초대받았다. 디저트 코스 중간에 지니의 아버지가 "따님은 여태 공립학교에 다니던 아이치고는 말을 참 잘하는군요"라고 말하자, 내 어머니는 얼굴을 찌푸리며 공립학교를 두둔하기 시작했고, 아버지는 어머니의 말이 끝나기를 정중히 기다린 뒤에 덧붙였다. "내 아이가 정말로 명민하다면 누군가에게 돈을 줘가며 그런 말을 해달라고 할 필요는 없죠. 기회가 오기를 기다리기만 하면 됩니다." 지니의 아버지는 내가 장학금을 받을 수 있었던 건 자기들이 소수자 학생 선발을 위해 배정한 기금 때문이었다고 넌지시 말했고, 이에 내 어머니가 진정한 자선은 뽐내지 않는다고 말하자, 지니의 어머니는 내 어머니가 인용하려는 그 성경 구절은 사실 사랑에 관한 것이라고 한마디했다. 그뒤로 십여 년간 우리 두 가족이 모인 저녁식사는 늘 그런 식으로 흘러갔는데도 식사 모임은 일 년에 몇 번씩 계속되었다.

식사 자리에서 지니는 반듯한 어린 숙녀였고, 나는 말 많은 어린애이자 집에서 아이들은 눈에 보여야지 귀에 '들리면' 안 돼, 라든가 어른들 '하시는 일'에 나서지 마, 라는 말을 전혀 듣지 않고 자라는 아이였다. 부모들이 보지 않는 데서 지니는 말이 많아졌다. 나를 적극적으로 싫어한다기보다 업신여기는 쪽이었다. 지니가 가장 즐기는 일은 내 행동이나 차림새, 혹은 내 존재 자체를 혼란스럽다고 선언하는 것이었다. "너 머리 모양이 좀 혼란스럽다." 우리가 처음 만난 날도 진심으로 걱정스럽다는 투로 그렇게 말했는데, 그런 투는 그뒤로 완전히 사라지지도 덜 거슬리게 되지도 않았다. 양쪽 집에는 유년기부터 사춘기까지 매년 우리 둘이 함께 찍힌 파티 사진들이 연작으로 진열되어 있었다. 나 혼자만 놓고 봤을 때의 내 모습은 썩 괜찮았지만, 예전에 거버* 광고 아기 모델이었던 지니, 사교계에 데뷔하는 청춘 남녀의 무도회에서 최고로 눈에 띄는 미인인 지니 옆에서 나는 부루퉁한 모조품처럼 보였다. 당시는 명문 교육기관들이 소수자를 딱 한 명 받아들이고 마는 시대는 지났으나, 충분히 많은 수를 받아들여 저마다 서로에 대한 입장을 드러내지 않아도 되는 시대는 아직 오지 않은 시점이었다. 자라는 내내 우리는 각자 상대의 결핍을 강조한다는 사실을 의식하며 서로의 주위를 맴돌았다.

나는 드디어 지니와 떨어질 수 있으리라 기대하며 대학에 들어갔다. 사 년간 우리는 각자 반대편 해안 지역에 있는 명문 대학에 다녔고 나는 지니가 없는 삶에 익숙해졌다. 그런데 지니의 부모님이 딸의 졸업을 축하하며 연 파티에서 우리가 곧바로 같은 박사학위 과정에 진학할 예정이라는 사실을 알았다. 친숙함

---

* 미국의 유아식 전문 회사.

이 주는 편안함에 기대를 걸며 대학원 첫해에 우리는 진정한 친구가 되려고 노력했다. 공부 모임이나 여학생 친교 모임이나 미용실에도 같이 다니며 친밀한 겉모습을 연출했으나 정말로 친밀해지지는 않았다. 학과에 흑인 여학생은 우리 둘뿐이었고—교수, 대학원생, 교직원, 그리고 학위 과정 오 년 중 사 년간의 학부생들을 다 합쳐도 그랬다—첫해에 나는 우리 둘을 혼동하는 사람들의 오해를 끊임없이 바로잡아야 했다. 머리 모양과 피부색의 유사함으로 인해 지니가 나보다 키가 12센티미터나 더크고 옷 치수는 세 단계나 아래라는 차이점은 쉽게 무시되었다. 결국 그런 혼동은 점차 사라졌다. 학위 과정의 교수들은 나를 꽤 좋아했으나 지니는 사랑했고, 그런 식으로 우리 둘의 차이를 구별할 수 있게 되었다. 우리가 진정한 친구인 척하는 일 역시 점차 사라졌다. 내가 볼 때는 그럴 필요가 없다는 걸 깨달은 지니 때문이었고, 지니가 볼 때는 그러고 싶지 않다는 걸 깨달은 나 때문이었다. 인정하건대 그건 사실이었다—지니와 떨어져 있을 때 나는 외동아이 특유의 자신감이 있었고, 사랑을 흠뻑 받으면서도 혼자 있는 시간이 많아 나 자신의 별스러움을 의식하지 못하는 데서 오는 대담함이 있었다. 지니와 함께 있으면 내 인생 전체를 바로 옆에서 지켜본 유일한 목격자에게 속을 훤히 내보이는 느낌이었다.

학위 과정 첫해가 끝나갈 무렵 부모님이 사는 교외의 집으로 갔을 때—부모님은 DC의 임대료에 항복한 뒤 프린스조지스 카운티로 이사했다—나는 사는 곳이 백인 중심의 작은 대학가

역사정정사무소 223

라서 진지하게 사귈 사람이 없다고 토로했다. 일주일 뒤 우리는 차를 몰고 DC로 가서 지니의 부모님이 해마다 여는 여름 흰옷 파티에 참석했고, 거기에서 지니는 제임스 하먼 3세와 약혼한다고 발표했다. 그는 DC에서 레지던트 수련을 막 마친 흑인 의사였다. 지니는 학위 과정 두 해를 마친 여름에, 남편이 대학병원 근무를 시작하기 직전에 결혼했다. 나는 예식에 초대받았지만 강의를 맡은 여름학기 수업을 취소할 수가 없어서 부모님을 통해 사과의 말과 함께 바이타믹스 블렌더를 선물로 보냈다. 내 연구 분야는 20세기 시위운동이었고 지니는 17세기 물질문화였다. 그래서 둘 다 미국사를 연구하는데도 첫해가 지난 뒤에는 같이 수강하는 과목이 대체로 학기당 한 과목에 불과해 서로를 보는 일이 점점 줄어들었다.

지니는 대학원 삼 년 차 즈음에 남편과 함께 호화로운 타운하우스로 이사했고, 연례행사인 대학원생 송년 파티를 거기에서 열겠다고 자청했다. 이전의 송년 파티에서는 난방이 너무 센 지하 아파트에서 감자칩에 맥주를 마시거나 학생회실에 모여 슈퍼마켓에서 산 치즈 모둠을 먹었지만, 지니의 파티에서는 출장 요리가 차려졌고 여기에 지니가 할머니의 요리법대로 직접 굽고 아이싱을 입힌 진저브레드 번트케이크가 더해졌다. 검은 넥타이를 맨 전문 바텐더들이 역사학 사조의 이름을 딴 다양한 칵테일을 대접했다. 지니는 '위대한 인간'* 칵테일만 마셨는데, 그건 사실 술이 들어가지 않은 칵테일이었고 지니는 내게 임신 중이라고 귀띔했다. 나는 진심으로 축하해주면서 동시에 나 자신이 원망스럽기도 했다. 지니가 엄마가 되면 학업이 뒤처질 거라는, 적어도 내가 직장을 구해야 할 때 구직 시장에 들어오긴 힘들 거라는 생각을 하며 누릴 수 있는 아늑한 반여성주의적 기쁨조차 스스로 용납할 수 없어서였다. 그래도 난 이십대를 충분히 즐기고 있잖아, 나는 생각했다. 비록 네가-있는-그곳에서-양동이를-내려라** 접근법으로 살아온 나의 이십대가 지금까지 연이어 선보인 남자들은 하나같이 자신이 가진 어떤 특성에 대해 슬퍼하면서도 그것을 바꾸려는 노력을 일절 하지 않는 사람들이긴 했지만. 나는 '마르크스주의' 칵테일을 한 모금 마셨다. 보드카 칵테일인데 최고급 술을 원료로 써서인지 처음 마셨을 땐 보드카인 줄도 몰랐다. 그 파티 이전까지 나는 떨떠름한 뒷맛이 보드카의 본질이라고 생각했기 때문이다.

지니는 내가 초빙교수 자리를 얻어 떠난 그해에 대학원에서 아주 멋진 직장으로 직행했고, 내가 일 년 뒤에 정년트랙 교수직 과정을 시작했을 때는 자신이 근무하는 더 저명한 대학의 전용 편지지에 축하 편지를 써 보냈다. 오랫동안 나는 지니의 삶에 대해—소문과 출판물, 소셜미디어에 공유된 가족사진들을 통해서—단편적으로만 알고 지냈다. 지니와 제임스에게는 딸

---

* 역사는 개인들이 만들어나가는 것이라고 보는 역사학 이론의 하나로, "세계 역사는 위인들의 전기"라고 한 19세기 역사가 토머스 칼라일의 견해가 대표적이다.
** 미국의 작가이자 교육자인 부커 T. 워싱턴이 1895년에 애틀랜타에서 한 유명한 연설에 등장한 표현으로, 남부의 흑인들이 북부로 이주하기보다 고향인 남부에 남아 교육과 자기 계발에 힘써 사회에 이바지하며 살아가자고 주창했다. 여기서는 멀리 눈 돌리지 않고 가까운 곳에서 연애 상대를 찾으려 했다는 의미로 쓰였다.

옥타비아가 있었는데, 어렸을 때의 지니처럼 카메라 앞에 서기를 좋아하는 것 같았다. 나는 그 아이가 아기 얼굴일 때부터 팔다리가 길고 연극적인 몸짓을 하는 소녀로 자라날 때까지의 과정을 모두 지켜보았다. 공공역사연구소에 합류했을 때는 지니에게서 축하 편지가 오지 않았다. 그리고 내 소셜미디어 피드에서 지니와 그 가족이 모습을 감췄을 때, 나는 내 직업적 지위가 격하되면서 지니의 '친구' 명단에서 삭제되었나보다 생각했다. 지니가 다시 나타난 것은 놀랍게도 공공역사연구소에 나보다 이 년 늦게 입사하면서였다. 지니는 남편과 이혼했고, 정년트랙 교수직 과정은 어떤 소송이 얽혀 있다는 소문이 도는 모호한 상황 때문에 정년 임용 직전에 그만두었으며, 머리를 컬이 촘촘하고 짧은 아프로 스타일로 잘랐고, 더이상 지니라는 이름을 쓰지 않았다—이제는 제너비브였다.

내가 기억하는 지니라면 우리의 임무에 대해 거창한 견해가 있더라도 몇 년은 공들여가며 소장을 구슬려 자신의 의견에 동조하게 했을 테고, 그러면서 신중함의 미덕을 강조한 제 부모님의 말씀을 앵무새처럼 반복했을 것이다. 그런데 제너비브는 근무 첫 주에 열린 첫 사무실 회의에서 우리가 역사의 언저리를 너무 살금살금 걷고 있다고, 그건 사람들에게 거짓말을 하는 거나 다름없다고 말했다. 그러면서 생략으로 인한 거짓도 여전히 거짓이라는 점을 강조한 지침을 만들자고 했다. 현장에 나간 제너비브는 독립선언서의 구절을 인용한 표지판을 『버지니아주에 관한 비망록』*에서 발췌한 최악의 구절들을 추가해 수정했

226

다. 국립초상화박물관에서는 고갱의 그림 앞에 몇 시간 동안이나 서서 관람객들에게 고갱이 타히티의 미성년 소녀들을 학대했다고 말하는 바람에 그곳에 다시는 오지 말라는 지시를 받았다. 마운트버넌**에서는 워싱턴이 도망친 노예들을 악랄하게 추적한 이야기로 어린이 관광객을 울렸고, 버지니아주의 유일한 현장 역사학자에게서 앞으로 그 주(州)에서는 정정 활동을 피해달라는 공식 요청을 받았다. 그다음달에는 조지 워싱턴이 다정한 아버지 같은 인물로 그려진 인기 있는 뮤지컬이 공연중인 케네디센터에 수완 좋게 들어가 그날 저녁 공연에 배포될 안내책자 수백 권을 '정정'하면서, 현실의 워싱턴은 쾌활하게 노래하는 흑인 남자가 아니었다고 주장했고 그의 악랄한 행위를 적은 목록도 함께 제공했다. 소장이 나무라자 제너비브는 그 정정 업무를 수행한 곳은 버지니아주가 아니라고 항의했다.

제너비브와 관련된 해명 활동을 위해 내가 소환된 건 그때 한 번뿐이었다—사실상 해명이라기보다 소규모 홍보 활동에 가까웠다. 나는 무료 입장권을 받아 대니얼과 함께 그 공연에 갔다. 관객석에 앉아 있는 우리의 사진과 함께, 도를 넘은 정정 활동에 대한 사과문이 연구소 계정을 통해 온라인에 게재되었다. 우

---

* 제3대 미국 대통령이자 독립선언서의 기초자인 토머스 제퍼슨이 1785년에 쓴 책으로, 버지니아주에 대한 사회, 경제적 자료와 함께 자신의 정치적 견해, 특히 노예제, 인종 간 결혼, 백인우월주의에 대한 견해를 광범위하게 담았으며, 흑인이 자유를 얻은 곳에서는 백인과 흑인은 공존할 수 없다고 주장했다.
** 미합중국 헌법 제정자 중 한 명이자 초대 대통령인 조지 워싱턴의 옛집과 묘지가 있는 버지니아주의 대저택.

리는 역사와 예술적 표현의 차이를 압니다. 사과문에는 그렇게 쓰여 있었다. 내가 쓰지는 않았고—온라인 작업은 하지 않으니까— 엘레나는 그 업무를 맡지 않겠다고 했다. 사과문을 쓴 사람은 이름이 스티브인 두 백인 남자 중 하나였는데, 나는 그들의 성을 알지 못해서 두 사람을 구분하지 못할 때가 많았다. 공공역사연구소에서 필요한 것은 나의 중재가 아니라 내 얼굴이었다. 합리적인 사람들 속에 이런 얼굴이 속해 있다는 것을 보여주는 게 목적이었다. 내 얼굴은 그 흥정에서 맡은 역할을 아주 간신히 수행했다—사진 속에서 대니얼은 어리둥절한 표정이었고 나는 얼굴을 찡그리고 있었다. 처음 보는 공연이었는데 제너비브의 비평이, 그 방식까지는 아니어도, 틀리지 않았다는 생각이 들었다.

나는 소장에게는 말하지 않은 채, 제너비브를 흑인이 운영하는 유u 스트리트의 고급 술집에 불러내 사과했다. 제너비브가 연구소에서 근무를 시작한 뒤로 우리는 별로 어울릴 기회가 없었다. 둘 다 거의 외근을 해야 하는 상황과 제너비브가 전남편과 공동으로 양육중인 딸을 돌봐야 하는 사정을 탓했지만, 우리 사이를 가로막는 것이 일정 문제만은 아님을 나는 알았다. 여러모로 내 역할에 대해 미안한 마음이 진심이었기에 우리는 거의 화기애애한 분위기로 술집을 나왔다. 그런데 지하철역으로 가는 길에 여러 인종의 젊은이들이 매주 열리는 힙합과 클래식록 파티를 즐기고 있는 술집 앞을 지나게 되었다. 그곳의 상호인 '도지 시티'는 컨트리-웨스턴풍의 실내장식과 1990년대에 생긴 DC의 경멸적 별칭을 둘 다 품은 이름이었다.* 당시 DC는 이 나라의 살인 수도로, 길거리에서 수많은 사람들이, 대부분은 젊은 흑인들이 죽었기 때문에 이곳 사람들에게는 길 가다 총에 맞을 확률을 두고 농담을 하는 것이 자신의 출신지를 밝히는 한 방법이 될 정도였다.

제너비브는 술집 안으로 들어가 칵테일 메뉴판에 적힌 술집 이름에 각주를 달고 그 이름과 관련된 폭력의 역사를 설명하고 싶어했고, 나는 소장에게 전화하겠다고 으름장을 놓아 단념시켰다. 또 한번 악역을 맡았다는 생각에 나는 분노를 느끼며 집으로 걸어갔다. 게다가 우리가 어릴 때 제너비브의 부모가 유스트리트의 부흥을 두고 어떤 말들을 했는지, 청소년기에 제너비브가 제 부모를 본받아 그곳을 얼마나 경멸했는지도 기억했다. 그들이 이 도시의 과거와 미래에 대해 얼마나 떠들어댔으며, 당시에 그곳에서 황폐하게 살아가던 흑인들이 거의 다 쫓겨날 때까지 그 사람들과 조금이라도 엮이는 것을 얼마나 꺼렸는지도 기억했다. 그 시절에 대한 정정은 왜 하지 않는 걸까?

제너비브는 다시 나를 포기했다. 제너비브가 공공역사연구소를 그만둘 때까지 우리의 교류는 상냥한 인사 수준에 머물렀다. 처음에는 여전히 해소될 수 있을 듯한 긴장이었으나, 긴장이 너무 오래 이어지자 원망이 생겨나 단단히 응어리진 나머지 그것

---

* Dodge City. 도지 시티는 서부 개척 시대에 변경 지대로 유명했던 캔자스주의 한 도시 이름이기도 하고, 재빨리 피해야만(dodge) 생존할 수 있는 도시라는 의미의 별명이 붙은 워싱턴 DC를 가리키기도 한다.

을 회피한 채 유쾌한 잡담을 시도한다면 무례하게 느껴질 것 같았다. 게다가 우리의 갈등이 해소되면 앞으로 제너비브가 벌이는 전투마다 깊이 끌려들고 말 텐데, 그건 내가 감당할 수 없는 일임을 알고 있었다. 내가 연구소의 신망을 잃지 않는다면 어느 정도 도움을 줄 수도 있을 거라고 나는 혼자 생각했다.

만일 제너비브가 가끔 공연이나 술집 정도에서만 트집을 잡고 말았다면 더 오래 버텼을지도 모르겠으나, 가장 끈질기게 불평하면서 가장 큰 논란을 불러일으킨 대상은 수동태로 표현된 잔학 행위였다. 제너비브는 기념물이 있는 모든 곳에 죽은 이들만이 아니라 죽인 이들도 기록되기를 바랐다. 린치 행위를 추모하는 곳곳의 시설을 비롯해 불에 탄 학교와 파괴된 상업 시설, 살해된 지도자와 폭파된 교회에 대한 기록까지, 정확히 누가 한 짓인지를 밝히지 않는 자료는 모조리 정정했다. 가해자를 지우고 희생자만 줄기차게 거론하는 태도가 모든 미국적 문제의 본질이라고, 그 거짓이 다른 모든 거짓을 지탱하고 있다고 제너비브는 생각했다. 그로 인해 사람들의 심기를 거슬렀고, 우리의 사업 전체를 위험에 빠트렸다. 아무런 이득도 없이, 라고 조금 더 자유주의적인 동료들은 말했다. 제너비브는 거짓을 정정하는 게 아니다, 수정주의적인 부록을 추가하고 있을 뿐이다, 라고 조금 더 보수적인 동료들은 말했다. 그들은 나를 앞에 두고 그런 말들을 했다. 내가 제너비브와 친하지 않은 것 같으니 우리의 생각이 다를 거라고 지레 단정하고서.

애석하게도 내 입장에서는 지니가 하는 말이 맞는지 틀리는지만 따지면 되는 그런 단순한 문제가 아니었다. 초등학교 4학년 때 지니가 내 머리에 대해 한 말은 맞았다. 나는 머리를 직접 단장하겠다고 고집했고 부모님은 시행착오를 통해 배우라는 뜻에서 내버려두었다. 고등학교 때 지니는 "선생들이 네가 시를 잘 쓴다고 자꾸 칭찬하는 건 우리가 글도 못 읽을 거라고 예상했기 때문이라는 거 아니?"라고 했고, 그보다 더 상냥하게 말하는 방법이 있었겠지만, 실제로 내가 쓴 시는 선생들의 칭찬에 값할 만큼 대단하지 않았다. 대학원에 다닐 때 지니는 우리 부모님이 내게 무얼 원하시느냐고 물었고, 나는 부모님이 바라는 건 나의 행복뿐이라고 대답했다. "그렇다면 많은 게 설명이 되네" 하고 지니가 말했고 내가 "뭐가?"라고 묻자 지니는 대답했다. "내가 만난 많은 흑인 여자들은 행복을 선택해도 된다는 걸 애써 배워야만 했는데, 자연스럽게 행복을 기대하는 사람으로 자란 건 아는 사람 중에 네가 유일해."

　사람들의 비위를 맞추는 지니와 까칠한 제너비브는 도무지 같은 사람 같지 않았지만, 둘은 대개 옳은 말을 한다는 공통점이 있었다. 하지만 공공역사연구소는 생각이 달랐고, 일 년여간 정책 위반 통지를 십수 건 내보낸 뒤 제너비브를 해고했다. 내가 제너비브를 대신해 분노를 느낀다는 게 당황스러웠다. 지니가 제너비브라는 사실 자체가 당황스러웠다. 나는 지금껏 변화를 겪을 만큼 겪었고 이보다 더 크게 변하는 일은 없을 거라고 점차 인정하게 된 무렵, 제너비브가 내 앞에 나타나 자신을 완전히 탈바꿈하는 일이 아직도 가능하다는 사실을 증명했다.

어쩌면 지니가 제너비브로 바뀐 몇 년인지 모를 시간 동안 나는 커샌드라라고 불리는 사람으로 서서히 바뀌어가는 중이었는지도 모른다. 아니 더 비관적으로 본다면, 이미 커샌드라로 변해 있었는지도 모른다. 백인 동료들을 워낙 편안하게 해줘서 그들이 커피가 끓기를, 혹은 전자레인지에서 땅 소리가 나기를 기다리다가 "제너비브 그 사람, 좀 너무하지 않아요?" 하고 속삭일 수 있게 만든 사람은 어쩌면 커샌드라였는지도 모른다. 소장이 미국 정부를 대신해 제너비브의 실수를 바로잡는 임무를 맡긴 사람 역시 커샌드라였는지도. 어쩌면 나는 이미 오래전부터 커샌드라였는데 더 대담한 여자의 이름을 내세우고 돌아다녔는지도 모른다.

소장의 사무실에서 파란색 서류철을 열면서 이 과제의 담당자로 내가 선택된 이유, 이 특정한 제너비브 문제에 흑인 여자의 얼굴이 필요한 명백한 이유가 있으리라는 느낌이 들었다. 쟁점은 위스콘신주 체리밀에 있는 기념패를 둘러싼 것이었다. 폭스리버밸리의 소도시인 체리밀은 밀워키에서 북서쪽으로 한 시간 정도 거리에 있었다. 엄밀히 말해 우리 사무소는 연방정부 소속이고 위스콘신이 역외 지역은 아니었지만—우리는 휴가지에 가서도 정정 업무를 수행할 수 있었다—특별한 사정이 없다면 DC 사무소 사람을 그곳에 보내지는 않으므로, 제너비브가 위스콘신에서 뭘 하고 다녔는지는 본인만이 알 테고, 해명 서류철에는 그에 대한 추측이 담겨 있었다. 한 세대 전이었다면 그곳에 가지 말라고 제너비브를 말리는 사람이 있었을 것이다. 당시에 체리밀은 일몰 도시*였는데, 실제 조례로 이를 규정한 바는 없더라도 사람들 사이에는 그렇게 알려져 있었다. 도시가 처음 생겼을 때부터 1980년 인구조사 시점까지 흑인 주민은 공식적으로 단 한 명도 없었다. 1937년에 잠시 한 명이 살았던 것 같지만 인구조사에 잡히기 전에 사라졌다. 조사이아 윈즐로라는 남자였다. 처음에 그는 미시시피에서 시카고로, 시카고에서 밀워키로 갔다. 밀워키에서 행운을 만났다―정육 공장에서 일하던 그가 어떻게 해서인지 밀워키 제혁업자의 운전기사 겸 심부름꾼이 된 것이다. 이 제혁업자는 전쟁이, 대공황이, 그리고 단순한 세월의 흐름이 다양한 산업과 근로자들에게 어떤 영향을 끼치는지 지켜본 뒤 급진적 사회주의를 은밀한 부업으로 삼아 활동하고 있었다. 자식도 없고 성미도 고약했던 그는 재산 대부분을 조사이아에게 남기고 죽었다. 재산은 대공황 전보다 훨씬 줄었고 제혁업 전성기보다는 더더욱 적은 금액이었지만, 십 년 전까지만 해도 미시시피주에서 남의 땅을 소작으로 부쳐먹던 흑인 남자에게는 여전히 상당한 거액이었다.

남은 기록만으로는 고용주가 그런 선물을 준 의도를―후의를 베푼 것인지, 마지막 실험이었는지, 혹은 실패작이라고 느낀

---

* sundown town. 차별적 법령, 위협, 폭력 등을 통해 인종 분리를 실현하는 백인 거주 지역. '유색 인종은 해가 지기 전에 다른 곳으로 떠나라'는 표지판을 붙인 데서 유래한 이름이다.

사회에 엿이나 먹으라고 욕을 한 것인지―알기 어렵지만, 조사이아는 돈을 받고 자기 몫의 사업 지분을 팔아 그 도시를 떠났다. 나중에는 이 나라에서 가장 흑인이 많은 도시 중 하나가 될 밀워키였지만 1930년대에는 흑인 인구가 별로 없었다. 그나마 있는 사람들조차 지도상에 빨간색으로 표시되고* 규모가 점점 줄어드는 동네 두 곳에 몰려 살았고, 가끔 시카고에서 그들을 채용하는 공장들의 성쇠에 따라 인구가 줄었다 늘기를 반복했다. 서류의 기록으로는 알 수 없는 어떤 이유에서 조사이아는 밀워키를 떠나 더욱 백인 중심인데다 흑인을 공개적으로 적대하는 체리밀로 들어갔고, 거기서 곧 은행에 넘어갈 위기에 처한 어느 백인 소유의 폐업 인쇄소를 인수했다. 그곳을 제혁 공장과 가죽 제품 상점으로 운영할 계획이었던 듯했다. 인종이라는 주제의 관점에서 위스콘신은 진보주의와 케케묵은 미국적 반反흑인 정서가 기묘하게 뒤섞인 곳이었다. 전국 기준으로 꽤 이른 시기인 1895년에 시민평등권 법령을 통과시켰지만, 곧바로 차별 해소책을 대거 축소한 탓에 비용을 들여 송사를 치를 가치도 없었다. 지역의 역사 초기에 위스콘신주 일부 지역들은 차별에 대한 저항이 일어나면 제법 포용적으로 대응했으나, 북부의 많은 도시에서와 마찬가지로 흑인 주민의 수가 늘수록 그들이 살

---

* 1930년대에 대공황을 거치고 주택 융자를 갚지 못하는 사람의 수가 늘어나자 미국 정부에서는 일정 수준 이상의 대도시를 대상으로 '주택 융자 안전성 지도'를 만들었고, 위험 지역은 빨간색으로 안전한 지역은 녹색으로 표시했으며, 결과적으로 가난한 흑인들은 빨간색 지역에 몰려 살면서 주택 융자를 받지 못하고 주택 임차시에도 많은 불이익을 겪어 가난에서 헤어나지 못하게 하는 요인이 되었다.

고 교류하고 접대받고 재산을 소유할 수 있는 장소에 대한 제한도 늘어났다. 위스콘신에는 린치 사례가 없었고, 당시 KKK의 전성기는 지났으며, 그 지역에는 오래도록 백인들만 살았기 때문에 KKK의 현지 지부는 수십 년간 이탈리아계 주민들만을 괴롭혀왔지만, 그러한 백인 일색의 인구 구성이 순수한 우연으로만 유지된 곳은 없었다. 조사이아가 체리밀에 갔을 때 그곳에는 토지 거래 제한 약정*이 없었다. 그전까지 제한할 사람이 없었기 때문이다. 조사이아에게 사업장을 판 남자는 돈을 받은 뒤 이웃들에게 설명해야 할 순간이 오기 전에 도망쳤지만 결국 이웃들은 알게 되었고, 그들은 조사이아에게 부동산 양도증서를 두고 떠나라고, 아니면 강제로 빼앗기게 될 거라고 거듭 으름장을 놓았으나 조사이아는 거듭 거부했다.

1937년에 조사이아는 서른 살이었으므로 자신이 떠나오기 전의 남부와 막 도착했을 때의 중서부를 기억할 만한 나이였다. 털사와 1919년의 시카고, 그 이전의 세인트루이스는 공동체의 기억 속에 아직도 아물지 않은 상처로 남아 있었다.** 가만히 버텨선 안 된다는 것 정도는 알았어야 했지만 그는 가만히 버텼고, 그러자 몇 달쯤 지난 뒤 상황을 우려한 시민 무리가 밤에 찾아와 그의 건물에 불을 질렀다. 전에 있던 인쇄소의 잔재를 미

---

* 20세기 중반 미국에서는 주택이나 토지 거래에 있어서 특정 인종, 특히 흑인에게 매매 혹은 임대를 금지하는 약정을 둘 수 있었다.
** 1921년에 일어난 털사 인종 학살과 1919년의 시카고 인종 폭동, 그리고 세인트루이스에서 극심한 인종 갈등으로 인해 다발적으로 일어난 사회적 혼란을 가리킨다.

처 다 치우지 못한 상태에서 무두질 기구를 일부 들여놓은데다 지하실에 잿물 여러 통을 쌓아둔 터라 그곳은 조사이아가 미처 빠져나올 틈도 없이 완전히 불길에 휩싸였다. 이후 몇 년간 주민들은 그 일을 공공연히 떠벌리고 다니며 다음에 또 그런 시도를 할지도 모르는 사람들을 향한 경고로 삼았다. 1960년대 즈음에는 모두가 알지만 아무도 입에 올리지 않는 비밀이 되었고, 그뒤로는 거의 잊힌 기억이 되었던 이 사건은 1990년대 후반에 지역 신문사와 함께 기록 보존 작업을 하던 한 대학원생에 의해 다시 발굴되었다. 뒤따른 지역 주민 회의와 대중적 수치심의 결과로 조사이아가 죽은 건물이 있던 자리에 기념패가 붙었다.

그 표지판은 수십 년간 그 자리에 붙어 있어서 이젠 주목하는 이가 거의 없을 정도였다. 그런데 제너비브가 그것을 발견했다. 그리고 그 내용을 정정했는데, 스티커를 붙이는 정도가 아니라 원래 있던 기념패를 멋대로 바꿔버렸다. 제너비브가 만든 기념패에는 조사이아의 이름 옆에 방화 패거리에 가담했다고 알려진 사람들의 이름까지 기재되었다. 당시 방화 현장을 찍은 사진이 남아 있는데, 사진 속 인물이 자신이라고 밝힌 사람들이 있어서 그 이름들이 알려지게 되었다. 어린아이를 어깨에 앉힌 남자 두 명을 포함해 총 일곱 명의 남자와, 아기를 안고 환히 웃는 여자 한 명까지 해서 체리밀의 성인 주민 여덟 명이 카메라 앞에서 웃으며 자세를 잡았으며, 누군가가 사진에 설명을 달아놓았다. 체리밀의 수호자들. 불은 정화한다. 사진 뒷면에 그들의 이름과 날짜가 깔끔한 필기체로 적혀 있었다. 이걸 보고 제너비브가 조사를 시작했을 거라고, 이 사진에 화가 나서 그 기념패를 정정하러 찾아간 거라고 나는 추측했다.

"제가 맞혀볼게요." 나는 서류를 훑어보고 나서 소장에게 말했다. "누군가가 이건 착오가 틀림없다고, 파리 한 마리도 죽이지 못했을 자신의 친애하는 할아버지가 이런 추악한 행위에 가담했을 리 없다고 확신하는군요. 사진에 찍힌 사람은 할아버지의 도플갱어이고 표지판에 적힌 이름은 실수이니 그것을 떼어달라고요."

"그런 게 아니에요. 어떤 남자가—앤디 디트리라는 사람인데—정말로 거기에 자기 할아버지 이름이 있어서 조사를 시작하긴 했는데, 자기 할아버지는 정말로 개자식이 맞아서, 희생자의 가족이 나중에 어떻게 되었는지, 사건을 바로잡기 위해 자기가 할 수 있는 일이 뭔지 알아보려 했대요. 그런데 희생자가 살해당하지 않았을지도 모른다는 결론이 나왔다고 합니다. 조사결과 사망증명서 두 건과 생존한 친척 몇 명을 찾았는데, 그들은 희생자가 온전히 살아서 현장을 빠져나온 뒤 일리노이로 돌아가 대가족을 이루고 살았다고 주장한답니다. 아직 살아 있는 조사이아의 친척들이 해명 요구에 동참했어요."

"그럼 우리가 그냥 정정하면 되지 않나요?" 내가 물었다.

"음, 문제가 하나 있어요." 소장이 말했다.

"당시에 그들이 조사이아라고 주장했던 시신의 주인이 누군지 알아야 해서요?"

"그건 아니에요. 시신이 있었다는 기록이 없습니다. 건물은 전소되어 무너졌고, 온 마을 사람들이 그 땅을 되찾으려고 안달을 했어요. 그런 상황에선 목격자들의 증언이면 사망 증명으로 충분했을 것 같고, 아마도 그 부동산에 대한 양도증서나 최근친 상속 권한과 관련한 조작이 있었을 거예요—그 사람이 죽은 뒤에 어떻게 된 일인지 그 토지가 사진 속 여자의 남편 소유로 등재되었거든요. 하지만 난 지금 재산권 범죄로 추정되는 팔십 년 전 사건을 해결하라고 요구하는 게 아닙니다. 내 걱정거리는 시신이 아니라 팔팔하게 살아 있는 사람이에요. 제너비브가 계속 연구소에 이메일을 보내, 이 건의 진행 상황을 알려주지 않으면 정식으로 정보공개를 요청하겠다고 협박하고 있거든요. 체리밀 사람들에게 계속 질문을 하고 다닌다 해도 놀랍지 않을 것 같아요. 새로 붙인 표지판 때문에 그곳이 꽤 시끌시끌해져서 언론이 취재에 나설 가능성도 있고요."

"그럼 나를 보내는 이유는, 우리 직원이 기념 표지판을 철거하는 와중에 뒤에서 제너비브가 소리를 지르는 장면이 뉴스 영상으로 찍힌다면 흑인 여자 둘이 싸우는 모습이어야지, 양복 입은 백인 남자가 범죄의 증기를 뜯어내는 모습이어서는 안 되기 때문인가요?"

"내가 당신을 보내는 이유는, 당신은 분별력이 뛰어나고 타인의 관심을 끌려고 애쓰는 사람이 아니기 때문이에요. 원한다면 양복을 입으세요. 살인자들을 표지판에 기재할지 말지는, 알다시피 모두의 관점이 일치하진 않는 철학적인 문제입니다. 누군가가 토지를 손에 넣으려고 유서나 양도증서나 사망증명서를 위조했는지 여부는 우리의 업무 소관을 완전히 벗어나는 문제고요. 하지만 누군가가 산 사람을 죽었다고 선언했고 우리가 그 실수에 더욱 힘을 실어주었는가―그건 사실에 관한 문제입니다. 그 표지판에 실수가 있음이 사실로 판명된다면, 제너비브는 그 조사 결과를 우리 연구소의 다른 누구보다 당신에게서 들었을 때 더 잘 받아들일 겁니다."

"제너비브가요, 아니면 〈워싱턴 포스트〉가요?"

"내 소망은 이번 해명 업무가 아주 단순하고 지루하고 극적 요소 없이 해결되어서 제너비브가 아무리 전화를 걸어대도 〈워싱턴 포스트〉가 전혀 관심을 두지 않는 거예요. 이해하겠습니까?"

"네." 나는 대답했다.

"이 문제를 좀 해결해줄 수 있겠어요?"

"네." 나는 재차 대답했다.

나는 케이크를 챙겨 지하철을 타고 집으로 돌아왔고, 대니얼에게 며칠 뒤에 위스콘신주로 떠난다고 말할 방법을 연습했다. 나는 위스콘신을 신뢰하지 않았다. 첫 직장이 있던 오클레어*에서 그곳의 아름다운 풍광을 넋 놓고 바라보면서도 내내 갇힌 듯 답답했고, 그 지역에 대해 매혹과 적대감을 동시에 느꼈다. 정

---

* 위스콘신주 서부에 위치한 도시.

중함과 갈등 회피에 골몰하는 풍습이 나로서는 좀처럼 용납이
되지 않았다. 내게 중서부식 상냥함이란 사악한 느낌을 주는,
꾸준하고 정중한 가스라이팅이자, 무시나 결례를 당해도 이방
인으로 낙인이 찍힐까 두려워 목소리를 내지 못하게 만드는 강
요된 겸손이었다. 그런 병적 성향을 그 지역에선 긍지로 여긴다
는 점이 당혹스러웠다. 나는 공공역사연구소에서 내가 맡은 역
할을 신뢰하지 않았다. 아니, 내 역할 전부까지는 아니더라도,
공개적으로 연구소를 거역하지만 않는다면 간섭 없이 중요한
일을 할 수 있을 거라는 나의 판단만은 더이상 신뢰하지 않았
다. 나 자신의 동기를 신뢰하지 않았다. 나는 제너비브가 틀리
고 내가 옳은 경우가 한 번이라도 있기를 바랐다. 아울러 이번
업무를 맡게 된 것이 내가 신중하고 철저하며 적확한 질문을 하
기 때문이기를, 연구소가 다시 한번 제너비브를 불신하는 상황
에서 내 상냥한 갈색 얼굴이 피해 수습에 적합해서가 아니기를
바랐다. 나는 마지막으로 진지하게 사귄 전 남자친구 닉에게,
내가 아는 한 아직 밀워키에서 사는 그에게 전화를 걸어 곧 그
곳에 갈 거라고 말하고 싶은 충동을 신뢰하지 않았고, 이런 잡
다한 사정을 대니얼에게 설명하는 문제에 관해서도 나 자신을
신뢰하지 않았다.

　삼 년 전, 엘레나의 손에 이끌려 어느 술집의 해피아워에 갔
다가 대니얼을 만났다. 떠나온 이전 식장을 그리워하며 안절부
절못하던 시기였다. 거의 다 끝낸 논문 원고가 자꾸만 떠올랐
고, 살면서 두번째로 학사 일정과 무관하게 일상이 흘러가는 가

을을 막 지나온 뒤라 더욱 혼란스러웠다. 진행중인 연구 과제가 있던 시절이 여전히 그리워서, 다소 엉뚱한 주제로 소규모 실증 연구들을 설계하기도 했는데 그중에는 내 옷차림을 주제로 한 것도 있었다. 학교에서 학생들을 가르칠 때 늘 주목한 점은, 내가 검은색이나 회색 옷 위에 블레이저를 걸치고 단정하게 매만진 레게머리에 차분한 색조의 화장을 하고 밋밋한 모습으로 나타났을 때 어떤 수업의 학생들이 나를 가장 신뢰하는지, 화려하고 치렁치렁한 옷에 스카프와 장신구를 걸치고 입술을 늘 빨갛게 칠한 별난 차림일 때는 또 어떤 수업의 학생들이 나를 가장 신뢰하는지였다. 내 외모가 신뢰성에 어떤 영향을 미치느냐 하는 문제는 항상 같았지만, 답은 학기마다 늘 달랐다. 공공역사 연구소에서 근무하기 시작했을 때도 일반 대중을 상대로 다양한 스타일을 시험해봤다. 정장인가 평상복인가, 화려한가 수수한가, 가슴골이 드러나는가 가려지는가. 그날 시험한 의상은 목선이 적당히 눈길을 끄는 우아한 파란색 원피스와 발랄한 스카프, 먼저 매끈하게 폈다가 다시 컬을 넣어 풍성하게 살린 머리 모양으로, 덕분에 나는 젊은 전문직 종사자 같은 분위기를 평소보다 강하게 풍기고 있었다. 내 의상 범주를 사분면에 표현한 도표에서 이런 차림은 사람들이 나와 대화하기를 더 즐기지만, 대화중에 내가 하는 말이 정말 알고 하는 말인지 따지는 경향이 있음, 이라고 요약되는 칸에 해당했고, 엘레나가 사는 동네의 그 술집과는 좀 어울리지 않는 느낌이 들었다. 주로 예술가와 대학원생과 비정부기구 근로자, 이렇게 잘 차려입은 나를 자기들과 같은 부류라고 인식하지 않을 사람들이 주로 드나들던 술집이었다. 사소한 일이었지만 나는 근래 들어 그 생각을 자주 했다. 대니얼과 만났을 때 내 모습이 얼마나 평소와 달랐는지, 얼마나 나답지 않았는지.

그때 나는 테라스의 전기난로 근처에 둥글게 놓인 금속 의자 중 하나에 앉아 있었다. 난로가 부드러운 빛을 내면서 낭만적인 분위기가 흘렀지만, 테라스 앞쪽으로 차량이 붐비는 11번가가 지나고 양옆으로는 반려견 놀이터와 소란스러운 스포츠바가 있는 게 흠이었다. 대니얼도 나도 주변 풍경을 둘러보던 중 서로 눈길이 마주쳤다.

"DC의 문제가 뭔지 알아요?" 대니얼이 자기 의자를 내 쪽으로 바짝 끌어오며 무심히 물었다. 마치 우리가 한참 대화를 나누다 이제 막 목소리를 낮춰야 할 친밀한 순간에 이른 오랜 친구 사이인 것처럼. 그것은 대니얼이 누구에게나 보이는 습관으로, 내가 후에 그의 저널리즘 모드라고 이해하게 된 태도였다. 곁을 바짝 스쳐지나감으로써 사람들의 방어 기제를 낮추는 방식. 하지만 그때의 나는 주목받는 느낌, 흥미로운 사람이 된 느낌이 들었다.

"문제가 하나뿐인가요?" 내가 물었다.

"음, 아니죠. 내가 묻고 싶은 건 이거예요. 왜 사람들은 결국 손쓸 수 없는 지경이 될 때까지 아무것도 보존하려 하지 않는가, 왜 소규모 자영업과 동네 구멍가게와 포장 음식 전문점 등은 머지않아 다 없어지게 되는가?"

"돈?"

"틀리기도 하고 맞기도 해요. 문제는 모두가, 흑인들마저도, 흑인의 빈곤이 세상 최악의 빈곤이라고 믿는다는 것. 도시 흑인 의 빈곤, 아, 그건 말도 맙시다. 하여간 도시 흑인의 삶은 항상 빈곤으로 읽히죠. 다시 말해, 사람들은 페티시의 대상으로서만 우리를 사랑한다는 거예요. 흑인이 현명하고 촌스럽지 않으면, 현관 포치에서 퀼트가 걸린 벽을 배경으로 찍은 그들의 사진을 박물관에 걸 수 없다면, 아무도 가난한 흑인을 감성적인 시선으로 보지 않아요. 저 어딘가에는 외국어 단어를 과장해서 발음하거나 이국적인 음식을 찾거나 수공예품을 사는 백인이 언제나 있기 마련이지만, 흑인 문화를 두고는 아무도 그렇게 하려 하지 않죠. 백인들이 도시 흑인의 삶에 대해 흑인들보다 더 잘 안다고 생각하기 시작했을 때 게임은 이미 끝난 거예요. 우리 아버지는 어릴 때 여기서 세 블록 떨어진 곳에서 자랐는데, 조부모님이 재산세 때문에 타운하우스를 처분해야만 했죠. 아버지는 날 보러 시내로 차를 몰고 올 엄두도 못 내요. 아버지 말씀이, 이 동네에 오면 결국 차를 몰고 14번가를 달리다가 이 도시를 시민들에게서 빼앗아 팔아넘긴 배리*를 욕하며 창밖으로 소리를 지르는 바람에 잡혀가게 될 거래요."

"와," 나는 말했다. "우리가 벌써 서로 가족 이야기까지 하는

---

* 매리언 배리. 1979년부터 1991년까지, 1995년부터 1999년까지 워싱턴 DC의 시장을 지낸 흑인 정치인.

단계에 온 건가요?"

"난 잡담은 즐기지 않아요." 그가 말했다. "당신 가족 얘기를 해줘요."

나는 이야기했다. 내 부모는 둘 다 연방정부에서 일했고, 나는 인종 통합적인 연방정부의 일자리가 흑인 중산층을 떠받치는 핵심적 기반이 되는 도시에서 자랐다. 처음으로 DC를 떠난 뒤 가장 당혹스러웠던 점은 다른 지역에서는 '연방정부'라는 말을 아무렇지도 않게 경멸적인 의미로 쓴다는 사실이었다. 정부가 영향력을 지나치게 확장할 때 생길 수 있는 치명적인 상황에 대해서는 나도 잘 알고 있었다. 사상자 수 통계를 보면 이 나라가 어떤 사람들을 소모품으로 여기는지 알 수 있다는 점도. 하지만 지난 십 년간의 열악한 상황들을 겪고 나서도 나는 정부를 믿었다. 혹은 적어도 그 대안보다는 정부를 더 믿었다. 내가 기정사실로 받아들이는 내 삶에 대해 정부는 늘 자격을 증명하라 할지 몰라도, 나는 제지받지 않고 행동하는 평균적 백인 시민보다는 중앙정부의 공공 원리와 제도를 더 신뢰했다. 최근에야 이해하게 되었는데, 내가 정부를 믿는 태도는 수십 년간 예배에 가지 않은 불가지론자가 가끔 자신의 선택이 동반하는 위험을 회피하려고 어린 자식을 교회에 데려가 세례를 받게 하거나 그밖에 다른 식으로 자기가 유년기에 믿던 종교의 품에 아이를 떠안기는 행태와 비슷했다. 나는 어린 시절의 종교를 대학에 가자마자 버렸지만 절망에 빠진 순간에 불가능한 것을 믿게 해줄 위풍당당한 순교자 상이 필요할 때가 있는데, 그럴 땐 성자나 구원자가 아니라 내 어머니를 떠올렸다.

어머니는 나를 임신했을 때 법무부를 대표해 루이지애나로 갔다. 명목상으로는 어머니가 태어날 무렵부터 존재해온 학교 인종분리철폐명령을 실제로 집행할 책임을 띠고 간 것이다. 그때 어머니는 스물다섯에 임신 육 개월이었고 로스쿨을 막 졸업했으며 조사를 위해 단독 파견된 직원이었다. 그곳에 도착한 뒤 각기 다른 흑인 열한 명이 주변을 안내해주면서 하나같이 강조한 말은, 산탄총을 들고 트럭을 몰며 엄마 뒤를 따라다니는 남자들이 그 지역의 KKK 단원이라는 사실을 유념하라는 것이었다. 내가 태어났을 무렵 루이지애나의 그 작은 교구 사람들이 가진 거라곤 오로지 신의, 그리고 자금 부족으로 보수하지 못한 고등학교 하나뿐이었지만, 그들은 내 어머니를 믿었고 그래서 엄마가 집으로 돌아갈 때 손수 만든 담요와 턱받이와 아기 옷이 담긴 상자를 딸려 보냈다. 그리고 내가 한 살이 되었을 무렵 그 교구의 흑인 고등학교에는 실험실 기구와 새 교과서가 갖춰진 과학관이 생겼다. 그 작은 승리를 지방정부가 극도로 불쾌히 여기자 그들은 무기를 들고서라도 그것을 지키려 했고, 마침내 법무부가 내 어머니의 모습으로 현장에 나타난 뒤에야 사태가 진정되었다. 나는 어머니에게 그 이야기를 들려달라고 자꾸만 조르면서, 내게 인형이나 턱받이나 담요를 만들어준 사람들 이름을 하나하나 말해달라고 했다. 그것은 내가 처음 경험한 신의의 가치였다. 공공역사연구소로 올 기회를 냉큼 잡은 데는 그 경험도 한몫했다—나는 그것이 유산을 이어나갈 기회, 나 개인보다 더 큰 의미를 지닌 가치에 기여할 최고의 기회라고 생각했다.

대니얼은 내 부모와 나의 유년기에 대해 질문을 쏟아냈고, 그래서 나는 우리가 서로에게 이성적 관심을 보이던 중임을 그가 잊은 건가, 아니면 내가 방금 이야기를 어디서 마무리했는지—나와 내 직장과 내 미래에 대한 소회로 끝맺었다는 걸—기억하지 못하는 건가 생각했는데, 잠시 후 그는 대화를 원래의 자리로 되돌렸다.

"그래서, 공공역사연구소라고요? 그쪽을 처음 봤을 때는 뭔가 우울한 기업 관련 문제와 결부된 죄책감을 술로 씻어내러 온 사람이 아닐까 했어요."

"그래서 처음부터 뭐하는 사람인지 묻지 않은 거예요?"

"난 원래 처음부터 그런 걸 묻지 않아요. DC의 파티에서 가장 예측하기 어려운 사람이 되는 아주 쉬운 기술이죠. '무슨 일을 하세요?'를 제외한 아무 질문이나 하면 돼요. 자기가 뭘 하는지 알려주고 싶은 사람은 묻지 않아도 어떤 식으로든 방법을 찾아내요."

"그래서 내가 기업에서 일하는 배신자가 아니라서 반갑고 놀라워요?"

"사람들에게 진실이 무엇인지 알려주는 일에 정부가 직접 나선다는 발상이 정말로 좋다고 생각하는 거예요?"

"정부가 아니라 내가 하는 거예요." 나는 말했다. "게다가 추상적이고 이념적인 의미의 진실이 아니라 실제 역사 기록이고요. 난 삼 년간 대학에서 교수로 일했어요. 가르치는 일을 사랑했고요. 하지만 나는 모든 자원을 투자해 정보를 제공하는데 그걸 받는 쪽은 나를 통해서가 아니라도 그 정보를 얻을 수 있는 사람들이었어요. 이제 나는 어디서든 그 일을 할 수 있죠."

"하지만 당신뿐 아니라 누구나 그럴 수 있어요." 대니얼이 말했다. "당신이 떠나고 연구소가 다른 동기를 가진 사람들로 가득차면 어떻게 되죠?"

"난 떠나지 않을 것 같은데." 나는 말했다. "공무원이라는 직업의 특징이 그거 아닌가요? 관리자들은 오고 가는데 실무자들은 그대로 남아 일을 하죠. 당신은 소속된 신문사가 팔렸을 때 일하는 방식을 바꿨나요?"

"당신은 떠날 부류로 보이는데." 대니얼은 질문을 회피하며 말했다. 그가 칭찬이라도 한 양 우리 둘 다 웃었지만, 나중에 생각해보니 그 말이 칭찬이었을 이유가 없었다. 우리 사이는 빠르게 시작되었지만 이내 어디로 가야 할지 모르는 상태가 되었다. 둘 다 바빴다. 나는 소녀 같은 들뜬 감정과 그에 따르는 상심은 사양하겠다고 맘먹은 지 얼마 되지 않은 시기였고, 대니얼은 나를 만나기 한 달 전에 약혼을 깨뜨렸다. 하지만 그로부터 몇 달 뒤 내가 추측한 바에 따르면, 둘의 결혼은 물건너갔어도 약혼녀는 아직 그의 삶에서 완전히 사라지지 않은 듯했다. 따져 묻지는 않았다―우리 사이에 어떤 합의는 없었지만, 있었다 해도 다른 여건을 고려해 조용히 덮어두었을 것이다. 머지않아 내게 용서가 필요한 때, 혹은 그를 역공할 거리가 필요한 때가 있을 거라고 이미 확신하면서.

　오늘밤에는 대니얼의 생일을 기념하는 분위기를 만들어볼 생각이었다. 촛불을 켜고 케이크를 내놓고 옷을 갈아입고 예쁜 립스틱을 바르려 했다. 하지만 대니얼이 도착했을 때 나는 아무런 단장도 하지 않은 상태였고 초에 불도 켜지 않았으며 케이크는 상자 안에 그대로 있었다. 바지와 브라를 벗긴 했지만 출근할 때 입은 블라우스 그대로 하의만 요가 바지로 갈아입고 거실 바닥에 해명 서류철의 내용물을 늘어놓은 채 앉아 있었다.
　"케이크 사왔어." 대니얼이 들어올 때 내가 외쳤다. "식탁 위에 있어."
　"케이크가 고급이네." 잠시 뒤 대니얼이 말했다. 고개를 들었더니 그가 케이크 상자를 빤히 바라보고 있었다.
　"오늘 캐피틀힐에서 일했거든. 젠트리피케이션과 함께 생긴 베이커리에 갈 수밖에 없었어."
　"거기 다른 종류의 상점이 남아 있기는 한 거야? 어제 그 동네에서 자란 어떤 작자랑 얘기를 나눴어. 사람들이 세금을 못 내서 잃는 토지가 나중에 어떻게 되는지를 다루는 긴 기사를 준비하고 있거든. 관광객들에게 소리라도 좀 지르고 오지 그랬어?"

"단 한 명에게도 안 질렀어."

"내가 생일에 받고 싶은 건 당신이 한 번만이라도 지각없는 백인에게 욕을 내지르는 장면이 담긴 동영상뿐이야." 대니얼이 내 옆에 앉아 서류를 가리켰다. "그래서 내게 뭘 해주려던 거야? 보물찾기 놀이?"

나는 대니얼에게 몸을 기댔다. 그가 집에 들러 업무용 옷을 벗고 와이셔츠로 갈아입었다는 걸 알 수 있었다. 좋은 향수 냄새―숲 내음, 화사함―와 코코넛오일 냄새도 났다. 나는 대니얼에게 키스했다. 서류철의 문서들을 자세히 살피기 시작하는 그에게 내 사적 영역을 존중하라는 말은 무례하고 부질없으리라 판단했다. 나는 그에게 기본적인 내용을 알려준 뒤 함께 기록을 읽었다.

"더 근사한 계획을 세우지 못해서 미안해." 나는 말했다. "난 1930년대에 토지를 사려 했다가 그 때문에 죽었을 수도, 죽지 않았을 수도 있는 남자에게 무슨 일이 일어났는지 알아내려 하고 있어. 이제 알겠어? 내 직업을 싫어하는 건 당신 자유지만, 우린 둘 다 도대체 이 나라는 왜 흑인들이 아무것도 갖지 못하게 하는지 그 수수께끼를 풀려고 애쓰고 있단 말이야."

"바보라도 그런 수수께끼는 풀겠다. 진짜 문제는 우리가 그걸 어떻게 되찾느냐지."

"흑인의 사랑이 흑인의 자산이다."*

---

*미국의 시인 니키 조반니의 시 「니키-로사」의 한 구절.

"그건 빈털터리 인생에 관한 시 아니야?"

"봐, 난 당신을 위해 젠트리피케이션이 만들어낸 케이크, 우리 나라가 우리를 얼마나 싫어하는지를 보여주는 증거 한 무더기, 그리고 어떻게 그에 대응할 것인가에 관한 니키 조반니의 은유를 준비했어. 생일 축하해. 생일을 잘 보내자. 왜냐면 난 곧 이 모든 일을 해결하러 다른 지방에 가야 하니까—제너비브가 정정한 사안에 관한 해명 업무야."

"그 사람들은 왜 제너비브를 가만 놔두지 않는 거야? 쫓아낸 것도 너무한데 말이야. 이젠 제너비브가 거기 있을 때 한 일을 죄다 되돌리지 못해 안달이네."

"그런 거 아니야. 이건 진짜 실수일지도 몰라. 내가 위스콘신에 가서 이 남자가 정말로 살해당했는지 알아내야 해."

"위스콘신이란 말이지."

"그런 거 아니라는 거 알잖아."

"내가 안다고?"

"이건 업무야—정정을 해야 해. 심지어 정정할 내용도 상대적으로 희망적일지 몰라. 하지만 어쨌든 원만하게 처리해서 또다시 사과하러 가거나, 그 망할 놈의 '자유로운 미국인들'과 언론에서 결투를 치를 일이 없도록 해야 해."

"그러니까 당신은 그들에게 나중에 이용당하지 않으려고 지금 이용당하겠다는 거네."

"그들이 누군데?"

"당신이 말해봐."

"난 증명해야 할 게 없어." 나는 말했다. "당신이 생일을 보내고 싶은 곳이 따로 있다면 굳이 여기 붙잡아둘 생각도 없고."

"그래, 그럴 생각은 없어 보이네." 대니얼이 일어서며 말했다. "하지만 분명히 말하는데, 내가 있고 싶은 곳은 여기였어."

나는 대니얼의 눈을 마주보지 않았다. 바닥만 노려보며 문이 쾅 닫히기를 기다렸다가 일어서서 저녁식사 대신으로 그의 생일 케이크 두 조각을 먹었다. 버터크림은 훌륭했지만 안쪽의 빵은 메마르고 퍼석거렸다. 나는 그 케이크가 무엇을 은유하는지를 지나치게 깊이 생각했다. 잘못된 선택을 한 건 분명하다. 하지만 애초에 노력한 게 잘못일까, 아니면 충분히 노력하지 않은 게 잘못일까? 대니얼이 나가도록 내버려두었을 때만 해도 오늘 밤을 되살릴 수 있었을지 모른다. 우리 사이의 일은 항상 되살릴 수 있었고, 그걸 알고 있으면 위안과 의무감이 동시에 들었다. 나는 대니얼과 함께 세상으로 나갈 수 있기를, 그에게 해를 끼칠지 모르는 모든 것으로부터 대니얼을 보호해줄 수 있기를 바랐으며, 내가 그럴 수 없다는 것을 알았다. 또한, 나는 실망스러운 사람이 될 자유를 누리며 위스콘신으로 떠나고 싶었고, 내가 그럴 수 있다는 것을 알았다.

다시 서류를 읽기 시작했다. 해명 자료를 모으는 일을 한 연구자의 작업이 매우 철저했다. 서류철 안에는 〈애플턴 가제트〉에 실린 화재 관련 기사와 그로부터 얼마 후 〈위스콘신 엔터프라이즈-블레이드〉에 실린 부고 기사도 있었다. 부고에서는 사건에 대한 조사를 요구했지만 물론 조사는 실시되지 않았다.

〈가제트〉 기사는 화재의 원인이 된 화학물질에 집중하며 피해 현장을 찍은 사진을 실은 반면, 부고는 흐릿한 조사이아의 사진과 함께 간략한 신상 정보를 담았다. 조사이아 윈즐로는 보조개가 팬 얼굴로 편안한 미소를 짓고 있었다. 사진 속의 그는 사망 당시보다 더 젊어 보였지만, 맵시 있는 모자와 양복을 보니 미시시피보다는 시카고에서 찍은 사진일 것 같았다—어딘가 모르게 원래의 어린 조Joe가, 북쪽으로의 대이동을 따라가기 전에 미시시피에 살던 청년의 모습이 아직 엿보이는 듯했다. 폭력과 결핍을 피해 남쪽에서 물밀듯 빠져나온 사람들이 다른 편 끝에서 맞닥뜨린 극심한 폭력과 결핍, 그런데도 그들은 이 나라 어딘가에는 흑인이 안심하고 살며 가정을 이룰 수 있는 곳이 있으리라는 믿음을 버리지 않았다. 적어도 시카고는 공동체의 매력이라는 이점이 있었고, 블랙벨트*를 북쪽으로 끌어올린 수십 년간의 선전과 홍보가 있었으며, 이미 이 도시를 고향이라고 부르게 된 사람들의 수십 년 역사가 있었다. 조사이아 윈즐로는 어쩌다 그런 시카고를 떠나 아무도 자신을 원하지 않는 곳을 고향으로 삼을 수 있으리라 믿은 걸까? 왜 거기서 죽을 만큼, 혹은 죽은 척 속임수를 쓸 만큼 절박하게 그곳에 머무르려 한 것일까?

---

* 미국 남부의 버지니아주에서 텍사스주까지 백인보다 흑인 인구 비율이 높은 이백여 개의 카운티를 일컫는다.

*

공식적으로 나는 체리밀과 밀워키공항 사이의 고속도로 변에 있는 라마다호텔에서 묵을 계획이었다. 비공식적으로는 비행기가 이륙하기 전에 DC 국내선 공항에서 닉에게 문자를 보냈다. 마지막으로 연락한 뒤 그의 번호가 바뀌었거나 이제는 그가 밀워키에서 살지 않거나 내 문자를 무시할 가능성이 있었는데도, 나는 도착장 앞에서 나를 기다리는 닉을 보고 전혀 놀라지 않았다. 머리가 전에 내가 익숙했던 길이보다 짧아졌고, 그래서 안 그래도 강렬한 파란 눈이 더 또렷이 부각되었다. 마지막으로 만났을 때 우리는 사이가 틀어졌지만 영구적인 이별이라고 하기엔 어정쩡한 상태로 헤어졌다. 몇 년 전 회의 참석차 DC에 온 닉과 가볍게 한잔하려고 만났을 때, 그가 조지워싱턴대 교수직을 그만둔 일로 나를 나무라며 재능을 허비한다는 비난과 제국을 위해 봉사한다는 비난을 동시에 쏟아냈다. 그건 모순적인 비난 같았다. 내 일은 하찮을 수도 있고 심각하게 문제적일 수도 있지만 둘 다는 아니었다. 그런데 이제 닉은 좀 뉘우치는 분위기였다―나를 태워다 주고 직접 만든 음식을 대접하겠다고 했다. 나는 한사코 체크인부터 해야겠다며 호텔에 데려다달라고 하고, 호텔방의 카드 열쇠를 나중에 필요할 거라는 듯 주머니에 넣어둘 만큼 우리가 서로에게 무해하다는 전제에 충실했지만, 닉의 로프트에 도착할 때까지 여행가방을 그의 차 트렁크에서 꺼내지 않을 만큼 솔직하기도 했다.

우리는 다른 주의 대학원에서 만났기 때문에, 이 주에서 함께 산 시간은 나의 오클레어 초빙교수 시절 막바지이자 닉이 위스콘신-밀워키대학교에서 강의를 시작하기 직전이던 여름 한철 뿐이었다. 나는 그 여름의 대부분을 짐을 반쯤 푼 그의 아파트에서 닉과 함께 지냈다. 틀로 찍어낸 듯 일률적이고 기본적인 방 하나짜리 그 아파트에서는 값싼 석고보드 벽 반대편에 있을 거울상처럼 똑같은 아파트를 쉽게 상상할 수 있었다. 닉이 지금은 로프트에서 산다고 말했을 때, 나는 그가 시내를 벗어나지 않고 좀더 미적으로 우수한 곳, 예컨대 버려진 산업 시설을 콘크리트 바닥과 대형 통창이 있는 고급스럽고 널찍하고 예술적인 주거지로 개조한 곳으로 이사했을 거라고 예상했다. 하지만 실제로 닉이 사는 곳은 어린 시절의 나라면 숲속이라 불렀을 테지만 지금이라면 그저 약간 시골스럽다고 할 만한 지역이었다. 닉의 유년기는 좀 별스러웠다. 반은 금전적 풍요 속에서, 나머지 반은 시골의 실용주의적인 환경 속에서 자랐다. 어머니는 돈을 좇아 떠난 남자에게 버림받은 그의 첫번째 부인이었다. 닉은 사립 기숙학교에 다니다가 여름방학이 되면 집에 돌아와 노동하는 중산층이 되었다. 지금도 어느 모로 보나 노숙한 사립 고등학교 학생처럼 보였지만, 본인 스스로 더 드러내고 싶어하는 성향은 어린 시절의 여름에 뿌리를 두고 있었다. 지금 그가 사는 집은 헛간을 개조한 건물이었다. 나는 닉이 귀족적인 뿌리를 초월하려는 욕망이 지나쳐 학문 연구를 농장 노동으로 보완하려 하고도 남을 사람이라는 걸 잘 알았다. 하지만 그의 설명에 따르면 그 헛간은 농장을 운영하던 가족에게서 샀고 농장주의 자식 한 명이 아직도 들판 너머의 주택에서 살고 있지만, 점점 기계화되는 축산업에 투자할 자본도, 투자 없이 생존할 완충 수단도 없어서 농장 운영이 중단된 상태라고 했다.

"여기 개조할 때 나도 손수 많은 일을 했어." 닉이 말했다. "하지만 우리집에 가축은 없어. 그러니 내가 소젖 짜는 모습을 보려고 이 먼 곳까지 온 건 아니길 바라."

"애초에 당신을 보려고 이 먼 곳까지 온 게 아니거든." 나는 말했다.

여기로 이사할 때 닉은 주립대학에서 학생들을 가르치는 게 자신에게 더 잘 맞는 학문 실천 방식이어서 온 거라고 말했지만, 그의 퇴직 과정이 그보다 살짝 더 논쟁적이었으며 어느 대학원생과의 끝이 좋지 않은 연애와 얽혀 있다는 은밀한 소문을 들었고 나도 한때 그곳의 대학원생이었으므로 그 소문을 믿었다. 하지만 우리 둘의 관계에 관한 한, 두 번 다 내가 끝을 냈고, 두 차례 다 다른 주에서 일자리를 구함으로써 더 나쁜 선택을 하려는 충동으로부터 나 자신을 구해냈다. 우리가 처음 만났을 때 닉은 이혼을 앞둔 젊은 교수였다. 우리에겐 이체문제*가 있어, 라고 그는 사람들에게 말하곤 했지만, 얼른 떠오르는 뒷소문만 헤아리더라도 그의 아내가 결별을 선언한 시점에 닉의 쪽

---

* two-body problem. 원래는 물리학에서 상호작용하는 두 물체의 역학을 다루는 문제를 가리키는 말이지만, 미국의 학계에서는 부부 두 명이 한 학교에서 근무할 때 생기는 곤란함을 가리키는 말로 쓰인다.

에만 적어도 아홉 명은 더 얽혀 있었다.

그 정도로 매력이 넘치는 사람이었으니 그런 일을 가지고 넌 더리를 내기도 쉽지 않았다. 닉은 문이 열리리라 기대했고 실제로 문은 열렸다. 사랑받으리라 기대했고 실제로 사랑받았다. 닉을 만나기 전 몇 년 동안 나는 특정한 식당 세 곳에서만 식사하고 특정한 술집 두 곳에서만 술을 마셨다. 새로운 가게에 들어가 내가 여기 어울리는 사람이라고, 내게 친절하게 대해야 한다고 납득시키는 일, 점원이나 종업원들에게 나의 박사님 목소리로 인사하고 필요하다면 대학의 이름도 슬쩍 흘리고 팁을 과할 만큼 후하게 남기는 일의 피로를 덜기 위해서였다. 이후 닉과 함께 세상을 누비고 다니면서 새롭게 눈이 뜨였다. 백인 남자는 그런 행동 요령에 얼마나 무심할 수 있는지, 다른 사람의 시선 따위 간단히 무시하고 얼마나 맘껏 경박하게 굴 수 있는지, 그 사람과 같이 있다는 이유만으로 내가 점잖은 사람으로 비치기가 얼마나 쉬운지를 알게 되었다. 어떤 면에서 그건 내가 가장 덜 좋아한 닉의 특성이어서, 실제로 그의 잘못에서 비롯된 일들보다 더 못마땅했다. 닉과 함께 가면 어디에서든 수월했다. 새로운 백인을 만날 때마다 머릿속에서 웅성거리던 나도 사람이라는 걸 저들은 알까, 라는 질문이 그와 함께 있으면 조금은 잠잠해졌다. 답을 확실히 알아서가 아니라 닉이 있으면 다른 사람들이 적어도 시늉은 한다는 걸 알아서였다.

그는 역사학과가 아니라 정치학과 교수였지만, 나는 대학원에 들어간 첫해에 교차 수강 가능한 과목 중에서 닉의 강의를 들었다. 하지만 우리의 연애는 다음 가을이 되어서야 시작되었다. 닉과 나는 칵테일파티에서 한쪽 구석에 모인 사람들 사이에 끼어 있었는데, 술에 취한 나이든 교수 한 명이 자기는 정치적 올바름을 딱히 싫어하진 않지만 때로는 유머가, 혹은 특정한 종류의 논평을 할 수 있던 때가 그립다면서, 언젠가 자기가 악의 없는 농담을 했더니 학부생들이 인종차별이라고 불평하더라고 했다. 나는 그 사람이 이어서 그 농담을 말할까봐, 그래서 내가 누가 웃고 누가 웃지 않는지 알게 될까봐 깜짝 놀라서 쾌활한 목소리로 끼어들어, 때로는 나도 내가 가장 웃기다고 생각하는 농담이 다른 사람들을 불쾌하게 할까봐 걱정스럽다고 말했다, 예를 들면 이런 농담이라고. 백인 남자 하나가 방으로 들어옵니다. 모두가 농담의 결정적 구절이 나오기를 기다릴 때, 나는 그 방에서 나와 현관을 향해 걸어갔다. 그게 다예요, 나는 뒤를 향해 외쳤다. 그게 농담의 전부라고요. 다른 모든 건 사라져버려요.

닉이 몇 분 뒤 밖으로 나와 내 옆에 섰다. 내 어깨에 손을 올리고는 위로라기엔 다소 세게 꽉 쥐었다.

"저 사람이 그 농담을 말해버렸다면 내가 한마디했을 거예요." 닉이 말했다.

"정말로 그러셨을지 우리가 알 필요 없게 되었으니 다행이지 않아요?" 나는 말했다. 우리는 담배 한 개비를 나눠 피운 뒤 함께 그곳에서 나왔고 그뒤로 이 년 동안 간간이 함께 지냈다. 그러다 다시 혼자가 되었고, 아름답지만 음산한 오클레어의 겨울을 헤쳐나가며 그곳을 집처럼 느낄 수 있도록 날 환대해줄 사람과 장소를 찾으려 애쓰면서, 그동안 닉과 함께인 상태에 너무 익숙해진 나머지 새로운 장소에서 사람들이 나를 나로서 대하면 새삼스럽게 놀라게 된다는 것을 깨달았다. 성인이 된 후 가장 우울한 선거가 끝난 겨울이자 폴리스*에 대한 나의 믿음이 가장 낮아진 때였으며, 새로운 백인을 만날 때마다 내가 그들 각각을 얼마나 신뢰하는지 머릿속에서 비공식적 장부를 쓰기 시작한 때였다. 결과는 참담했다. 그들 중 대부분은 나를 해치는 사람을 용서할 거라는 판단이 들었고, 자기들 사이에서 살아가는 비백인 인간들의 생명과 정신보다는 노골적인 반인종주의적 목소리 때문에 크리스마스와 연말 성수기가 타격을 입고 치즈 안주 접시들이 쓰레기통으로 들어갈 일을 더 걱정할 거라는 판단이 들었기 때문이다. 물론 그런 말을 대놓고 할 순 없었다. 당시의 내 예의범절은 다시 갖춰진 지 얼마 되지 않아 변변찮은 수준이었는데도 말이다. 그전까지 나는 더 지독한 말을 해도 탈 나지 않게 막아주던 닉의 존재에 너무 길들어 있었다. 닉이 없으니 말을 조절하는 법을 다시 배워야 했다. DC에 돌아와서는 생일이나 가장 좋아하는 색깔을 기억하는 일 따위는 필요 없었던 몇몇 남자를 거쳐 대니얼에 이르렀고, 그들과 함께하기 위해서는 한 남자가 세상 속에서 움직이며 내딛는 모든 발걸음이 위협적으로 비치지 않도록 조심하는 모습을 보는 일, 본인의 몸에 대해, 누군가가 자신의 몸짓을 잘못 해석하는 상황에 대해

---

* 직접민주주의 정치를 실행한 고대 그리스의 도시 국가.

걱정하는 모습을 보는 일에 다시 익숙해져야 했다. 나와 피부색이 같은 남자애들에게만 마음을 주던 고등학교 시절을 다시 떠올려야 했다. 다른 사람들이 나를 무례하게 대하더라도 그들과 맞서 싸울 가치가 없다고, 그 싸움의 대가를 감당할 가치가 없다고 누누이 타일러야 했던 그때를. 내가 닉과 맺은 관계가 모든 면에서 착취적이었을 거라고만 생각하는 대니얼의 사고방식이 지겨웠다. 대니얼이 싫어했을 사람은 닉만이 아니라 그와 함께하던 시절의 나, 더 건방지고 더 무모하고 모든 걸 당연히 받아들이는 사람으로 변했던 나까지도 포함된다는 생각을 하면 밤에 잠이 오지 않았다. 아니 가끔 잠이 오지 않는 때가 있었다. 그러니까, 은유적 의미에서 잠이 오지 않았다는 말이다. 닉의 방에서, 그의 평상형 침대에 누워 지역 특산 퀼트 이불을 덮은 채로, 사실 나는 아주 푹 잤다.

아침을 먹으며 우리는 내가 이곳에 온 목적에 대해서는 언급을 피했다. 나는 전날 밤에도 자세한 이야기를 거의 해주지 않았다―국가 기밀이라고 주장하면서, 몇 년 전에 그가 내 직업을 두고 한 모욕적인 말들을 거듭 일깨워주었다. "내가 여기 온 이유를 말해도 당신은 흥미 없을 거야." 수수께끼만큼 그의 흥미를 자극하는 건 없다는 사실을 잘 알면서도 나는 그렇게 말했다. 그가 차린 아침 식탁에 앉아 이 지역에서 만든 요거트와 그래놀라를 먹은 뒤 나는 고집을 꺾고 사건의 배경을 설명했다.

닉이 함께 가서 소도시의 낯선 사람들에게서 환대를 끌어내는 마법을 발휘해주기를 바라기도 했고, 또 한편으로는 그 상황에 대한 다른 시각을 얻고 싶은 마음도 있었을 것이다.

아직 내가 렌터카를 수령하기 전이라 닉은 자기가 체리밀까지 차로 데려다주겠다고 했다. 차 안에서 닉은 그 지역의 매력적인 볼거리에 대해 관광청의 공식 홍보 문구 같은 설명을 쏟아냈다. 분명 매력적인 곳일 거라고 나도 확신했지만, 중서부 북쪽에 오면 나는 침울해졌다. 사람들을 대할 때면 마치 배운 적 없는 언어로, 나 자신을 제대로 이해시킬 수 없는 언어로 말하라는 요구를 받는 느낌이 들었다. 그곳에서 살던 시절에, 생수를 더 싸게 사려면 어디로 가야 하는지, 어느 가게가 할인 행사를 하고 있는지 등에 대해 낯선 사람들이 강압에 가까운 충고를 하면 그것이 상대를 멋대로 판단하거나 주제넘게 굴려는 의도가 아니라 단순히 친절을 베풀려는 것임을, 내가 친절이라고 느끼든 말든 그런 행동은 친절로 간주된다는 것을 여러 달이 지나서야 알아차렸다. 게다가 사소한 잡담들로만 가득한 길고 지리멸렬한 대화, 내게는 진정한 인간적 교류로 들어서기 위한 짧은 서두쯤으로 여겨지는 그런 대화가 진실한 논의로 이어지거나 그 자체로 솔직한 감정의 표현이 되는 일은 일어나지 않고 다시 처음으로 돌아가 계속 순환할 뿐이라는 사실을 이해하기까지는 더 많은 시간이 걸렸다. 언젠가 공공역사연구소에서 미네소타 출신 동료의 기분을 상하게 한 일이 있었다. 이 지역에 연쇄살인범이 그리도 많다는 사실이 놀랄 일도 아니라며, 소문이나 노골적인 갈등이 그토록 배척되는 공동체는 그런 끔찍한 사람을 배출하기에 최적의 환경이라고 말하는 바람에 그렇게 되었다. 다음날 정정 스티커가 내 책상에 붙어 있었고, 거기에는 연쇄살인범이 가장 많이 나온 주는 캘리포니아이며 플로리다가 그 뒤를 바짝 추격하고 있다고 적혀 있었다.

역사 기록만 보자면 체리밀에서는 연쇄살인범이 나온 적이 없었다. 정말로 체리를 재배하는 지방은 훨씬 더 북쪽에 있는 도어 카운티였다. 이 지역에서 닉과 함께 살던 그 여름에 둘이서 차로 거기에 간 적이 있었는데, 나는 체리를 좋아하지 않고 호수를 보면 마음이 편하지 않은데도 그곳이 목가적이라는 사실만은 인정할 수밖에 없었다. 폭스리버밸리에 있는 체리밀은 북쪽으로는 통조림 공장을, 양옆에는 제지 공장을 하나씩 두고 있었다. 위너베이고호수와 꽤 가까워서 휴가철이 되면 교통량이 증가했지만 대부분 근처에서 찾아온 단거리 여행자들의 차였다. 그래도 나는 두 블록에 걸쳐 형성된 시내의 상점가에 흐르는 흥겨운 호객의 분위기에서 여름의 DC를 이루는 활력 비슷한 것, 무엇을 위해 왔든 그것을 찾았다고 믿고 싶은 사람들을 위해 도처에서 연기를 하고 돈을 버는 바가지 관광지 특유의 절박한 언어를 알아보았다.

우리가 찾는 사탕 가게, 한때 조사이아의 소유였던 땅에 세워진 그 가게는 붉은 벽돌 건물이었는데 일부 벽돌을 환한 원색 페인트로 군데군데 칠해 지그재그 모양을 이루도록 외관을 장식해놓았다. 슈거밀이라는 상호가 쓰인 차양과 함께 막대사탕과 캔디애플* 모양의 거대한 구조물이 상점을 광고했고, 창문에 붙은 손글씨 표지판은 할인중인 수제 체리 태피나 브랜디 퍼지의 구매를 권했다. 창문 안쪽으로 바둑판 무늬 바닥과 목제 진열대가 보였다. 나는 향수를 자극하는 것들을 대체로 불신했다―기록 속의 과거를 사랑했지만 내 실제 육신으로 찾아가고 싶은 과거의 특정 시대는 없었다. 내 육신이 최소한의 권리와 보호를 누리는 현재가 훨씬 나았으니까. 조사이아가 처음으로 이곳을 눈에 담았을 때 이 블록은 어떤 모습이었을지, 이곳의 어떤 면이 감응을 일으켰을지 생각해보았다.

내가 이곳에 와서 보려 한 표지판은 닉이 차를 세운 좁은 주차장을 향해 걸려 있었다. 눈에 잘 띄지 않아서 일부러 찾지 않으면 그냥 지나치기 쉬웠으며, 관련 서류에 따르면 1990년대에 처음 표지판을 설치할 때부터 그 점은 논쟁거리였다. 상점 주인은 그 건물에 표지판이 걸리는 건 괜찮지만 아이들이 사탕을 사러 와서 맨 처음 보는 게 그 표지판이기를 바라는 사람은 없을 거라고 주장하여 배치 논쟁에서 승리했다. 제너비브의 새 표지판은 황동빛이 더 선명했으나 위치는 원래대로 주차장 쪽 건물 측면이었다.

1937년, 아프리카계 미국인 상점 주인 조사이아 윈즐로는 체리밀을 백인만의 거주지로 유지하려던 폭도들이 원래 이 자리에 있던 건

---

* 사과에 설탕 시럽을 입혀 굳힌 디저트.

물에 불을 질렀을 때 건물 안에 있다가 살해당했다. 특정 시기에 이러한 폭력은 전국적으로 빈번히 발생했으며 당시 위스콘신에는, 애초에 아프리카계 미국인 주민의 수가 극도로 적었다는 사실도 부분적인 원인으로 작용하여, 공식적 인종 제한 규약이 거의 없었지만, 인종적 제한과 '일몰 도시'의 경계는 폭력이나 위협을 통해 비공식적으로 강제되는 경우가 많았다. 이 상점의 방화와 조사이아 윈즐로의 살해에 관여한 주민들 중 다수가 이 범죄에 책임이 있음을 공공연히 자랑하고 다녔으나 기소되거나 어떤 식으로든 처벌을 받은 적이 없다. 관여자로 알려진 사람들의 이름은 구나 웨스트, 앤더슨 피카우스키, 진 노먼, 로널드 번치, 에드 슈워츠, 피터 디트리, 그리고 조지와 엘라 메이 슈밋이다. 살인 사건 이후 조지 슈밋은 이 토지를 손에 넣었고 1959년에 매각해 수익을 올렸다.

나는 서류철을 확인했다. 원본 표지판도 서두는 비슷하지만 제너비브의 표지판에 관여자의 이름들이 나오는 대목에서 원본은 다음과 같은 마지막 문장으로 마무리되었다. 오늘날 체리밀은 모든 이들을 친구와 손님으로 환대하며, 과거의 교훈을 기쁘게 마음에 새기고 있다.

상점 앞쪽으로 가자 한 여자가 창문 앞에 서서 폐점 간판을 개점으로 뒤집고 있었다. 여자의 온몸은 다양한 붉은 색조의 콜라주였는데, 입술은 캔디애플 색깔이고 머리카락은 석류즙 색깔이며 원피스는 빛바랜 암적색에다 주근깨가 난 피부는 햇볕에 그을린 분홍색이었다. 여자가 손을 흔들었다.

"어서 오세요." 여자가 말했다. "가게문 열었으니까 단것 좋아하시면 오세요."

"가게가 정말로 근사해요." 나는 말했다. "하지만 불행히도 오늘 전 설탕보단 카페인이 필요하고, 쾌락보단 업무가 먼저네요."

"업무라고요? 좀전에 들르신 젊은 여자분과 함께 오신 건가요? 몇 달 전에 한바탕 난리를 일으키신 그분요?"

"어떤 여자분이요?" 나는 억지 미소를 지으며 물었지만, 제너비브를 묘사하는 말을 듣기도 전에 이미 답을 알고 있었다.

제너비브는 커피숍 창가에 앉아 조간신문을 읽고 있었다. 마지막으로 보았을 때보다 머리를 살짝 더 길러서, 이제는 곱슬머리가 얼굴 주위로 후광처럼 퍼졌다. 여느 때처럼 잘 정돈된 모습이었고, 다른 사람들을 몽땅 태워버릴 것만 같은 열기도 제너비브를 더욱 빛나게 할 뿐이었다. 마치 태양과 연대하겠다는 듯 샛노란 원피스 차림이었다. 제너비브는 나를 보더니 신문을 내려놓고 눈썹을 치켰다. 나는 닉에게 딴 데 가 있으라고, 제너비브는 나 혼자서 해결하겠다고 말했다. 닉은 그저 근처를 오가며 서성이기로 한 것인지, 내가 커피를 받아 제너비브의 자리에 앉는 동안 그의 모습이 계속 창밖에 언뜻언뜻 비쳤다.

"네가 온다는 말은 들었어." 제너비브가 말했다.

"여기서 뭐하는 거야?" 나는 물었다.

"시간이 좀 남아서. 이번달엔 전남편이 옥타비아를 데리고 있거든."

"여유 시간에 왜 이런 일을 하는데?"

"최근에 내가 직장을 잃은 건 기억할 거야. 하지만 공공역사 연구소도 학계도 역사 기록에 대한 독점권을 가지고 있지는 않으니 내가 직업까지 잃었다고 볼 필요는 없지. 프로젝트 본부의 작은 새가 여기서 재미있는 일이 일어날 거라고 귀띔해주길래, 내가 이 건에 관해 긴 기사를 하나 써보겠다고 언론에 제안했어."

"이젠 기자가 된 거니?"

"난 이야기꾼이야, 어떤 매체든 가리지 않지. 서부 해안 지역이 여러모로 싫기는 한데, 방송계 사람이 득시글거린다는 점은 맘에 들어. 그 사람들 중 하나가 내가 좀 시끌시끌하게 화제를 모을 수 있다면 아직 내게도 어울리는 시장이 있을 거라고 생각하나봐. '제너비브 존슨과 함께 역사를 파헤친다.'" 제너비브는 양손을 활짝 펼쳐 당장 방송에 나와도 손색없을 얼굴 주위에 테두리를 만들었다. "그래서 왔지. 이렇게 너도 왔고. 벌써 시끌시끌하네. 커피 마셔. 나쁘진 않아, 위스콘신치고는."

"왜 나쁘겠니? 여기나 저기나 다 똑같은 원두를 항공편으로 받는데." 내가 말했다.

"와. 벌써 중서부 북쪽 지방의 착한 백인들을 방어하는구나. 내 고약한 표지판을 내리고 나면 그들은 더욱더 착한 사람이 된 느낌이 들겠지."

"난 주민들이 네 표지판을 불편해해서 그걸 내리려고 여기 온 게 아니야." 나는 말했다.

"오, 다행이다. 내가 없어진 뒤로 너도 마침내 무언가를 위해 맞서기로 마음먹은 거니? 그럼 여긴 왜 온 거야?"

"지니. 이건 내 직업이야. 네가 오기 전부터, 그리고 너보다 더 오랫동안 이 일을 했어. 그냥 내 일을 하게 해줘. 그리고 연구소 사람에게 연락해 뒷소문을 들으려거든 다음엔 이야기 전체를 들어."

"내 이름은 아직도 제너비브야. 이봐, 캐시. 다른 세상에서라면, 난 네가 맡은 어떤 일의 경과가 궁금할 때 네게 전화할 수도 있었을 거야."

나는 머리에 처음 떠오르는 유치한 말로 대꾸하려는 충동에 따라 입을 벌렸지만—네가 나한테 전화하지 못하는 게 누구 잘못인데?—그 말을 하기 직전, 그건 내 잘못일 수도 있다는 사실을 기억했다.

"네 도움은 필요 없어." 나는 말했다 "간단한 사실관계 확인만으로 끝날 수도 있는 문제야. 그렇지 않더라도 네가 있어서 문제가 더 쉬워지진 않아. 간단히 풀려버리는 역사 수수께끼 같은 건 TV 리얼리티 프로그램에서 먹힐 만한 소재는 아닐걸. 정말로 그걸 위해서 이러는 거야?"

"항상 그랬듯이 난 진실을 위해 이러는 거야. 그리고 더 그럴듯한 이유를 알고 싶다면, 내 양육권 소송을 위해서이기도 해. 제임스가 주 양육권을 원하는데 안정된 소득이 없으면 맞서 싸우기가 힘들어. 그래서 LA에 발이 묶인 채 격주 주말만 기다리면서 내 딸에게 티아라를 씌우고 싶어 안달하는 미인대회 우승자 출신 약혼녀와 전남편이 함께 딸을 키우는 꼴을 보고 싶지 않으면 빨리 수를 내야 한다고."

"너도 티아라를 쓰고 자랐어. 나도 거기 있었잖아, 기억나?"

"캐시, 네가 뭘 기억하고 뭘 기억하지 못하는지 내가 함부로 말할 순 없겠지."

결혼식 때도 티아라를 쓰지 않았느냐고 따지고 싶었지만 물론 난 결혼식에 가지 않았으므로 실제로 기억하는 건 아니었다. 티아라는 사진에서 봤을 뿐이었다. 야박한 기분이 들 때는 지니나 제너비브나 그다지 다르지 않다는 생각을 굳이 억누르지 않았다. 내가 어린 시절부터 봐온 한 여자의 두 버전 모두 다른 무엇보다 자신에게 관심이 집중되기를 원했다. 그러다 내가 마지막으로 보았을 때 엄마와 한시도 떨어지지 않으려 하는 아이였던 옥타비아를 생각했고, 다른 상황에서는 한 번도 들어본 적 없는 다정한 목소리로 딸에게, 그리고 딸에 대해 말하던 지니를 생각했다. 그러자 제너비브가 고작 가식이나 떨자고 지금껏 치른 것보다 더한 대가를 치르려 한다고 넘겨짚는 나 자신이 잔인하게 느껴졌다. 근래에 어떤 사람으로 변했든 제너비브는 자신에 대한 확고한 믿음이 있었다.

종소리와 함께 앞문이 열리면서 앤디 디트리일 거라 추측되는 남자가 들어왔다. 본인이 미리 알려준 인상착의에 따른 추측이었는데, 그는 자기가 턱수염이 풍성한 덩치 큰 남자이며 밀워키 브루어스 야구팀의 모자를 쓰고 있을 거라고 했다. 그런 묘사에 들어맞는 남자라면 십여 명은 거뜬히 있을 거란 내 예상과는 달리 이날 아침 커피숍에 그런 사람은 단 한 명뿐이었다. 남자는 억세게 악수하며 자신을 소개했다. 나는 제너비브를 그냥 제너비브라고 소개했고, 제너비브는 앤디가 누군지, 왜 나를 만나러 왔는지 모르면서도 공식적인 분위기를 풍기는 노트와 펜을 꺼내더니 자신도 그를 기다리고 있었다는 듯 몸을 앞으로 기울였다.

나는 내가 누구를 상대하고 있는지—이 문제에 관심이 많은 정직한 시민, 혹은 대중에 공개된 수치스러운 명단에서 조부를 빼낼 구멍을 찾는 남자—더 잘 알기 위해 앤디를 직접 만나고 싶었다. 앤디가 말을 시작하자, 호감 가는 사람이라는 생각이 들었다. 그는 연신 긴장한 웃음을 터뜨렸다. 자기가 농담을 해놓고 웃는, 혹은 전혀 우스운 대목이 아닌데도 부글부글 끓어오르는 그런 웃음. 하지만 조사이아 윈즐로에게 일어났을 수 있는 두 가지 버전의 사건 모두를 진심으로 끔찍하게 여기는 것 같았다.

"어린 시절에 이곳에서 자랄 때 난 덩치 큰 게이 아이였어요." 그가 말했다. "그렇다고 그 시절에 그 사람의 삶이 어땠을지, 혹은 심지어 그 시절에 나 같은 사람의 삶이 어땠을지 안다고 말하는 건 아니지만, 모든 사람이 한패가 되어 내가 없어지기를 바랄 때 어떤 기분인지는 좀 알죠, 무슨 말인지 아시죠?"

앤디의 이야기는 이미 대부분 자료에 있는 내용이었다. 기념 표지판에서 할아버지 이름을 봤을 때 그는 무슨 일인가 해야겠다고 마음먹었다. 현재 술집을 운영하며 번듯이 생계를 꾸리고 있는 그는 조사이아의 가까운 친족을 찾아 사과를 하거나 약소한 보상이라도 해줄 수 있을지 알고 싶었다. 어떤 기록을 보더라도 조사이아는 체리밀에 왔을 때 결혼 전이었고 자식도 없었지만, 앤디는 그에게 형제자매나 사촌이나 누구든 있지 않았을까 생각했다. 누군가가 그의 부고를 내지 않았는가. 앤디는 아마추어 계보학자인 친구에게 연락해 인구동태기록부터 뒤지기 시작했고 거기에서 수수께끼를 맞닥뜨렸다. 1937년 위스콘신에 등록된 조사이아 윈즐로의 사망증명서에는 최근친이 기록되어 있지 않으나, 커노샤*에 사는 한 여자의 1950년 혼인증명서를 보면 신부의 아버지가 조사이아 같은데 확신하기는 어려웠다―1937년에 조사이아에겐 아직 사회보장번호가 없었다. 앤디는 계속 파헤쳤고, 커노샤에 사는 여자의 어머니와 조사이아의 일리노이주 혼인증명서를, 그다음에는 조사이아가 1984년에 시카고에서 죽었다고 기록된 일리노이주의 사망증명서를 찾아냈다. 조사이아의 아내도 수년 전에 이미 죽었지만 커노샤에서 결혼한 딸은 여전히 그곳에서 딸 하나, 손주 둘과 함께 살고 있었다. 나는 그날 오후 그렇게 앤디가 찾아낸 친척들과 만나 대화를 나눌 예정이었다. 그들은 앤디에게 조사이아가 위스콘신에서 곤경을 겪다가 주 밖으로 쫓겨나긴 했으나 살아서 나온 것만은 확실하다고 말했다. 앤디가 두 손을 휙 들어올렸다.

---

* 위스콘신주 동남부의 도시.

"그러니 수수께끼죠." 그가 말했다. "그들이 조사이아를 죽이려 하지 않았다는 말은 아니지만, 성공하지는 못한 것 같아요."

나는 서류철에서 방화범들의 사진을 꺼냈다.

"이 사건에 책임이 있는 사람들과 관련해 내게 해줄 수 있는 말이 있나요?" 나는 물었다. "이 사진 속에 있는 사람들과 관련해 알면 도움이 될 만한 정보가 뭐든 있을까요?"

"나로선 떠올릴 수 있는 게 별로 없네요. 사진 속 사람들은 물론 다들 죽은 지 오래되었죠. 그 아기만 빼고요. 근데 그 아기도 이미 아흔 살 가까이 됐을걸요. 사진 속 사람들과 어떻게든 관련된 사람이 이 도시에 아직 열 명쯤은 있을 거예요. 나. 저기 계산대 뒤의 수전. 수전의 어머니—그분이 사진 속 아기예요. 수전의 바보 조카. 피카우스키의 손주 둘. 그리고 로널드 번치의 아들, 하지만 이 사람은 가정 요양중인데 재택 간호사를 통과하려면 운이 꽤 좋아야 할 거예요."

앤디가 다시 그 긴장한 웃음을 터뜨렸다. 그러더니 숙였던 몸을 세우고 테이블 가장자리를 움켜잡았다. 나는 둥근 얼굴에 머리가 희끗희끗한 수전을 바라보았다. 수전은 웃으며 나를 맞이했고, 커피는 빈속에 마시면 안 된다면서 머핀을 그냥 주겠다고 했으며, 내가 정말로 아침을 이미 먹었다고 맹세한 뒤에야 머핀 없이 가게 해주었다. "대개는 나쁜 사람들이 아니에요." 앤디가 말했다. "하지만 그때 일을 잘 얘기하지 않고, 아마 내가 그 일을 들추는 걸 달가워하지 않을 거예요. 이미 기록에 있는 것

외에 뭔가를 안다 해도 확실히 내겐 말하지 않았어요."

앤디는 다시 몸을 앞으로 기울이고 더 무슨 말인가를 하려다가, 말문이 막힌 듯 자리에서 일어나 가보겠다고 인사했다. 그는 자기 술집에 들르면 맥주를 한잔 대접하겠다고 말했다. 나는 고맙다고 인사한 뒤, 바깥의 햇빛 속으로 걸어나가 손바닥으로 눈을 가리는 그를 지켜보았다.

"나쁜 사람들이 아니다." 앤디가 떠난 뒤 제너비브가 말했다. "백인은 도대체 무슨 짓을 저질러야 저런 선의의 해석이라는 혜택을 박탈당할까? 도대체 얼마나 많은 수의 살인을 은폐해야 할까?"

"한 여섯 명쯤? 하지만 여기에선 살해당한 사람이 한 명도 없는지도 몰라."

"다음엔 조사이아의 가족과 면담할 거니?"

"내가 다음에 뭘 하든 너랑은 상관없어. 이건 네가 맡은 일이 아니잖아. 애초에 네가 여기에 있는 것 자체가 적절하지 않아. 진정해. 그리고 브런치를 먹어. 난 내 일을 하게 두고."

"애초에 내가 어쩌다 여기 오게 되었는지 아니? 지금 말고 완전히 처음에 말이야. 오랜만에 옛 동료를 만나러 매디슨에 갔었어. 둘이 함께 브런치를 먹었지. 아기자기한 식당이었어. 햇살이 환한 창문, 빨간 체크무늬 테이블보, 칵테일과 무알코올 음료, 다양한 비건 메뉴가 포함된 가정식 아침식사 등등. 테이블보만 독특한 게 아니라, 온통 어디서 쓸어모았는지 모를 오래된 사진과 엽서로 실내를 장식해놓은 곳이었지. 백인들이 자기들 역사를 얼마나 사랑하니, 비록 진실이 드러나기 전까지만이긴 해도. 어쨌든 그 예쁜 체크무늬 테이블 앞에 앉아서 바질 미모사 칵테일을 마시며 내 볼일에 집중하고 있는데 테이블 유리 밑으로 이 사진이 보이는 거야. 네가 지금 보고 있는 그 웃는 얼굴들. 그런데 타버린 건물, 그게 좀 이상한 거지. 그래서 나는 유리 밑에서 사진을 꺼내고, 불과 정화와 체리밀 운운하는 그 글을 읽다가, 이건 좀 문제가 있구나, 하고 생각해. 그런데 이게 좀 사소한 뉴스라, 무수히 죽은 사람들 가운데 하나일 뿐이니까, 처음엔 휴대전화로 검색해도 별로 나오는 게 없는 거야. 그래서 기록 보관소를 뒤지다가 1990년대에 일어난 논란을 알게 되는데, 내가 찾는 정보가 그나마 남아 있는 건 그 당시에 누군가가 개인적으로 조사를 했기 때문이야. 그리고 그 자료엔 당시 마을 사람들 모두가 무슨 일이 일어났는지 알았으며 일 년이 지난 뒤 그 개자식들이 사진을 찍고 서명까지 남겼다는 증거도 함께 있는 거지. 자기가 브런치를 즐기는 사람이라고 생각했는데 실은 사냥의 전리품이었다는 사실을 깨닫는 일이 그다지도 쉬운 거야. 그러니 네가 기다리라면 기다릴게. 하지만 내가 필요하면 돌아와, 좋든 싫든 언제나 우리에겐 우리밖에 없으니까."

"넌 지금까지도 내가 조심하는 법을 모른다고 생각해?" 나는 물었다.

"넌 조심하는 법을 알아. 옳은 일을 하는 법도 알지. 하지만 둘 다 하는 법은 몰라." 제너비브가 말했다.

"너도 마찬가지야." 나는 말했다. "둘 다 하는 건 불가능해."

"머릿수라도 많으면 좋잖아." 제너비브가 말했다.

제너비브에게 이건 언쟁이 아니며 사실 우리의 논의는 종결되었다는 뜻을 가장 단호히 전달할 방법을 찾고 있는데, 창밖이 소란스러워 내다보니 극성스럽게 손짓을 하고 있는 닉이 보였다. 나는 그에게 들어오라고 손을 흔들었다. 닉은 블록 끝에 있는 중고 책방에 갔다가 다시 나와보니 근처에서 소동이 일어났다고 했다. 우리도 가서 좀 봐야 할 것 같다고 말했다. 그가 설명하는 동안, 계산대 앞 수전의 휴대전화가 땅 하고 울렸다. 수전은 곧 돌아옵니다, 라고 적힌 나무 표지판을 금전등록기 옆에다 세운 뒤 무슨 일인지 보려고 밖으로 나갔다. 우리도 뒤따라 나가 사탕 가게와 닉의 차를 세워둔 주차장이 있는 쪽으로 되돌아갔다. 더욱 거세진 햇살 때문에, 나는 다들 보고 있는 그 광경을 보기도 전에 그 자리에 붙박인 느낌이 들었다.

멀쩡한 표지판을 본 게 불과 한 시간도 되지 않은 것 같은데, 이제 그 자리는 빨간 스프레이 페인트로 그린 커다란 가위표로 덮였고, 그 옆에 우리가 널 지워버리겠다, 라고 쓰고 밑줄까지 친 문장이 있었다. 낙서 아래쪽에는 우둘투둘한 대문자로 '백색 정의'라고 쓴 좀더 작고 양식화된 서명이 있었으며, 글자 옆에는 '자유로운 미국인들'의 상징인 엘크 문양이 거의 사람 크기만하게, 똑같이 매서운 빨간색으로 그려져 있었다. 그 장관이 가게 측면 벽을 대부분 뒤덮었다.

아까 사탕 가게에서 만난 여자가 작은 한 무리의 사람들 앞에서서 담배를 피우며 고개를 설레설레 저었다. 가까이에서 보니

킴이라고 쓰인 이름표를 달고 있었다. 수전이 그 옆으로 가서
불을 빌렸다.

"멍청한 아이." 담배를 한 모금 빨아들인 뒤 수전이 말했다.

"누가 이랬는지 아세요?" 내가 물었다.

"그게, 내가 본 건 아닌데, 나도 손님처럼 실내에 있었으니까
요, 하지만 추측할 필요조차 없어요." 수전이 말했다. "뭐 이젠
아이도 아니죠—스물일곱이니까. 하지만 정신머리로 따지면
지금껏 십 년 넘게 열여섯 살이었다고, 우리 어머니라면 그리
말씀하실 거예요. '자유로운 미국인들'이라고 들어봤어요?"

"불행히도요."

"음, 지금은 단체가 처음 생겼을 때보다 그 사람들 할일이 더
없어요. 그래서 표지판이 걸렸을 때 길길이 날뛰며 가게 밖에서
시위하더라고요. 일곱 명이었는데, 빙글빙글 돌며 행진하는 꼬
락서니가 어찌나 멍청해 보이던지. 몇 년 전에는 인원수라도 많
아서 뭔가 거창해 보이기나 했지, 근데 지금은 아까도 말했듯이
기세가 다 죽었거든요. 그때 이후로는 표지판 얘기가 별로 안
들리던데, 그 패거리 외에도, 음, 그걸 달갑잖게 여긴 사람들이
있긴 했지만, 그래도 그들 말고는 이런 짓을 할 만큼 정말로 화
를 낸 사람은 없었어요. 그 패거리의 이 지역 책임자라고 자처
하는 녀석이 내 천치 조카랍니다. 진짜 이름은 체이스."

"조카라고요?"

"날 이상하게 보진 말아요. 그 아일 키운 건 내가 아니니까."

"하지만 엘라 메이가 그 남자 할머니였죠? 당신 할머니이기

도 했고요?"

"맞아요. 부디 편히 잠드셨기를. 난 첫번째 표지판이 걸릴 때까지만 해도 그 사진이나 가게에 대해 몰랐어요. 게다가 그땐 할머니가 돌아가신 뒤여서, 이걸 어떻게 받아들여야 할지 모르겠어요. 할머니가 내겐 다정하셨거든요. 체이스가 어렸을 때 돌아가셨으니까 지금 그애가 무슨 짓을 하고 다니든 할머니와는 관련이 없을 거예요. 가족의 평판 수호가 그애의 사명이었던 적은 없어요. 맨 처음 소년원에 들어갔을 때 이미 망가뜨린 셈이니까. 그애 아빠는―내 삼촌이죠―체이스가 어릴 때 죽었고 그전에도 대체로 옆에 없었어요. 그애 엄마는―음, 할 수 있는 만큼은 최선을 다했죠. 모자가 다 정치에 대한 주관이 강해서 우린 언쟁을 피하려고 대화를 잘 안 했어요. 한동안 우린 그애도 철이 들어 생각을 고쳐먹었겠지 싶었는데, 그럴 생각이 없는 모양이네요."

"그런 것 같네요." 나는 말했다.

"난 가게로 돌아가야겠어요." 수전이 말하며 다 피운 담배를 아스팔트에 짓이겨 불을 껐다.

"괜찮아?" 닉이 물었다.

"괜찮지." 충격을 받아 얼떨떨한데도 나는 반사적으로 그렇게 대답했다. 연구소에 전화해 결국 언론이 나설지도 모른다고 경고해야지 생각했지만, 내가 이미 일을 그르쳤다는 기분이 들었다. 내 잘못이 아님을 이성적으로는 알면서도 그랬다. 제너비브를 탓하고 싶어졌다. 이 사건이 논란거리이고 방송할 가치가 있다는 제너비브의 고집이 그 위험을 현실로 불러냈고 결국 정말로 뉴스감이 되었다고 상상하고 싶었다. 하지만 제너비브의 생각은 옳고 그게 잘못은 아니라는 사실 역시 알고 있었다.

"이 남자를 찾아봐야 할까?" 제너비브가 물었다. "경찰에 신고할 가치가 있다고 생각하니?" 나는 샛노란 선드레스를 입고 방송용 화장을 한 제너비브를 찬찬히 뜯어보았다. 웃음을 터뜨리고 싶었지만 제너비브는 더할 나위 없이 심각해 보였다. 이 일이 이제 우리의 합동 과제가 되었을 뿐만 아니라 범죄 소탕까지 그 과제의 일부라고 생각하는 듯이.

"난 본인을 백색 정의라 지칭하는 악당을 추적할 생각이 없어. 자칭 백색 정의라는 자가 지랄하고 다니게 놔두든 말든 그건 이 도시가 알아서 하겠지." 나는 말했다. "낙서는 경찰이 조사할 테고 나는 표지판에 기술된 사실을 조사할 거야."

나는 손가락으로 관자놀이를 누르고 눈을 감았다. 다시 눈을 떴을 때 군중은 줄어들었지만 낙서는 여전히 폭력적이고 축축한 상태로 눈앞에 있었다. 제너비브에게 신경질을 부린 게 마음에 걸렸다. 제너비브의 눈가에 아이라이너가 번진 걸 보니 이 소동을 바라보며 눈물을 참느라 눈을 깜빡인 모양이었다. 제너비브가 절박해 보인다고 생각하는 일이 내겐 익숙하지 않았다. 이 친구가 언론의 관심을 끌려고 애쓴다며 내가 함부로 재단할 수 있는 것은 여기에서 무슨 일이 생기든 나는 내 집 월세를 꼬박꼬박 낼 수 있음을 알기 때문이었다. 반면 제너비브는 나와 같은 입장이라 할 수 없었고, 그게 내 잘못은 아니었지만 이 상황에서 내가 맡은 역할은 탐탁지 않았다. 나는 이곳에 온 진짜 이유를 제너비브에게 제대로 알려준 뒤, 나는 미래가 아니라 과거를 추적하고 있다고, 그러니 네가 경찰을 기다리고 싶다면, 그래서 이야기의 이 부분―현재―에 집중하고 싶다면 나는 간섭하지 않겠다고 말했다. 그리고 뉴스 관련자들을 부를 생각이냐고 물었다. 내가 소장에게 경고라도 해줄 수 있기를 바라서였다. 제너비브는 멋쩍어했고, 그래서 아직은 아무도 부를 생각이 없다는 걸 깨달았다―당장은 본인이 이야기의 중심에 설 방도가 없으니 그 이야기를 기자에게 넘겨줄 이유가 없었다. 나는 얼핏 살아났던 연민을 거둬들였다.

나는 닉과 함께 그의 차로 걸어갔다. 차 옆에서 닉은 내게 팔을 두르고 이마를 맞대며 괜찮으냐고 물었다. 그 친밀함에 나는 화들짝 놀랐다. 그것은 동화 속 묘사처럼 짜릿한 전율이 아니라 충격이었다. 나는 두려웠고, 그 두려움이 우리가 나눈 목가적인 아침을 비난하며 내가 왜 여기에 왔는지, 왜 그를 떠났었는지 일깨웠다. 안전하다는 착각에 넘어가고 싶지 않기 때문이었다―닉 같은 사람과 함께, 이런 도시에서, 착한 백인의 군중 속에서 그러고 싶지는 않기 때문이었다. 나는 닉의 품에서 빠져나와 조수석으로 들어갔다.

"내가 같이 가줄까?" 닉이 운전석에 앉은 뒤 물었다. "이 남자가 주변에 있다는 게 마음에 안 들어. 분명히 아주 가까이에 있을 테고, 아까 우리를 봤을지도 몰라. 이 난장판은 너 보라고 벌인 짓일 거야. 지금은 내가 운전을 하고 네 렌터카는 나중에 찾으면 돼."

"그 사람이 날 따라오면 어떻게 할 건데? 지배자 인종의 규칙에 대해 잡담을 나누며 주의를 분산시키게?"

"이 남자가 위험한 사람인지 아닌지, 아는 게 좀 있어?"

"그냥 심심풀이로 인종 청소를 들먹이며 협박을 하는 무해한 백인우월주의자인지도 모르지." 나는 말했다.

"캐시." 닉이 말했다.

나는 그의 말을 막고 인터넷 검색을 통해 질문에 대한 답을 찾으려 했다. 핵심어들을 조합해 두세 번 시도한 결과 내 휴대전화에 그 괴물을 불러내는 데 성공했다. 백색 정의는 몇 년째 매주 동영상을 올려온 듯했다. 그 일에 쏟았을 시간을 고려하면 팔로어의 수는 적었지만 댓글과 공감 숫자를 보니 반응은 대체로 우호적이었다. 가장 인기 있는 동영상은 일 년 전쯤 제너비브의 표지판이 걸린 직후에 올린 것이었다. 나는 동영상을 재생했다. 백색 정의의 커다란 얼굴이 화면을 꽉 채웠다. 허둥대는 녹갈색 눈, 얼굴에 드문드문 난 수염, 따로 떼어 보면 매력적일 수도 있으나 전체적으로 조화를 이루지 못하는 이목구비. 목소리는 음량을 낮춰도 우렁우렁 울렸다. 영상이 갑자기 줌아웃됐다. 전화기 카메라를 다른 사람에게 건넨 것이었다. 그는 조금 전에 우리가 서 있던 표지판 앞에 서 있었는데, '자유로운 미국인들'의 상징인 스카프 넥타이를 매고 거기에 자신만의 특징인 듯한 중절모를 썼다. 똑같은 차림새를 한 사람들 십여 명이 가까이에 모여 있었다. 그는 표지판을 가리키며 한참 열변을 토했고 연설 중간중간에 환호성이 끼어들었다. "이것의 요점은 수치입니다!" 그가 이어 말했다. "백인의 수치입니다! 하지만 이 도시는 우리가 건설했습니다! 이 주를 우리가 건설했습니다! 이 나라 전체를 우리가 건설했습니다! 이자들은 아무것도 건설하지 않습니다! 이자들은 자신을 사랑하지 않습니다! 타인의 죽음에 그렇게 슬픔을 느낀다면 밀워키의 망자들을 위한 기념비는 어디에 있습니까? 시카고는 어떻습니까? 그들은 자기 아이들을 죽입니다! 그들은 자기 아이들을 사랑하지 않습니다! 그들은 우리를 미워하고 우리도 우리 자신을 미워하기를 바랍니다! 우리는 그렇지 않습니다! 우리는 자랑스럽습니다! 우리는 맞서 싸울 것입니다! 우리가 미래입니다!"

그 말에 군중이 합세했다. 그것은 '자유로운 미국인들'의 집회 구호 중 하나였다—우리가 미래다. 미국의 과거가 남긴 수치는 인종 청소나 테러의 역사가 아니라 그것이 아직도 완전한 효과를 내지 못했다는 사실이라고 쾌활하게 말하는 방법. 전에 들어본 적 없는 말이 아닌데도 마음이 동요했다. 어디에서나 들리는 말이니까, 너무나 끈질기게 들리는 말이니까. '자유로운 미국인들'의 존재와 자기들만이 미국인이라는 그들의 주장은 사실과 시간과 진보를 초월하니까, 길모퉁이만 돌면 언제나 그들이 있는 듯하니까, 그들은 전반적인 통찰력이 부족한 사람들인데도 째깍거리는 시계와 같은 그 질문만은, 나도 사람이라는 걸 저들은 알까?라는 그 질문만은 어떻게든 들을 수 있으니까, 그 질문에 '아니'라고 대답하며 희희낙락하니까, 그 질문에 대답하는 사람은 당연히 언제나 자기들이라고 여기니까.

*

조사이아 윈즐로의 가장 가까운 생존 자손인 로빈슨 가족은 러신과 커노샤 사이에 있는 쇼핑몰 맞은편의 소박한 중이층 목장식 주택*에 살았다. 차로 한 시간이 넘게 걸리는 길이었지만 도착하고 보니 약속 시간까지는 여전히 한 시간가량 남은 터라 나는 쇼핑몰 주차장에 렌터카를 세우고 차 안에서 기다리며 염가 상점의 진열창을 골똘히 바라보았다. 아침의 사건 때문에 좀 놀란 것뿐이라고 별일 아닌 척하려 안간힘을 썼지만, 두려움은 이제 완전히 자리를 잡았다. 차를 몰고 오는 내내 누군가가 나를 따라오지 않을까 걱정했고, 따라오더라도 어디에 연락해야 할지 모르며 도움을 청하더라도 받을 수 없을 거라고 생각했다. 내가 혼자라는 확신이 들자 긴장이 조용한 공포로 변하며, 광범위한 불안이 특정한 불안을 대체했다. 상점 창문의 샛노란 달러 표시를 계속 응시할수록 그것이 점점 나를 향해 둥둥 떠오르는 것만 같았다. 나는 염가 상점의 달러 표시와 그 옆에 있는 수표 환전소의 빨간색 전광판을 번갈아 쳐다보았다. 보는 각도를 달리하면 보였다 사라지기를 반복하는 삼차원 그래픽 속 이미지를 찾을 때처럼, 그 두 가지가 나란히 놓인 풍경 속에 내가 정말로

---

*한 건물 안에서 층이 반 층씩 엇갈린 형태로 지은, 옆으로 긴 단층 주택 양식.

찾고 있는 것이 나타나기라도 할 것처럼 그러고 있었다.

의지할 데 없이 붕 떠 있는 기분이 들자 내게 가장 안정감을 주는 사람에게 전화를 걸었다. 대니얼이 전화를 받지 않아 문자를 보냈다. 무사히 잘 왔다고, 생일을 망쳐서 미안하다고, 그리고 이곳의 어느 백인우월주의자 개새끼들이 내가 여기 온 걸 아는 것 같아서 조금 겁이 난다고. 대니얼에게 벽의 낙서 사진을 보냈다. 전화기는 울리지 않았다. 차 안에서 시트를 뒤로 젖혀 누운 채 울음이 나오기를 기다렸으나 감정이 거의 고갈된 느낌만 들었다.

두시에 마음을 가다듬고 차에서 내려, 전에는—윈즐로였던— 애들레이드—로빈슨 여사의 집 초인종을 눌렀다. 십대 소년이 현관으로 나왔다. 커다란 눈망울이 반짝거리고 미소가 부드러운 아이였다. 머리에는 둥근 두건을 쓰고, 운동복 셔츠에 1990년대 말 이후로는 현실에서 본 적 없는 브랜드의 청바지와 운동화를 착용하고 있었다. 문득 요즈음 십대 아이들 근처에 가면 느끼곤 하는 혼란스러운 기분이 들었다. 마치 그들이 내 유년기의 쇼핑몰에서 걸어나온 것처럼 보여서, 과거로부터 내게 말을 걸어오는 것 같아서였다. 아이는 자신을 앤서니라고 소개한 뒤 나를 거실로 안내했고, 거기에 있으니 호흡이 좀 차분해지는 느낌이 들었다. 전에 와본 적 있는 거실처럼 보였다. 가구는 꽃무늬와 가죽이 주종을 이루었고 전부 다 손뜨개 커버로 덮여 있었다. 벽 이곳저곳에 이 가족에 속한 모든 아이의 학교 사진이 점점이 걸려 있고, 한쪽 벽에는 가족 구성원들의 오래된 인물 사진이,

다른 한쪽 벽에는 이 가족의 흑인 구원자 삼 인—예수님, 마틴 루서 킹 주니어, 그리고 버락 오바마—의 사진이 액자에 걸려 있었다. 식탁 위에 버터 쿠키 깡통이 열린 채 놓여 있어서 안을 보니 안에 쿠키가 담겨 있고, 아직 바느질함으로 변신하지는 않은 듯했다. 열린 창가에 창문형 선풍기가 있었고 이들은 나를 선풍기 바람이 정면으로 불어오는 자리에 앉혔다. 앤서니가 나를 어머니 준과 할머니 애들레이드 여사에게 소개했다. 아버지도 이 집에 살지만 시내버스 기사로 일하는 직장에서 아직 퇴근하지 않았다. 준은 애들레이드 여사의 막내인 사십대 여성으로, 몇 시간 뒤면 잡역부로 일하는 병원에 출근할 예정이라서 벌써 담홍색 병원 근무복 차림이었다. 머리는 단순하게 뒤로 묶었지만 얼굴에서는 빛이 나고 눈화장이 흠잡을 데 없이 깔끔하며, 진한 분홍색 립스틱은 생기 없는 근무복 색깔을 사진 필터 효과를 입힌 것처럼 우아하게 살려냈다. 애들레이드 여사는 내가 아는 생년월일에 따르면 팔순 가까운 나이였으나 아주 정정했고, 평일 오후인데도 꽤 격식을 갖춘 옷차림이라 나를 위해 그런 건가 싶어 잠깐 대접받는 기분이 들었다. 내가 너무 폐를 끼쳤나 걱정스러웠지만 여사는 면담이 끝난 뒤 앤서니가 카지노에 데려다주었으면 해서 차려입은 거라고 털어놓았다. 앤서니가 일단 거절을 했는데도 여사는 포기할 생각이 없는 듯했다. 준이 아이스티를 내오겠다고 말하더니 내가 그럴 필요 없다고 해도 부엌으로 가지러 갔다. 잠시 담소를 나누고 있을 때 준이 차갑지만 벌써 물방울이 맺히기 시작한 유리잔을 들고 돌아왔다. 나무의자 하나를 골라 앉은 준이 의자를 앞으로 바짝 당겨 자기 어머니와 나 사이로 끼어들다시피 했다. 적의가 있어서가 아니라 어머니를 보살피려는 의도였다.

"조 할아버지는 돌아가신 지 이십 년 가까이 됐어요." 준이 말했다. "그러니 법집행 기관이 할아버지를 뒤쫓고 있다면 너무 굼떴다고 알려주세요."

나는 웃었다. "제가 여기 온 건 할아버님이 뭘 잘못하셔서가 아니에요. 돌아가신 시기에 관한 문제로 온 거죠."

"내가 그 나이로 보이진 않겠지만," 애들레이드 여사가 말했다. "난 1947년에 태어났고, 아버지는 우리 아버지가 되기 전에 위스콘신에서 쫓겨난 조사이아 윈즐로였어요. 그러니 거기에서 돌아가셨을 리는 없잖아요, 안 그래요? 자, 그걸 확인했으니 좀 물읍시다. 그 미친 백인 청년이 누굴 죽이기 전에 드디어 누군가 나서서 무슨 수를 쓸 거랍디까?"

"백인 청년이요?" 내가 물었다.

"무슨 표지판이니 체리밀이니, 그런 소리가 들리기도 전에 나한테 사악한 편지를 보내는 바보가 있었어요. 나를 별의별 이름으로 불러대더구먼. 하느님의 자녀라는 호칭만 빼고 말이오. 우리가 자기 가족 이름에 먹칠하게 놔두지 않겠다면서. 나는 도대체 뭔 소린지 알 수가 없었지. 앤서니가 또다른 어떤 남자랑 얘기를 하고 오기 전까지는 말이에요. 그사이 준이 그 편지 중 하나를 경찰서에 가져갔는데, 뭐, 경찰이 어떤지는 알잖아요? 그 녀석 엄마가 아들을 뭐라고 부르는지는 주님이 아시겠지만,

본인은 자기가 백색 정의라고 하데."

"아마 그 녀석 엄마는 아들을 체이스라고 부를 거예요." 내가 말했다. "전 만난 적 없고 만나고 싶지도 않지만, 오늘 아침에 그자가 기념 표지판을 스프레이 페인트로 훼손한 것 같아요. 그 사람, 얼마나 오래 어르신을 괴롭힌 거죠?"

그가 몇 달째 협박 편지를 보내고 있다고 준이 설명했다. 내가 편지를 좀 보자고 했더니 준은 앤서니에게 심부름을 시키면서 간 김에 가족의 기록 문서도 가져오라고 했다. 나는 추한 것들을 먼저 해치우고 싶어서 편지부터 보았다. 극도로 불쾌한 내용이었지만 완벽한 필체로 쓰여 있었다. 너무 단정해서 무서울 정도였다. 제아무리 미친 소리일지언정 초고를 미리 써본 게 분명한 편지, 언젠가 대중에 공개될 가능성을 기대할 때 쓸 법한 단정하고 잘 읽히는 편지였다. 현시대의 특징은 모든 이들이, 그중 최악의 부류라 해도, 다들 유명해지는 연습을 한다는 게 아닌가 싶었다. 내 권한을 벗어나는 일이긴 했지만, 그리고 연구소장이 경찰에 전화를 걸더라도 경찰이 신경을 쓰리라 믿을 이유도 없었지만 그래도 편지 사진을 찍었다. 다른 사람들에게 소용이 없다면 제너비브에게라도 보여줄 생각이었다. 준과 애들레이드 여사에게는, 도움이 될지는 모르겠지만 내가 돌아가 상사에게 후속 조치를 요청하겠다고 말했다.

편지 뒤에 본 가족의 문서 상자는 위안이었다. 일리노이주에서 발행한 조사이아의 사망증명서는 이미 본 것이었지만, 애들레이드 여사는 그 외에도 아주 오래된 가족 성경책을 꺼내 보여주었다. 여사가 조사이아의 생존 자녀 중 가장 맏이로서 현재 보관중인 유품이었다. 가족의 모든 구성원과 더불어 조사이아의 출생과 사망이 거기에 기록되어 있었다. 그는 네 자녀 중 둘째였다―형은 젊은 나이에 죽었고 남동생은 아흔 살까지 살았으며 여동생의 사망 연도는 기록되어 있지 않았다. 조사이아의 사진을 좀 볼 수 있겠느냐고 묻자 앤서니가 벽에 걸린 사진을 가져왔고 준은 앨범을 꺼내왔으며 애들레이드 여사는 상자 안을 뒤적거리다 사진 한 장을 찾아냈다. 벽에서 떼어낸 사진 속 조사이아는 나이가 더 들었지만 내가 서류철에서 본 사진 속 얼굴과 생김새가 같았다.

준은 앨범 속에서 그의 사진 십여 장을 찾아 가리켰다. 나는 조사이아가 1937년에 자신에게 주어진 죽음의 길에서 돌아와 결혼을 하고, 아내에게 푹 빠진 얼굴로 활짝 웃고, 취직한 공장의 제복을 입고, 무릎 위에 아기들을 앉히고, 자식들의 결혼식과 졸업식에서 장난스럽게 춤추고, 점점 나이들어가는 모습을 바라보았다. 하지만 조사를 종결해도 되겠다는 확신을 준 사진은 애들레이드 여사가 상자에서 꺼낸 것이었다. 그 사진은 의상과 배경의 포스터로 판단컨대 1920년대 말에 시카고의 사보이 무도장에서 찍은 것이었다. 조사이아는 머리를 롤러로 말아 세팅한 크림색 피부의 여자 어깨에 팔을 둘렀다. 둘 다 롤러스케이트를 신은 채 함박웃음을 짓고 있었는데, 춤을 춘 뒤의 즐겁고 숨가쁜 모습이었다. 나는 그 미소를 본 적이 있었다―그의 부고에 실린 사진에서, 문자 그대로 똑같은 미소를 보았다. 똑같은 밝은색 양복과 짙은 색 셔츠, 무늬가 있는 넥타이, 그리고 머리 위에 경쾌하고 삐딱하게 얹힌 모자를 보았다. 우리의 서류철에는 그 여자가 없었고 그가 앞으로 살아갈 수십 년의 세월에 대한 증거도 없었지만, 이 남자는 그 사람이 맞았다.

"이 문제는 저희가 바로잡겠습니다." 나는 내 휴대전화로 그 사진을 자세히 촬영한 뒤에 말했다. "바로잡고 나면 아마 표지판이 철거될 거고요, 그러면 바라건대 그 남자가 여러분을 더 괴롭히진 않을 거예요. 경찰이 따로 조치를 하지 않더라도요."

"경찰은 기대도 말아야죠." 준이 말했다.

"그냥 표지판을 수정해서 그 사람들이 할아버지 집에 불을 질렀고 할아버지는 도망쳤다고 쓰면 안 돼요?" 앤서니가 물었다. "그들이 집을 가로챈 건 사실이잖아요."

"물론 그렇죠." 나는 말했다. "하지만 우리가 내건 표지판도 원래 있던 걸 약간 수정했을 뿐이었어요. 우린 지금까지 그저 죽은 이들을 추모하는 문제만으로도 여러 도시와 알력을 겪었어요. 빼앗긴 땅이나 재산을 전부 표시하자고 들면 한 발짝도 나아갈 수 없을 거예요. 게다가 우리 연구소는 이미 설치된 기념물만 정정할 수 있고요. 미안해요."

"그래도 할아버지는 살아서 빠져나올 수라도 있었으니 우리가 지금 여기에 있는 거죠." 준이 말했다.

"그런데 그분이 애초에 이곳에서 무슨 일을 하고 계셨는지 혹시 아세요? 위스콘신에서?" 나는 물었다. "대공황 시기에 이곳엔 흑인 주민이나 흑인을 위한 일자리가 별로 없었잖아요. 그분은 왜 시카고를 떠나셨을까요?"

애들레이드 여사는 차를 한 모금 마시고 나서 등을 뒤로 기댔다. 나는 말을 듣기 위해 본능적으로 몸을 앞으로 수그렸다.

"당연히 난 그때 없었죠. 아버지도 그때 얘긴 별로 안 하셨고. 하지만 할머니는 가끔 얘기하셨어요. 할머니한텐 자식이 넷 있었어요. 아버지를 포함해 아들 셋, 그리고 중간에 미너바. 하지만 미너바는 늘 아기 대접을 받았죠. 사진 속에 아버지랑 같이 있는 그 사람이에요. 아버지는 미너바를 찾아서 위스콘신에 온 거예요."

내 공식적 업무는 이제 깔끔하게 마무리되어 내 답변을 들으면 심지어 제너비브라도 만족할 거라는 생각이 들었지만 거기서 멈출 수가 없었다. 호기심은 직업병이었다. 나는 왜 미너바를 찾아 나서야 하는 상황이 되었는지 물었다. 애들레이드 여사의 말에 따르면 미너바는 타고나기를 조바심이 많은 사람이었는데, 1910년에 미시시피에서 흑인 여자로 태어나면 그렇게 될 수밖에 없는 면도 있다고 했다. 그들 가족은 다 함께—조사이아, 미너바, 그들의 부모, 남자 형제 둘까지—시골의 소작농 생활을 청산하고 잭슨으로 갔다. 흑인들이 북부로 최초의 대이동을 한 뒤라 잭슨에서 일자리를 찾을 여지가 생긴 터였다. 그곳에서 지내다 우선 장남인 일라이자가 먼저 미시시피를 떠나 시카고로 가서 사정을 살피고 직장을 구해 기찻삯을 보내면 남은 가족이 합류하기로 했는데, 일라이자가 시카고로 갈 경비를 거의 다 모았을 때 당시 열여섯 살이던 미너바가 마룻장 밑에 넣어둔 커피 깡통에서 그 돈을 훔쳐 제가 모은 얼마 안 되는 돈과 합쳤다. 그 정도면 도시를 떠날 경비로는 충분했다. "자기가 너무 잘나서 작은 도시에 살 사람이 아니라고 생각한 거지." 애들레이드 여사의 표현이었다. 〈시카고 디펜더〉*를 읽어온 미너바는 시카고에 가면 부와 명성이 기다리고 있으리라고, 자기가 일라이자보다 더 일찍 다른 식구들을 부를 수 있을 거라고 확신했다. 미너바가 시카고에는 이미 옅은 피부색과 예쁜 얼굴, 고운 목소리와 풍만한 몸매를 지녀 모델이나 가수가 될 수 있으리라 기대한 시골 아가씨들이 넘쳐난다는 사실을 깨달았을 때, 특별히 자신만을 기다려온 사람은 아무도 없음을 깨달았을 때는 이미 시카고에 온 뒤였고 집으로 돌아갈 기찻삯은 없었다.

미너바는 일 년 가까이 하숙집 가정부로 일하며 자신이 청소에 끔찍하게 서투르다는 사실과 하숙생들이 치근덕대지 않게 하려면 주인 여자의 끊임없는 개입이 필요하다는 사실을 깨닫고 제 처지를 파악했다. 미너바가 청소 솜씨는 수준 미달이지만 꽃꽂이와 장식에는 소질이 있다고 생각한 주인 여자가 미너바를 흑인 소유의 꽃집에 소개해 점원으로 일하게 해주었다. 그 꽃집은 인근의 흑인 소유 장례식장과 제휴하여 대부분의 주문을 그곳에서 받았다. 예쁘고 매력적인 미너바는 슬픔에 빠진 유가족들을 상대로 영업 수완이 좋았고, 망자와 잠시 접촉하는 순간이나 비통한 분위기를 불편해하지 않으면서 일을 잘해냈다.

---

* 1905년에 창간한 아프리카계 미국인을 위한 신문.

꽃집 주인 가족은 미너바를 잘 대해주고 일을 많이 시키면서 봉급도 넉넉히 주었다.

일라이자는 다음 농사철에 다리가 부러져 결국 미시시피를 떠나지 못한 채 거기에서 결혼해 가족을 꾸렸고, 그래서 조사이아가 몇 년 뒤에 시카고로 갔다. 1928년에 그가 시카고에 갔을 때, 그 도시에서 살아가는 법을 가르친 사람은 미너바였다. 내가 본 사진 속에서 그의 옆에 있는 여자도 미너바, 성인이 되어서도 그에게서 웃음을 이끌어내는 여동생이었다. 사진이 찍힌 시기는 좋은 시절의 끝자락이었을 것이다. 1930년대 무렵에는 사보이 무도장에 갈 만한 돈도, 브라우니 카메라*도, 팔아서 현금화할 만한 그 어떤 물건도, 조가 돈을 벌 수 있는 일자리도 없었을 테니까—이제 그는 도시에 어울리는 이름을 썼으나 도시의 일자리는 더이상 없었다. 미너바는 한동안 잘 버텼다. 장례식이나 꽃 장식의 규모는 작아졌을지언정, 사람들은 더 가난해졌다고 해서 덜 죽는 건 아니며 죽음과 관련한 산업은 대공황을 비켜가는 듯했다. 하지만 두 사람이 생활하기에는 부족한 벌이였고, 그래서 조는 몇 년간 여러 도시의 직업사무소를 전전하며 일자리 전망을 따라 떠돌았다. 그동안 미너바에게서 소식을 듣지 못했지만 자신에게 일정한 거주지가 없어서 그렇다고 생각했다. 삼 년 뒤 조가 시카고에 다시 자리를 잡고 보니 꽃집은 파산했고 미너바는 사라졌으나 어디로 갔는지 아는 사람이 아무

---

* 1900년에 코닥사에서 출시한 스냅사진용 카메라.

도 없었다.

"그냥 사라졌다고요?" 나는 물었다.

"한동안은 그랬대요." 애들레이드 여사가 대답했다. "다시 가정부 일로 돌아갔다고 말하는 사람도 있고, 어떤 백인 남자랑 어울려 다니는 걸 봤다고 말하는 사람도 있었지만, 아버지가 돌아왔을 때는 그 남자도 온데간데없었대요. 조부모님이 드디어 시카고로 건너오셨을 때 미너바가 미시시피 집으로 보낸 편지를 가져왔는데, 거기엔 잘 있다고 쓰여 있었답니다. 몇 년이나 지난 편지였지만 누군가가 미너바에게서 받은 마지막 소식이었지요. 아버지는 편지에 찍힌 위스콘신 우편 소인을 봤고 그래서 적어도 어디로 가서 동생을 찾아야 하는지는 알게 된 거죠."

"그래서 찾으셨나요?"

"아버지 말로는 아니라던데. 하지만 할머니는 그 말을 믿지 않으셨던 것 같아요. 미너바는 어쨌거나 영영 돌아오지 않았어요. 당시엔 백인 남자가 흑인 아가씨한테 싫증나면 못할 짓이 없었겠지. 그런데 할머니 말을 들어보면 미너바는 남자가 제 몸에 손대는 걸 그냥 놔둘 수도 있지만 그 남자를 죽여버릴 수도 있는 사람 같았어요. 늘 더 큰 것을 바라보는 사람. 왜 그런 사람 있잖아요. 평범한 흑인 아가씨가 되어 남들 사는 대로 산다는 건 생각도 할 수 없는. 할머니는 늘 아버지가 미너바를 찾았다고 생각했어요. 미너바가 자기를 모른 척하라고, 집에 돌아가느니 추문이든 불운한 최후든 감당하겠다고 말했을 거라고 믿은 거지."

나는 사진 속 여자를 더 자세히 보았다. 겨우 십대를 벗어났을까 싶은 모습이었다. 웃느라 입이 벌어졌지만 눈빛은 매서웠다. 스케이트를 신은 채 기우뚱거린 사람이 누군지는 불확실하지만 사진 속에서 미너바와 조는 상대를 똑바로 세워줄 사람이 자기밖에 없다는 듯 서로를 붙들고 있었다.

"보여요?" 애들레이드 여사가 말했다. "문제 좀 일으키게 생겼지. 아까 말했듯이. 왜 그런 사람 있잖아요."

*

나는 김빠진 기분을 안고 로빈슨 가족의 집을 나섰다. 나의 일은 끝났으되 영원히 끝날 수 없다는 느낌, 이 일은 문헌 기록을 일관되게 수정하는 단순한 문제이면서 실질적으로 무언가를 바로잡는 건 불가능한 문제이기도 하다는 느낌이 들었다. 제너비브에게서 문자가 세 통 와 있었다. 처음 문자에서는 체리밀의 뒷소문을 쓸데없이 많이 들었는데도 백색 정의의 소재에 대해서는 아무것도 모른다고 했고, 다음 문자에서는 밤에 묵을 민박집에 안전하게 도착했으니 뭘 알아냈는지 말하고 싶다면 거기로 오라고 했으며, 마지막 문자에서는 사실상 두번째 말을 반복했는데 이상할 정도로 제너비브답지 않은 절박함이 묻어났다. "어서, 캐시." 문자는 말했다. "뭘 찾아내면 전화해줘. 난 이게 필요해." 닉도 문자 한 통을 보내, 주인과 서로 이름을 부를 정도로 잘 아는 작은 식당을 예약했으니 거기로 와서 함께 저녁을 먹지 않겠는지 물었다. 대니얼에게도 문자가 와 있어서 곧바로 전화를 걸었다. 대니얼은 걱정하고 있었고 우리는 싸우지 않은 사람들처럼 대화를 이어갔다. 나는 지금까지의 여행 과정을 간략히 설명하며 닉이 체리밀에 함께 왔다는 말까지 할 정도로 솔직했으나, 간밤에 어디에서 잤는지는 굳이 말하지 않았다. 제너비브나 표지판의 낙서, 로빈슨 가족의 얘기도 했고 머릿속을 떠나지 않는 의문도 털어놓았다. 조사이아가 확실히 살아 있다는 사실을 가족들이 알고 있는 상황에서 누가 굳이 위스콘신의 망해가는 흑인 신문에 글을 써서 사랑하는 조사이아가 죽었다고 알린 걸까?

"혹시 본인이 썼을까?" 나는 떠오르는 생각을 소리 내어 말했다. "자기가 죽었음을 증명해 다시 시작할 시간을 벌기 위해? 그 사건의 기록을 남기기 위해?"

"그 도시 밖으로 도망치려는 사람이 한참을 지체해가며 자기 부고를 쓴단 말이야? 또 자기를 가리켜 '사랑하는'이라고 말하고? 분별력보다 자만이 앞서는 사람 같진 않은데."

"그럼 더 나은 생각을 말해봐." 나는 말했다.

"여동생은 어때?"

"여동생이 왜? 그 사람이 어디에 있었는진 아무도 몰라."

"그렇다고 여동생도 오빠가 어디에 있는지 몰랐다는 뜻은 아니지."

"그럼 그 여자에게 무슨 일이 일어난 걸까?"

"캐시. 더이상 흑인으로 살기 싫은 흑인에게 어떤 일이 일어날까?"

　이젠 답이 분명해 보였다. 백인들에게 자신이 흑인임을 감추고 싶다면 가장 의심받지 않을 곳으로 가기 마련이다. 20세기 초에 밀워키의 한 흑인 변호사는 밀워키에 사는 백인 수백 명이 사실은 혈통을 감춘 흑인이라는 과감한 주장을 내놓았다. 취업을 위해 근무시간에만 백인으로 패싱하는 사람도 있고, 간혹 상황에 따라 필요한 경우 그러는 사람도 있고, 아예 백인들 사이로 사라져서 돌아오지 않는 사람도 있었다. 왜 그런 사람 있잖아요, 나는 생각했다. 그런 사람 있잖아요. 새롭게 떠오른 답이 뇌리를 떠나지 않았다. 대니얼의 말이 옳다는 확신이 들면서, 내 생각 또한 옳을 가능성을 생각하니 울렁증이 일었다. 그 말을 입 밖에 내 현실로 만들기 전에 얼른 전화를 끊었다. 대니얼에게는 제너비브에게 전화해야 한다고 말했지만, 우선 낮잠을 잔 뒤 샤워를 했다. 호텔 바에서 혼자 저녁을 먹을 생각으로 옷을 입었지만 로비에 들어선 순간 다시 그 의심이 떠올라 기가 꺾이고 딩동 울리는 문자 수신음에 짜증이 났다. 전화기를 무음으로 돌려놓고 주차장으로 계속 걸어가 차에 탄 뒤 닉을 만나러 달려갔다. 아마도 닉은 애초에 내가 갈 것임을 알았을 듯했다.

　밖에서 보면 식당은 칠판 간판을 내건 특징 없고 오래된 농가였지만 수리가 된 실내는 시골풍에 세련된 단순미를 띠었다. 테이블은 마감 가공을 하지 않은 나무 소재이고 의자는 모던한 디자인의 철제였다. 천장의 들보는 밖으로 드러나 있고 마룻바닥은 원래 있던 농가 바닥을 살린 것이었지만, 벽에 걸린 예술작

품은 선이 굵고 직선적이며 색이 화사했다. 보이지 않는 스피커에서 슈베르트 음악이 흘러나오고 메뉴는 농장에서 직접 수확해 만든 식재료로 구성되었으며 웨이터가 고기와 농작물의 원산지를 설명했다. 나는 애피타이저를 다 먹기도 전에 고급 와인 두 잔을 비우며 부루퉁하게 앉아 있었다.

"웃어." 닉이 말했다. "넌 지금 위스콘신 최고의 숨은 보석에 와 있다고."

"위스콘신 최고의 숨은 보석에도 치즈커드*와 3달러짜리 스포티드카우 맥주는 당연히 있겠지."

"이곳이 너무 고급스러워 부담스러운 척하기엔 내가 널 너무 오래 알지 않았나? 넌 싸구려 술집 취향이 아니잖아."

"오래도록 당신은 날 제대로 알지 못했어."

"널 오 분만 만나봐도 그 정도는 알 수 있을 거야. 정말 원한다면 나중에 싸구려 술집 맥주도 마시러 가게 해줄게. 온종일 걱정했어. 어설픈 백인우월주의자가 네가 하는 일을 캐고 다닌다고 생각하니 기분이 나빴어."

"기분 나쁘긴 나도 마찬가지야. 하지만 어느 시시한 백인우월주의자가 페인트 통을 들고 나타나자마자 도망칠 심산으로 이 일을 하는 건 아니야."

"여긴 위스콘신이야. 그자한테 당장 페인트 통 말곤 다른 무기가 없다 하더라도, 작심하면 오 분 안에 무장이 가능할 거야.

---

* 치즈를 작은 덩어리로 굳혀 간식이나 안주로 먹는 음식.

그자가 깡패 조직 분파의 공식적인 우두머리인 건 알고 있어? 오늘 내내 그 사람에 대해 검색해봤어. 거리에서 싸움을 걸기로 유명한 유사 자유주의 조직에서 공식적으로 퇴출당한 사람이야. 휘말리면 좋을 게 없는 작자지."

"어쨌거나 나는 표지판을 내리라고 권고할 생각이야." 나는 말했다 "그 남자가 원하는 이유 때문이 아니라, 그러면 문제가 해결될 거라서. 모든 증거로 보아 조사이아 윈즐로는 1984년까지 사랑하는 가족과 오래 살다가 노인이 되어 죽었고, 체리밀의 착한 사람들이 한 일은, 결코 그에게 소유권을 내주지 않았을 땅을 훔치기 위해 그의 붕괴된 건물을 이용한 것뿐이야."

"그런데 넌 왜 기분이 나아지지 않은 거지? 사건 종결이잖아. 대개 미국에선 인생 2막의 기회를 얻는 사람이 없지. 그러니 조를 위해 건배. 적대적인 지역에서 무사히 도망쳐 좋은 여자를 만나고 아이들도 낳고 노인이 되어 죽은 사람. 우리도 모두 그렇게 운이 좋기를."

"그 사람에게 여동생이 있었어. 여동생의 자취를 좇아 위스콘신에 온 거야. 여기에서 동생을 찾고 있었던 거지. 동생은 영영 나타나지 않았어. 그 사람이 죽었다고 알려졌을 때조차. 내 생각엔 아마 부고를 보낸 사람이 그 동생인 것 같아."

나는 전화기를 꺼내 아까 찍어둔 미너바의 사진을 닉에게 보여주었다. 얼굴을 크게 확대했다.

"이 여자가 흑인이라는 걸 당신은 알아봤을 것 같아? 흑인을 별로 만난 적 없었다고 친다면?"

"흑백을 딱 잘라 구분하긴 힘들지. 이 여자가 백인으로 패싱했다고 생각하는 거야?"

"아마도. 그러면 굳이 부고를 보낼 만큼 마음을 쓰면서도 가족들에게 다시 연락해 오빠의 생사를 확인하지 않은 행동이 설명될 테니까."

"그럼 그 여자가 패싱을 했다고 치자. 그러면 오빠도 살았고 여동생도 살았네. 둘 다 규범을 회피하고 체제를 거스른 거잖아."

"도박꾼은 도박장을 이길 수 없어."

"넌 그렇게 믿지 않아."

"내가 그런가?"

왜 그런 사람 있잖아요, 나는 생각했다. 그런 사람 있잖아요.

*

닉의 차를 뒤쫓아 그의 집으로 가면서, 내가 닉의 방식대로 상황을 보고 있다고 나 자신을 설득하려 했다. 두 사람이 출구가 없는 곳에서 출구를 만들어냈다고. 그리고 기록을 최대한 정확히 바로잡는 일 외에 내가 할 일은 남지 않았다고. 그런데 어디에서 나가는 출구란 말인가? 로프트로 개조한 헛간의 진입로에서 나는 외벽의 붉은 벽판과 커다란 창문들, 밝게 걸린 달을 바라보았다. 현관 입구에서 닉을 끌어당겨 로프트의 계단을 통해 침실로 이끌며 나는 감정의 응어리가 없는 여자, 언제나 곧 최악이 닥칠 거라 믿지 않는 여자가 되려고 노력했다. 일부러 전화기를 확인하지 않았다. 최대한 행복한 결말로 마무리하자, 나는 속으로 말했다. 항공편을 바꿔 하루 일찍 집으로 돌아가리라 마음먹었다. 내겐 알 수 없는 것을 알아야 할 책임이 없었고, 제너비브가 다음에 무슨 행동을 할지에 대해서도 책임이 없었다. 나는 그 무엇에도 책임이 없는 아찔한 홀가분함을 느끼며 닉을 침실로 이끌어 내가 뭘 원하는지 속삭였고, 그의 단추를 하나하나 풀고 지퍼를 내렸으며, 머릿속을 맴도는 목소리를 무시했다. 나중에 두번째 오르가슴 뒤의 맑은 정신으로 서늘한 시트 아래 깨어 있을 때, 문득 울렁증과 함께 진실을 확신했다. 내가 몇 시간째 생각하기를 회피해온 연결고리를. 그 생각을 밀어내고 잠이 들었으나, 한 시간 뒤 악몽을 꾸다가 놀란 사람처럼 다시 깨어났다. 잠든 닉의 얼굴을 바라보아도 마음이 차분해지기는커녕, 나도 모르게 뭔가를 원하게 되기가 얼마나 쉬운지, 원함으로써 다른 무언가가 되기는 또 얼마나 쉬운지 깨달을 뿐이었다. 왜 그런 사람 있잖아요.

침대에서 나와 핸드백에서 전화기를 꺼냈다. 화면이 깨어나며 제너비브가 새로 보낸 문자들이 줄줄이 나타났다. 체리밀 사람들 모두가 낙서를 한 장본인이 체이스란 걸 알지만, 그 사람이 어디에 있는지 혹은 그 사실을 어떻게 증명할지는 모른다고 했다. 대니얼은 문자로 사진을 한 장 보내놓았다. 서류철에 있던 사진을 확대해 찍은 것으로, 내가 DC를 떠나기 전에, 우리가 싸우기 전에 찍어둔 것이 분명했다. 대니얼은 내가 그걸 보리라는 것을 알았다. 이미 보고서도 그걸 뭐라고 묘사해야 할지 알고 싶지 않아서 몇 시간째 뭉개고 있다는 사실까지도 아마 알고 있었을 것이다. 나는 휴대전화의 사진첩을 열어 오빠와 함께 찍은 사진 속 미너바의 얼굴을 다시 살펴보았다. 그런 다음 되돌아가 엘라 메이 슈밋의 확대된 얼굴을 보았다. 두 얼굴을 번갈아 쳐다보다가 나를 거만한 표정으로 마주보는 엘라 메이 슈밋의 얼굴은 미너바 윈즐로임을 확신했다. 처음부터 엘라 메이의 존재는 내게 추악하게 다가왔다. 원피스의 꽃무늬와 어우러지는 두 눈의 모양새, 허리에 걸쳐 안은 아기, 웅장한 폭력의 잔해를 뒤로한 보드라운 여성성과 립스틱을 바른 함박웃음이 추악하게 느껴졌다. 엘라 메이의 표정을 보며 나는 어떤 사악한 천진함을 상상했었다. 자신들이 남기고 간 상흔을 한 번도 본 적 없는 백인 여자들의 천진함. 이제 나는 눈앞에 보이는 것을 이해하려고 다시 노력했다. 엘라 메이는 천진함을 가장할 수 있었겠지만, 미너바는 그렇게 무지할 순 없었을 것이다.

닉을 깨우지 않으려고 손님용 욕실에서 샤워를 한 뒤 진입로에 있는 내 렌터카에 올라타, 아직 날이 밝지도 않았는데 제너비브에게 전화를 걸었다. 제너비브가 필요하지 않았으면 했었지만 이제는 필요했다─새롭게 드러난 이 사실을, 더 깊이 파보라고 아무도 강요하지 않는데도 모른 척하고 싶지 않은 이 사실을 혼자 대면하고 싶지 않았다. 제너비브의 방송용으로 좋을 거야, 나는 속으로 말했다. 제너비브에게 이걸 주자. 마치 내가 도망치는 게 아니라 제너비브에게 선물이라도 하는 양. 처음 건

전화는 음성사서함으로 연결되었지만 두번째 걸었을 때 제너비브는 잠결에 깜짝 놀란 목소리로 전화를 받더니 체리밀 외곽 고속도로 변의 이십사 시간 식당에서 만나자고 했다. 나는 그곳까지 차를 몰고 가면서 자기혐오의 여정을 『끝없는 게임』*의 서사에 빗대어 그려보았다. 그 여정의 어느 시점에 미너바 윈즐로는 엘라 메이 슈밋이 되었다. 도시의 삶을 꿈꾸며 미시시피의 여름을 탈출한 여자, 오빠의 팔에 안겨 웃음을 터뜨리던 여자, 더 많은 것을 원했지만 집에 편지를 보낼 정도로 마음을 쓴 여자, 건물 안에서 오빠가 죽었는데 바깥에서 활짝 웃으며 자기가 불을 질렀다고 자랑한 여자, 오빠가 죽었다고 추정되는데도 오랜 세월을 엘라 메이로 살면서 아이를 낳은 여자. 그리고 그 아이는 또 두 아이를 낳았고 그중 하나는 아들을 낳았으며, 이제 엘라 메이가 한 번도 만난 적 없는 이 증손자는 흑인 정체성으로부터 몇 세대쯤 물러난 채 조사이아의 기념물을 파손하고 먼 친척들을 공포에 몰아넣으며 백인종의 완전성을 수호하려는 폭력적 의지를 만천하에 고하고 있었다.

나는 제너비브보다 먼저 약속 장소에 도착해 플라스틱 칸막이 자리에 앉아 기다렸다. 혼자서 조용히 식사하는 트럭 기사들 빼고는 식당 안이 텅 빈 시간대였다. 나는 커피를 마시며 소망했다. 명석한 제너비브가 내 눈이 나쁘다고, 추론 솜씨가 허접

---

* 1979년부터 시작된 어린이책 시리즈로 모험의 고비마다 독자의 선택에 따라 이야기가 진행되는 게임북.

하다고 말해주기를. 하지만 그곳에 도착해 맞은편 자리에 앉은 제너비브에게 사진 두 장을 나란히 보여주었을 때 제너비브는 나보다 더 빨리 알아차렸다.

"젠장, 이게 말이 돼?" 제너비브가 말했다. "백색 정의가 백인이 아니란 말이야?"

"그놈한테 그렇게 한번 말해볼래?"

"좋지. 어서 그놈을 찾아서 '한 방울 원칙'을 알려주며 정정 스티커를 붙이자. 문제 해결."

"역사정정연구소는 당신이 스페이드 에이스*보다 더 검다는 사실을 알아냈습니다."

"역사정정연구소는 당신이 너무 검어서 야학에서 결석 처리될 정도라는 사실을 알려드리게 되어 유감입니다."

"역사정정연구소는 당신이 너무 검어서 은행에 직접 찾아가자마자 신용 점수가 백 점 하락했다는 결론을 내렸습니다."

"역사정정연구소는 당신이 둘러보려던 아파트가 우연히도 도착 직전에 다른 사람에게 임대된 것은 당신이 너무 검기 때문임을 알려드리는 바입니다."

"난 우리가 친하게 지낼 때가 좋아." 제너비브가 말했다.

"하마터면 믿을 뻔했다." 나는 말했다.

"전화한 사람은 너야." 제너비브가 말했다.

---

* 피부색이 아주 짙은 흑인을 이르는 멸칭.

제너비브의 차를 뒤따라 체리밀로 돌아갔다. 엘라 메이로 직접 이어지는 우리의 유일한 끈인 수전부터 만나기로 했으나 그이상의 계획은 없었다. 계획이 없었기 때문에 '우리'가 가능했다. 우리는 둘 다 전날과 같은 시내 주차장에 차를 세웠다. 표지판과 낙서가 있던 쪽을 돌아보았으나 모든 것이 건물 측면에 고정한 흰 방수포로 가려져 있었다. 강력 세척을 하거나 벽화로 덧씌울 때까지 덮어놓을 예정인 듯했다. 방수포는 모든 것을 가렸다. 백색 정의의 작품만이 아니라 원래 있던 표지판까지. 커피숍은 막 문을 여는 중이라 안에는 수전과 손님 두 명만 있었고, 가정집처럼 잡다하게 커버를 씌운 의자들과 벽을 장식한 앙증맞은 수집품들을 보자 나는 더욱 신경이 곤두섰다. 수전은 정답게 인사했으나 우리가 어머니와 대화를 나눌 수 있겠느냐고 묻자 표정이 굳어졌다.

　"제 조카 때문에 그러는 거라면, 장담컨대 우리도 아무런 소식을 듣지 못했어요." 수전이 말했다.

　"낙서 때문이 아니에요." 나는 말했다. "할머님에 관해 말씀 좀 나누고 싶어서요."

　"우리 어머니가 기운이 없으셔서." 수전이 말했다. 그 이상 말하기를 꺼리는 수전에게 당신을 귀찮게 하지 않고 우리가 주소를 보고 찾아가겠다고 정중히 말하자, 수전은 가게의 다른 종업원이 올 때까지 한 시간만 기다려주면 직접 안내하겠다고 했다. 아무것도 사지 않고 가게에 앉아 있자니 이상하게 죄책감이

들고 커피 한 잔을 더 마시자니 가슴이 펄떡거려서 머핀을 주문했다. 제너비브와 나는 한 시간 동안 아늑한 의자에 함께 앉아 기다렸다.

"넌 내가 여기서 건질 만한 이야깃거리가 없다고 생각했지."

제너비브가 말했다.

"어떤 이야기인지 아직 알지도 못하잖아." 나는 말했다.

나는 그날 벌어질 일이 전혀 기대되지 않았지만 제너비브는 흥분에 들떠 있다는 걸 알 수 있었다. 이것이 제너비브가 지니였을 때부터 우리 둘의 차이였다. 지니는 사람들과 대화하는 걸 나보다 좋아했다. 나는 더 큰 목적을 위해 억지로 해내는 불편한 대화를 지니는 배짱 좋게 감당했다. 대학원 때 나는, 자랑할 만한 일은 아니지만, 가끔 지니의 연구 분야를 조롱하면서 지니가 흑인성 연구를 너무 멀리 밀고 나갔다고 동료들에게 농담을 하기도 했다. 물론 질투가 나서 그랬다. 지니는 일반적인 학술적 인종 연구의 테두리를 벗어남으로써 연구자가 사료를 일상적으로 들여다보며 겪는 정신적 외상에서, 반흑인 정서의 가끔은 잔혹하고 가끔은 진부한 본질에서, 오래 바라보면 역사의 순환이란 늘 올가미였음을 깨닫는 일에서 한 발짝 비켜났기 때문이라는 것이 부분적인 이유였다. 그러나 또 한편으로, 지니의 주요 연구 대상은 오래전에 죽은 사람들이어서 문서의 자취를 통해서만 조사할 수 있다는 점이 부럽기도 했다. 나는 자주 연구 대상을 추적해 인생 최악의 나날에 관해 얘기해달라고 부탁해야 했다. 그것은 단언컨대 나보다 지니가 더 잘할 수 있었을 일이었다.

　수전은 우리를 차에 태워 자신의 어린 시절 집으로 몇 마일을 달렸다. 수전의 가족이 몇 세대에 걸쳐 살아온 견고한 목조 주택이었다. 애비게일은 자신의 부모님이, 그리고 아버지의 부모님이 대대로 살아온 그 집에서 여전히 살고 있었다. 애비게일의 남편 오언 바너는 십여 년 전에 죽었지만, 실내 가구는 체크무늬가 주종을 이루었고 장식용 소품도 사냥 전리품이 많았다. 그가 박제해둔 동물들은 오언보다 더 오래전에 죽었을 테지만 그들의 유리 눈에 서린 경외감 때문인지 아직도 두려워하는 것처럼 보였다. 거실 안에 더 젊은 애비게일과 오언의 초상화가 있었다. 애비게일이 자기 어머니와 어찌나 닮았는지 초상화가 부모가 아닌 애비게일 자신을 그린 것임을 확인하기 위해 한번 더 들여다보아야 했다. 수전이 우리를 데리고 간 일광욕실은 거실보다 더 밝았고 매듭이 해어진 고리버들 가구로 단장되어 있었다. 레모네이드를 내오겠다고 자리를 뜬 수전을 기다리는 동안 고개를 들어 위를 보니, 바깥 현관과 이어진 일광욕실 지붕의 벗어진 흰 페인트 아래로 파란색과 초록색이 희미하게 내비쳤다. 현관 천장을 연한 파란색으로 칠하는 것이 흑인의 전통인지, 아니면 남부의 전통일 뿐인지 기억이 가물가물했다. 수전이 주전자에 레모네이드를 담아 가져온 뒤 다시 집안으로 들어가더니 어머니를 부축해 돌아왔다. 애비게일 바너는 여든여덟 살로, 걸음이 느리고 수전의 부축이 필요해 보였지만 우리에게 인사하는 목소리는 카랑카랑했으며 얼굴만 보면 스무 살쯤 더 깎아 말해도 통할 것 같았다.

"어제도 말씀드렸지만," 수전이 말했다. "제 조카 일은 죄송해요. 하지만 그 아이가 왜 말썽을 일으키는지는 우리도 몰라요. 어제 시내 상인 협의회에서 긴급회의를 열었고, 저 흉한 낙서는 깨끗이 지울 거예요. 하지만 체이스가 어디에 있는지 나도 모르는데, 할머니가 도대체 무슨 상관이에요?"

"그앤 몇 달째 전화도 안 했다오." 미시즈 바너가 말했다.

"저희가 온 이유는," 나는 조심스럽게 말했다. "어르신께 질문을 좀 드리고 싶어서예요. 사실 괜찮으시다면 어르신 어머니에 대해서 여쭙고 싶어요."

미시즈 바너가 허리를 세웠다.

"우리 어머니는 여기 안 계시니 직접 대답할 수도 없잖소. 저 표지판에 어머니 이름을 올릴 때도 난 소란을 피우거나 사진에 나온 사람이 내 어머니가 아닌 척하지 않았어요. 하지만 돌아가신 분에 대한 험담을 듣고 싶어서 온 거라면 헛걸음하셨소."

"제가 그 표지판에 어머님 이름을 올렸습니다." 제너비브가 말했다.

"뭐 그럼 우리 어머니를 어떻게 생각해야 할지 잘 알겠구먼. 그런데 여기 와서 내게 뭘 묻겠다는 건지 도대체 알 수가 없네."

"어머님께서 체리힐에 오시기 전엔 어떻게 사셨는지 얼마나 아시나요?" 내가 물었다.

"자기 어머니가 엄마가 되기 전에 어떻게 살았는지 남들 아는 만큼이겠지. 내게 들려주신 이야기들이 있었고. 어머니는 웃음소리가 곱고 새처럼 노래했지만 말이 많지는 않았어요. 시카고에서 꽃집 종업원으로 일하다가 우리 아버지를 만났다고 했소. 첫눈에 반했다지. 아버지는 당시 만나던 불쌍한 여자에게 줄 꽃다발을 사러 들어갔다가 아내와 함께 걸어나온 거예요. 아버지와 함께 여기 온 뒤로 어머니는 과거를 다 잊었고 두 분은 한 달 차이로 돌아가시기 전까지 서로 사랑하며 살았지요. 사후 세계에서도 그런 게 가능하다면 아마 아직도 서로 사랑할 겁니다."

"아름다운 얘기네요." 나는 말했다.

"그렇지요?" 미시즈 바너가 말했다.

"이 여자분에 대해 제가 들은 이야기와 약간 비슷해요." 나는 수전과 미시즈 바너 쪽으로 미너바의 사진을 밀어놓으며 말했다. "이분도 꽃집에서 일했죠. 시카고 남쪽 동네의 꽃집이었고요. 꽃집이 문을 닫았을 때 자취를 감추었다가 결국 위스콘신으로 갔고 그뒤로 이분 소식을 들은 사람은 아무도 없어요. 하지만 이분이 허공으로 사라진 게 아니라고 가정해볼게요. 어르신어머니가 시카고 출신이 아니라 미시시피 출신인데, 기차를 타고 시카고로 갔다고 쳐요. 유색인 전용 칸에 타고요. 흑백이 섞여 살지 않아서 섞인 피부색이 어떤지 모르는 곳과는 달리 미시시피에서는, 시카고 남쪽 동네와 마찬가지로, 베이지색을 다르게 받아들이기 때문에 유색인 전용 칸에 탈 수밖에 없었거든요. 그 남쪽 동네 꽃집이 문을 닫았을 때 이분은 그 시절에 꽃집을 하며 먹고살 수 있는 동네로, 자신이 어떤 사람인지 아무도 모르는 동네로 이사했고, 그 동네를 뜰 때 함께한 남자가 이분을 바로 이곳으로 데려왔다고 쳐요. 그런데 이 여자분의 오빠가 따라온 거예요. 그 사람은 완전히 합법적이지만은 않은 어떤 일을 해서 돈을 좀 모은 터라 상점 한 칸을 싸게 샀어요. 대공황 시기라서, 그리고 이 사람이 원한 땅이 밀워키와 꽤 거리가 있는데다 주인이 빚을 갚느라 아주 싸게 내놨기 때문에 가능했죠. 어쩌면 땅주인은 그냥 웃음거리로 끝날 일이라고 생각했는지도 몰라요. 그 흑인 남자가 가진 돈을 탈탈 털어서 양도증서에 이름을 남길 순 있을지언정 주민들은 그가 이 땅을 소유하게 놔두지 않을 테니까요. 이분의 오빠도 당연히 그런 사정을 알았어야 했지만, 동생의 위장을 폭로하지 않으면서 옆에서 지켜볼 수 있을 거라 믿고 싶었나봐요. 그런데 결국 그 건물은 불에 타 무너지고, 동네 사람들은 다들 남자가 불타는 건물 안에 있다고 생각했어요. 모두가 그 땅을 차지하는 일 말고는 아무런 관심이 없었죠. 그 와중에 우연히도 어르신의 아버지가 그 땅을 손에 넣으셨고요. 그런데 남자의 죽음을 애도하기 위해, 혹은 백인들이 계속 행방을 추적하지 않도록 눈가림을 해주기 위해 신문사에 부고를 써 보낼 만큼 그를 사랑한 사람이 있었어요. 그 사람이 남자의 여동생이라면 말이 되겠죠. 일 년 뒤에, 그곳이 여전히 폐허로 남아 있을 때, 바로 그 여동생이 방화에 조력한 일을 기념하며 웃는 모습으로 사진을 찍었다는 점만 아니라면요."

미시즈 바너가 몸을 뒤로 젖힐 때 보니 그가 앉은 자리는 흔들의자였다. 너무 오래 무심한 표정으로 의자를 흔들고만 있어서 나는 미시즈 바너가 내 말을 못 들은 척하려는 건가, 정말로 내 말을 듣고는 있었나 의문이 들었다. 햇빛 가리개가 있는데도 일광욕실은 상당히 더워서 구불구불한 머리칼 한 가닥이 노인의 이마에 들러붙어 있었다.

"굉장한 이야기로구먼." 마침내 미시즈 바너가 말했다.

"그러면 이 사진 속 인물이 어르신의 어머니가 아닌가요?" 나는 다시 미너바를 가리키며 물었다.

"닮긴 했네. 그런데 사진 상태가 별로 좋진 않군요."

"어머님께서는 시카고에서 오셨다는 것 외에 다른 말씀은 안 하셨나요?"

"어머니가 내게 한 말을 내가 선생들에게 전부 말할 필요는 없지 않겠소. 그 사람이 우리 어머니라면 이 삶을 살고 그걸 내게 주기 위해 자기가 가진 모든 것을 버린 거겠지. 그 사람이 우리 어머니라면, 어머니가 그 일에 관해 내게 무슨 말을 했든 그건 오로지 경고를 해주기 위해서였을 거요."

"우리는 이분이 어르신의 어머니라고 믿습니다." 제너비브가 말했다.

"선생들이 그걸 증명할 수 있을 거라고 난 믿지 않아요. 증명할 수 있다면, 그러니까 그 남자가 어머니의 오빠였고 건물과 함께 불에 타지 않았다면, 누군가가 밤중에 남자를 깨워 도망치라고 말한 거겠지. 누군가가 적어도 그 정도는 마음을 쓴 거겠지. 모두 그 남자가 죽었다고 믿는다 해서, 그 누군가도 별안간 따라서 죽어야 하오?"

"그건 어머니께서 해주신 말씀인가요, 아니면 그냥 어르신의 생각인가요?"

"무슨 차이가 있소?"

"이 이야기를 손자분에게도 하신 적 있나요?"

"그게 뭐가 중요하다고? 피 한 방울이 어쩌고 하는 거? 그걸 믿는 건 이젠 당신네 사람들뿐일 거요."

*

생전 처음으로 술집에 갔을 때 나는 지니와 함께 있었다. 우리는 고등학생이었고 엄밀히 말해 친구 사이는 아니었지만, 반 아이들 대부분에게 적용되는 규칙이 우리에겐 적용되지 않는다는 것을 알고 있었다. 고등학교에 다닐 무렵, 우리는 학교에 있는 시간 동안 일종의 탈냉전 상태에 이르렀다—나는 그저 그런 시를 쓰며 학급 부반장으로 일했고, 지니는 댄스팀과 모의 유엔회의 활동을 하며 토론 동아리의 회장을 맡았다. 우리는 각자 서로의 영역 밖에 머물렀고 둘 다 다른 학교에 다니는 남자친구를 사귀었다. 우리는 우리가 진짜 파티라고 여기는 곳, 그러니까 거의 흑인들만 모이는 파티에 갈 때는 각자 남자친구와 동행하며 서로 일정을 의논하지 않았지만, 학교의 파티에 갈 때는 함께 짝을 지어 갔다. 우리는 파티나 클럽이나 공연에 함께 다니게 된 것이 혹시 불미스러운 일이 일어나는지 서로 지켜보라는 양쪽 부모님의 신신당부 때문이라는 핑계를 댔지만, 현실에서는 양쪽 부모님 모두 우리 둘 중 더 분별력 있는 쪽은 자기 딸이라 믿었다. 실은 그런 이인조 체제를 통해 든든함을 느낀 건 부모님들이 아니라 우리 자신이었다.

어떤 기준에서 봐도 지니는 나보다 더 인기가 많았지만, 반 아이들과 어울릴 때 더 재미있게 노는 쪽은 나였다. 지니는 사교 활동도 다른 모든 일을 할 때와 같은 태도로 해나갔다―전략적으로, 그리고 상대에게서 얻을 수 있는 사회적 이득이 무엇인지, 실수하면 어떤 대가를 치러야 하는지를 가늠하면서. 나는 평소보다 풀어진 모습을 내보여 사람들을 놀라게 할 기회를 즐겼고 말썽을 부리고도 무사히 빠져나가는 흥분을 즐겼다.

지니는 내가 너무 많은 걸 운에 맡길 때, 부적절한 사람과 함께, 혹은 부적절한 곳에 너무 오래 있을 때 내게 말해주어야 했다. 그런 조정자의 역할을 내가 맡아야 했던 건 딱 한 번뿐이었다. 고등학교 2학년 때 반 남자애 하나가, 자기가 베이스를 담당하는 그저 그런 밴드가 더 인기 있는 밴드의 공연 오프닝에 출연한다며 우리를 초대했고, 우리는 몇몇이 모여 클럽으로 함께 갔다. 공연 도중에 지니가 어디에 있는지 모른다는 사실을 깨달았다. 나는 홀 뒤쪽에 있는 바닥이 끈적끈적한 바에서 테킬라를 네 잔째 들이켜고 있는 지니를 찾아냈다―처음 두 잔은 앞서 밴드 애들이 권해서 마신 것이었지만 나머지 두 잔은 지니

혼자서 마셨다. 너무 취해 있어서 왜 그러는지 묻는 게 의미가 없었기 때문에 나는 지니를 데리고 택시에 탔고, 지니가 우리집 잔디밭에서 토할 때 머리카락을 잡아주었으며, 지니 부모님께 전화를 걸어 우리집에서 자고 가기로 했다고 말했다. 지니는 이미 집안에서 기절해 있었으니 사실이기도 했다. 아침에 부모님이 깨기 전에 진통제와 물과 오트밀을 갖다주며 정신을 차릴 여유를 주었더니 우리 부모님과 인사할 때 지니는 완벽히 평정을 되찾은 모습이었다.

다시 우리만 남았을 때 나는 무슨 일이냐고 물었다. 지니는 토론 대회에서 졌다고, 아니 진 게 아니라 2등을 했다고, 그리고 졌다고 할 수 없는 또다른 이유는 모든 의견과 척도를 따져봐도 자신이 이겼기 때문이라고, 우승한 여학생보다 자신의 주장이 더 예리하고 명석하고 정제되었으며, 심판의 점수판을 제외한 모든 척도에서 자신이 승자였다고 말했다. 지니의 팀원들은 가끔 이런 알 수 없는 판정이 나올 때도 있다며 안됐지만 그러려니 하라고 했고 지니의 부모님은 '두 배를 노력해야 반이나마 인정받는' 현실을 운운했는데, 지니는 한 번이라도 누군가가 너는 이미 충분히 훌륭하다고, 세상이 그 훌륭함을 보상하지 않는 불공정한 곳이어서는 안 된다고 말해주기를, 이런 사소한 일이라도 상처가 될 수 있다고, 이 특수한 불공정을 지칭하는 이름이 있다고 인정해주기를 바랐다.

"지니," 나는 말했다. "그 인간들 다 꺼지라고 해. 넌 그들 중 누구보다 더 똑똑해."

"맞아." 지니가 말했다. "하지만 그 정도론 절대로 충분하지
않을 거야."

　어제 제너비브를 보고 속이 뒤집힌 건 바로 그 때문이라는 사
실을, 앤디 디트리의 술집에서 아침 맥주를 두 잔째 홀짝거리는
그 친구를 바라보다가 깨달았다. 예전에 제너비브가 어떤 식으
로든 참패한 모습을 목격한 유일한 순간이 떠올랐기 때문이었
다. 술집에 들어왔을 때 앤디는 우리를 반기며 일이 어떻게 되
어가는지 물었다. 나는 사건의 행복한 쪽만 이야기했다―조사
이아 윈즐로의 길고 충만한 삶의 진실. 앤디는 약속대로 우리에
게 첫 잔을 대접했고 조사이아의 인생 이야기를 들으며 기뻐했
다. 이렇게 좋은 소식이 있는데―위스콘신주에 축복이 있기
를―우리가 왜 이리 이른 시각에 술을 마시고 있는지 궁금했을
지도 모르지만 그는 묻지 않았다. 우리끼리 뒤쪽의 칸막이 자리
에 들어갔을 때, 제너비브는 왜 앤디에게 나머지 이야기를 하지
않았느냐고 따져 물었고, 나는 공식적으로 더 해야 할 이야기는
없다고 대답했다―엘라 메이의 정체에 대한 증거도 없거니와
그것을 증명해야 할 공식적인 이유도 없다고.
　"그럼 이제 어쩔 거야?" 제너비브가 물었다.
　"이제 끝이지." 나는 말했다. "DC로 돌아가 인구동태기록
관리처에 부정확한 사망증명서를 삭제하라고 해야지. 그리고
이 도시에는 표지판을 내리라고 권고할 거야. 아마 기꺼이 이행

하겠지. 나는 그 남자의 생존 여부에 답하기 위해 여기 온 거야. 어떻게 살아남았는지에 대한 이론 같은 걸로 뭘 할 수 있겠어."

"그럼 네 이론은 뭐야? 미너바가 오빠의 생명을 구했고 재산은 자기가 가졌다, 오빠가 그러기를 원했을 테니까? 아니면 미너바는 자기의 새 인생을 지키려고 오빠가 죽게 내버려두는 냉혹한 년인데 오빠는 그걸 알고 도망쳤다?"

"모르지. 전자가 사실이라고 생각하고 싶긴 해. 어쨌든 미너바가 자기가 원하는 방식으로 딸을 키운 대가로 그 딸은 백인우월주의자인 흑인 손자가 이렇게 날뛰는 꼴을 보게 되었지. 그러니 결국 우리 모두 진 거야."

"자식 키우는 일의 묘미는 모든 선택이 틀린 선택이라는 거지." 제너비브가 말했다.

"그거 무섭니?" 나는 물었다. "부모가 된다는 것?"

"그래." 제너비브가 말했다. "옥타비아가 태어난 뒤로 날마다 선택의 갈림길에 서는 것만 같아. 그애를 위해 최선을 다하는 일과 그애가 살아가야 할 세상을 위해 최선을 다하는 일 사이에서. 미너바가 한 짓을 용서할 순 없지만 그런 선택을 하는 마음은 이해해. 옥타비아가 없다면 절대로 이해할 수 없었을 거야. 그애는 완벽해. 지금 여름 음악 캠프에 가 있는데 수석 바이올린 연주자야. 그 자리에 있다는 이유만으로 옥티비아를 미워할 모든 사람으로부터 그애를 보호하기 위해서라면 난 정말 많은 걸 포기할 수 있어. 이걸 봐. 진짜 얼마나 놀라운 아이인지."

제너비브가 휴대전화에 저장된 사진들을 위아래로 움직이며 내게 보여주었다―무대에 선 옥타비아, 파자마를 입은 제 사진에 졸린 얼굴의 이모지를 잔뜩 붙여 엄마에게 잘 자라는 인사 대신 보낸 옥타비아, 우스운 표정을 짓는 옥타비아, 다음달에 엄마랑 만나면 함께 가자며 디즈니 공주 미용실 광고를 캡처해 빨간 잉크로 동그라미 표시를 해놓은 옥타비아, 화장법을 가르치는 영상을 등뒤에 띄워놓고 제 목소리로 설명을 따라 하면서, 엄마가 유명해지면 립스틱을 어떻게 발라야 하는지 알려주는 옥타비아. 몇 년간 실제로 보지 못한 사이에 이제 열 살 가까이 된 옥타비아는 내가 처음 만났을 때의 제너비브와 놀랄 만큼 닮아 보였지만, 모든 사진에서 금방이라도 웃음을 터뜨릴 것 같은 표정을 하고 있는 딸과는 달리 지니는 어렸을 때도 늘 심각했다. 슬라이드쇼 중간에 전화가 온다는 안내창이 화면에 떴고 제너비브는 밖에서 받겠다며 나갔다. 나는 맥주를 천천히 홀짝거리며 한 잔을 더 주문해야겠다고 생각했다. 돌아온 제너비브의 표정은 딱딱했다.

"괜찮니?" 나는 물었다.

"내 에이전트. 재료가 부족해. 이 사람은 흥미로운 이론 정도론 이 이야기를 방송하자고 제안할 수가 없대. 노골적인 갈등이 충분치 않대."

"뭐야, 백색 정의를 시내 광장에 데려다 놓고 유전자 검사라도 하라는 거야?"

"아마 그러면 좋아하겠지." 제너비브는 한숨을 쉬었다. "뭐든 달라질 수 있을까? 우리가 그 사람에게 진실을 말한다면?"

"아닐 거라고 확신해. 사람들은 절실하게 믿고 싶은 것은 뭐든지 합리화할 수 있어."

"그러면 넌 왜 이런 일을 하는 거니? 사람들에게 진실을 말해봐야 아무런 차이도 없다면?"

"잘 모르겠어." 그렇게 말하는 내 목소리를 들으며 이상한 경험을 했다. 내 입 밖으로 나오는 소리를 듣고 나서야 그것이 진실임을 아는 경험.

"그럼 이젠 이 일을 좋아하지 않는다는 거야?" 제너비브가 말했다. "넌 일 년 동안 내가 투명인간이라도 되는 양 행동했어. 네게 말썽을 피하는 분별력이 없다는 점만큼은 내가 확실히 아는데, 그런 네가. 네가 날 지지하지 않은 건 그러기 싫어서였어."

"난 우리가 둘 다 연구소에서 나가면 더 안 좋을 거라고 생각했어."

"엘라 메이는 자기와 오빠가 둘 다 흑인이면 더 안 좋을 거라고 생각했지."

"그렇게 연결하는 건 부당해." 나는 말했다. 그러면서도 왜 그런 사람 있잖아요, 라는 말이 얼마나 내 얘기처럼 들렸는가 하는 생각을 떨칠 수 없었다.

"부당하지." 제너비브도 동의했다. "넌 내가 죽는 꼴을 손놓고 보진 않을 거야. 하지만 넌 너무 많은 일을 쉽게 모면해. 그래도 예전만큼 거슬리진 않네."

"고마워. 나도 너 사랑해, 지니." 나는 말했다.

"난 영원히 제너비브일 거야. 하지만 가끔은 내 딸을 보면서 내가 그애를 위해 바라는 것도 그거라는 생각이 들어. 누구에게 든 무엇이든 설명할 필요를 느끼지 않는 삶."

"너 방금 내가 롤 모델이라고 말한 거니?"

"법정에서라면 부인하겠지."

"백색 정의도 법정에서라면 자기가 흑인이라는 사실을 부인 하겠지만 그렇다고 그게 진실이 되진 않아."

"그래. 하여간 적어도 터뜨릴 이야깃거리 하나는 얻었네."

"여기에 더이상의 이야기는 없어. 이 이야기는 끝났어."

"내가 그 사람과 얘기한다면 이야기가 될 수 있어."

"말이 잘 통하는 사람 같진 않던데."

"난 일하려면 이게 필요해. 빈손으로 LA에 돌아갈 순 없어."

"지니, 넌 출중해. 네 경력을 입증하기 위해 멍청이를 자극할 필요는 없어."

"모르는 척하지 마. 난 진짜로 그래야만 해."

제너비브와 나는 맥주를 석 잔씩 마시고 이어서 커피 한 잔을 마실 때까지 술집에 머물렀다. 천천히 커피를 마시다가 취기가 가시자 나는 제너비브를 제 차가 있는 곳까지 데려다주었다. 비 가 올 것 같았다. 갑작스레 휘몰아쳐 지나가고 나면 날이 화창 하게 개는, 토네이도 경보가 울릴 만큼 강하진 않아도 잠시 안 으로 들어가 피하고 싶을 만큼 고약한 그런 폭풍우가 올 듯했다. 바람이 거세지면서 표지판을 덮은 흰 방수포가 펄럭였다. 나는 제너비브에게 돌아가서 자라고, 딸에게 전화하라고, 다른 이야기를 찾으라고 말했지만 제너비브는 처음 두 가지만 약속할 수 있다고 대답했다.

나는 나 자신의 조언을 받아들여 호텔방으로 돌아가 낮잠을 잤다. 반쯤은 깬 상태로 뒤척이면서, 마음을 어지럽히기는 하지만 잠재의식까지 내려간 진짜 꿈은 아닌 꿈들을 꾸었다. 결국 포기하고 일어나 두려움을 향해 직진하기로 했다. 밖에서 폭풍이 치는 가운데, 노트북 컴퓨터를 켜고 '자유로운 미국인들' 동영상을 한 시간가량 보면서 그들에게 면역이 생기기를 바랐다. 사람이 우스꽝스러우면서도 동시에 공포스러울 수 있다는 사실이 부당하게 느껴졌다. 나는 동영상을 계속 시청했다. 백인 남자들과 '피부가 흰' 남자들, 아기 같은 얼굴과 각진 얼굴, 금발과 갈색 머리, 최신 유행에 맞게 꾸민 사람과 꾀죄죄한 사람, 그들 모두 제 나라의 역사를 수호한답시고 도리어 훼손하면서 미국의 귀환을 위해 싸우겠다고 서약했다. 그들이 묘사하는 미국의 현실성은 나니아*와 비슷한 수준이었다. 더는 볼 수가 없을 것 같아 다시 침대로 돌아가 정말로 잠이 들었으나 겨우 한 시간 뒤에 깨어났는데, '자유로운 미국인들'의 구호 우리가 미래다가 머릿속에서 맴돌았다. 제너비브에게 전화를 걸어보았다. 옥타비아를 생각하면서, 제너비브는 어쩌면 내게 자매에 가장

---

* 영국 작가 C.S. 루이스가 쓴 판타지소설 『나니아 연대기』에 나오는 마법의 땅.

가까운 사람일 거라고 생각하면서. 형제자매란 좋든 싫든 계속 결속된 사람을 부르는 말이 아니라면 무엇이겠는가. 제너비브가 계속 어기에 있으면 안 되겠다, 나는 판단했다. 애초에 제너비브에게 이 이야기를 전한 사람이 나니까 내가 다시 회수해야 한다, 이 인간을 강제로 비행기에 태우는 한이 있어도.

비는 그쳤고 해질녘이 다가오고 있었다. 제너비브는 전화를 받지 않았다. 분명 말도 안 되는 계획을 꾸미고 있을 테니 내가 직접 가서 그만두라고 설득하기로 마음먹었다. 제너비브가 묵는 민박집에 도착하기까지 오 분 정도 남았을 때 전화기가 울리더니 일 분 뒤에는 문자가 끊질기게 들어오는 터라 차를 길가에 세우고 무슨 일인지 확인했다. 스크린에 제너비브라는 이름이 가득해 처음에는 전부 제너비브가 보낸 문자일 거라고, 자신을 위한 순간을 망치지 말고 돌아가라는 내용일 거라고 생각했지만, 사실은 닉과 엘레나와 대니얼이 보낸 제너비브에 대한 문자들이었다. 대니얼의 문자는 안전한 곳으로 피신하고 라이브 방송을 보지 말라고 말했다. 닉의 문자에는 링크가 첨부되어 있었고 나는 그것을 클릭했다.

백색 정의의 라이브 방송 화면이 거친 화질로 나타났다. 영상을 전화기로 찍고 있어서 촬영 각도가 계속 바뀌며 흔들렸다. 처음에는 화면 가득 그의 격노한 얼굴 전체를 비추던 카메라가 제너비브의 얼굴로 향했다. 제너비브는 방수포를 걷어내고 표지판과 낙서가 있는 곳에 서 있었다. 바로 몇 시간 전에 그곳에서 제너비브를 보았었다. "이 개같은 년이," 백색 정의가 말했다. "멋대로 우리 동네에 와서 내 가족에 대해 거짓말을 해도 된다고 생각하나봅니다." 그런데 카메라가 흔들릴 때 보니 그는 카메라를 들지 않은 다른 쪽 손에 총을 들고 있었다. 제너비브가 가진 무기라고는 연구소의 초소형 프린터 한 대뿐인데도 표정은 무서우리만치 차분했다ㅡ면직되었을 때 자기 프린터를 반납하지 않은 걸까 생각하던 나는 뒤늦게 그게 내 것이라는 사실을, 그걸 사용할 목적의식이 부족한 나를 참고 볼 수가 없었던 제너비브가 내 것을 가져갔다는 사실을 깨달았다. 라이브 방송의 배경에서 그곳을 향해 다가오는 사이렌인가 싶은 소리가 들렸고, 나는 제너비브가 계속 조용히만 있기를, 경찰이 도착할 때까지만 시간을 끌기를 간절히 바랐으나 그러면서도 알고 있었다. 그런 일은 일어나지 않을 것임을, 일어난다 해도 소용이 없을지 모른다는 것을. 제너비브가 자신이 직접 갖다놓은 듯한 은색 두루마리가 걸린 벽을 가리켰다. 자기가 한 정정에 대한 정정이었다. 제너비브는 카메라에 대고 그 내용을 읽었고 백색 정의와 경쟁을 벌이던 그 목소리는 엘라 메이가 나오는 부분에서만 갈라져서 나왔다.

"1937년, 아프리카계 미국인 상점 주인 조사이아 윈즐로는 체리밀을 백인만의 거주지로 유지하려던 폭도들이 원래 이 자리에 있던 건물에 불을 질렀을 때 건물 안에 있다가 살해당했다고 알려졌다. 하지만 사실 그는 살아서 탈출했으며, 탈출과 관련한 사정은 아직도 명확히 밝혀지지 않았다. 이 상점의 방화와 조사이아 윈즐로의 살해에 관여한 주민들 중 다수가 이 범죄에 책임이 있음을 공공연히 자랑하고 다녔으나 기소되거나 어떤 식으로든 처벌을 받은 적이 없다. 살인 사건 이후 조지 슈밋은 이 토지를 손에 넣었고 1959년에 매각해 수익을 올렸다. 엘라 메이 슈밋은 조사이아 윈즐로의 친동생으로 추정된다. 엘라 메이는 긴 세월 동안 백인으로 패싱하며 살았기 때문에 자식들과 손주들조차 엘라 메이와 조사이아 윈즐로의 관계나 자신들의 혈통에 대한 진실을 알지 못했다."

"다시 말해봐." 백색 정의가 총을 장전하며 말했다.
"들었잖아." 제너비브가 말했다.
"난 검둥이가 아니야." 백색 정의가 말했다.
"나도 아니야." 제너비브가 말했다.
나는 눈을 감았다. 눈을 떠도 된다는 걸 알기 위해 내가 기다리는 게 무엇인지는 알 수 없었다. 그때 날카로운 총성이 들렸다. 비다, 나는 그렇게 생각하고 싶었다. 천둥이다. 하지만 내가 들은 소리가 무엇인지 알기에 나는 그대로 눈을 감고 있었다. 제너비브를 떠올렸다. 지금이 아니라 오래전, 내 기억에 마지막으로 눈물 고인 눈으로 제너비브를 바라본 그때, 그리고 내가 총성이라고 생각되는 소리를 처음으로 들은 그때. 진짜 총성은 아니었다. 우리가 다니던 고등학교에서는 총기 난사 대응 훈련을 했는데 어느 관리자가 너무나 진짜 같은 훈련 프로그램을 들여왔다. 이 프로그램에 대해 학생들에게 사전 경고를 했던 날 나는 결석을 했다. 스피커에서 총성이 흘러나왔을 때, 나는 지정된 안전 교실 중 가장 가까운 곳으로 가지 않고 복도 벽장에 숨은 뒤 공포에 질린 채 한 시간 넘게 그곳에 있었고, 다음 수업 종이 울리고 복도가 명백히 살아 있는 사람들로 붐비면서 문득 그 총성은 내가 기다리던 폭력의 복제에 지나지 않는다는 사실을 깨닫기 시작한 후에도 밖으로 나가지 않았다. 내가 없어졌다는 사실을 교사가 알아차린 뒤, 나를 찾아보겠다고 나선 지니가 내 이름을 부르며 복도를 걸어올 때까지 그곳에 있었다. 벽장 밖으로 나와서도 나는 수업에 들어갈 만큼 안정을 찾지 못했고, 그러자 지니가 나를 화장실로 데려가 실컷 울게 놔두더니 내가 마침내 울음을 그친 뒤에 물었다. "이제 다 울었니?"

"처음엔 그게 가짜인지 몰랐어." 나는 말했다. "우린 항상 그런 일이 벌어지면 가장 용감한 자기 모습이 나올 거라고 생각하잖아. 난 내가 준비되어 있다고, 공포에 떨지 않을 거라고 생각했어."

"아, 캐시." 지니가 말했다. "무슨 그런 말도 안 되는 생각을."

제가 공동체의 일원으로서 소속감을 느끼게 해준 모든 이들, 내가 작가라서, 지금 이 순간에 독자라서, 그리고 이 단편들을 쓸 수 있어서 행운이라고 느끼게 해준 모든 이들에게 적절히 감사를 표현하자면 책 한 권을 따로 써야 할 것 같습니다.

나의 에이전트 아이샤 판데에게 감사드립니다. 친구이자 지지자로서 제 작품에 대한 아이샤의 믿음이 계속 글을 쓸 힘을 주었습니다. 편집자 세라 맥그래스에게 감사드립니다. 세라의 인내심 덕분에 이 책을 의도한 대로 완성할 수 있었습니다. 그리고 명석하고 세심한 독자로서 피드백과 대화를 통해 제가 더 나은 글을 쓰고 퇴고 과정을 즐길 수 있게 해준 세라와 앨리슨 페어브러더, 델리아 테일러에게도 감사드립니다. 제 첫 책을 공들여 출간해주었고 이번 책에도 지원을 아끼지 않았으며, 단편과 중편을 쓰고 있다고 말했을 때도 너그러이 이해해준 리버헤드 출판사의 모든 분께 감사드립니다.

레지던시 공간을 제공해준 야도, 래그데일, 유크로스재단에 감사드립니다. 또한, 작가의 길을 지원해준 펜아메리카, 전미도서재단, 허스턴-라이트재단, 패터슨 소설상, 위스콘신대학교 매디슨 캠퍼스의 넬리 매케이펠로십, 그리고 미국국립예술기금에도 감사의 말씀을 전합니다. 공동체에 소속되어 글을 쓸 시간을 제공해준 아메리칸대학교의 문학부, 위스콘신대학교 매디슨 캠퍼스의 문예창작 프로그램, 그리고 존스홉킨스대학교의 창작 세미나에도 감사드립니다. 이 세 곳에서 만난 동료들의 작품은 제게 영감을 주었고 그들의 후의 덕분에 각기 다른 세 도시가 모두 집처럼 느껴졌습니다.

이 단편들 대부분은 문학잡지에 처음 게재되었습니다. 지면을 제공해준 『미국 단편선』 『배럴하우스』 『캘럴루』 『컬럼비아 문학예술 저널』 『미디엄』 그리고 『스와니 리뷰』에 감사드립니다. 또한, 이 작품들을 의뢰하거나 선정하고 초기의 조언으로 보강해준 편집자들, 진지 클레먼스, 네이트 브라운, 아디나 라이트버거, 록산 게이, 애덤 로스, 그리고 톰 매캘리스터에게 감사드립니다. 『미국 베스트 단편소설집』에 두 편의 단편을 싣는 영예를 누리게 해준 하이디 피틀러, 메그 월리처, 록산 게이에게 감사드립니다. 일부 작품들의 초기 원고를 읽어준 수재나 타크와 리즈 와이코프에게도 감사드립니다. 리즈는 중편 작품을 쓰는 동안 위스콘신의 기록 문서와 관련한 질문에도 답해주었습니다. 그리고 이 책의 후기 교정본에 대해 의견을 준 동료 진맥개리에게도 감사드립니다.

　가장 필요한 시기에 내 곁에서 공동체를 이루어준 리즈, 수재나, 브리짓 필더, 조너선 센션, 제니 크루셋, 레이철 루이즈 스나이더, 수기 가네샤난탄, 브렌던 도먼, 에린 겜블, 릴리 윙, 멀린다 무스타키스, 네이트와 시아 브라운, 아디나 라이트버거, 세라 오티즈, 낸디니 판데이, 앨리스 맨덜, 찰스 허프, 알렉시스 폴린 검스, 엘레나 다이아몬드, 퍼트리스 허턴, 샹그릴라 윌리, 진 일론, 미리엄 아길라, 아푸아 브루스, 조던 츠벡, 콜린 질리스, 그리고 티아 블레신게임에게 감사드립니다. 늘 사랑과 지지를 보내준 제 가족, 특히 조젯 돈 베도 브라운과 아버지 월터 에번스에게 감사드립니다.

　이 책은 무엇보다 슬픔과 상실에 대해, 충만하고 복합적인 삶을 살아가려는 욕망을 포기하지 않는 여성들에 대해 이야기합니다. 제게 마음을 열고 슬픔과 기쁨의 경험을 나눠준 많은 분들 덕분에 이 책을 쓸 수 있었지만, 그 시기에 제가 겪은 상실의 경험도 이야기의 토양이 되었습니다. 좋은 추억을 선물해주신 나의 고모 캐럴린 에번스(1949~2016)와 수지 필리오(1956~2017)에게 감사드립니다. 그들이 없으니 세상에 따뜻함과 웃음이 줄었습니다. 자신의 결정을 세상이 대신하도록 놔두지 않고 무엇이 가능한지 직접 결정하는 모범을 보여준 베스 어스브룩스(1930~2017)에게도 감사드립니다. 내 어머니 돈 밸로어 마틴(1957~2017)에게 영원한 사랑과 감사를 표합니다. 어머니의 결단력으로 인해 더 나은 세상이 가능하다고 믿게 되었고,

어머니의 사랑으로 인해 나 자신을 믿게 되었으며, 이야기하기를 좋아하셨던 어머니로 인해 이야기의 힘을 믿게 되었습니다. 어머니를 위해, 저는 앞으로 살아가는 동안 계속 바른말을 찾으려고 노력할 것입니다.

옮긴이의 말

지워도 사라지지 않는 것

『역사정정사무소』는 미국의 여성 작가 대니엘 에번스의 두번째 소설집이다. 이 작가는 2011년에 데뷔작『너의 우매한 자아를 질식시키기 전에』로 펜/로버트 W. 빙엄 소설상을 받았고, 전미도서재단이 선정하는 '35세 이하의 신인 작가 5인'에 이름을 올렸다. 그뒤로 유수의 문학 매체에 단편을 싣고 대학에서 문예창작을 가르치며 써온 글을 묶어 낸 두번째 소설집이 『역사정정사무소』이다.

이 책은 단편 여섯 편과 표제작 중편 한 편으로 이루어졌는데, 주로 유색인종 여성의 시선으로 개인과 사회의 역사, 인종과 젠더, 상실과 트라우마, 진실성의 위기 등을 이야기한다. 각 작품의 화자는 자신이나 가족의 상처를 품고 살아가면서 치유와 화해를 위해 노력하기도 하고 때로는 자기파괴적인 행동을 서슴지 않는 젊은 여성, 대개 흑인 여성이며, 그들의 시선으로 묘사하는 이야기들은 현대적 삶에 단단히 뿌리를 내린 채 사회와 역사의 어떤 요소들이 그 삶에 가하는 부조리를 가장 사적인 방식으로 드러낸다.

우선, 표제작인 중편 「역사정정사무소」의 두 주인공 제너비브와 커샌드라는 상류층 지식인 흑인 여성의 정체성을 지극히 대조적인 방식으로 체현한다. 그들은 잘못 알려진 역사적 사실을 일일이 찾아서 정정하는 업무를 담당하는 가상의 공적 조직에서 일하며 한 인물의 역사를 추적하는데, 반전과 충격적인 결말이 있는 추리소설처럼 전개되는 이 이야기는 탈진실의 시대에 진실의 가치를 돌아보게 한다.

「오래오래 행복하게」에서 흑인 여성으로 사는 일은 "진짜 사람처럼 보여야" 하는, 끊임없는 존재 가치 증명의 연속이다. 병든 엄마를 돌보며 "의사들이 아무에게나 말해주지 않는" 정보를 얻고 "흑인 여성에게 굳이 써보지 않는" 약을 얻어내기 위해 몸단장을 하고 "멍청하거나 공격적이거나 냉랭하게 보이지 않게 요구"하려고 노력까지 해야 하는 주인공 리사는 유전적 질병 소인에 대해 예방적 치료를 권고받고도 마냥 조치를 미룰 만큼 내면이 황폐하다.

「소년들은 목성으로 간다」에서 백인 여성 클레어는 남부연합기 무늬가 있는 비키니 사진이 SNS에 올라가면서 본의 아니게 인종주의 논쟁의 최전선에 놓이게 되는데, 수습할 기회를 여러 차례 놓쳐가며 매번 문제를 키우는 클레어에게는 과거로부터 한 발짝도 더 나아가지 못하게 하는 상실과 비극이 있다.

그 밖에도, 각기 친구와 약혼자인 한 남자를 사이에 둔 두 여성 사이에 예기치 않게 생겨나는 유대(「요크의 리처드는 헛된 싸움을 했다」), 관광 명소가 되어버린 역사적 장소에서 가족의 뿌리 깊은 상처를 치유하려는 모녀의 안간힘(「앨커트래즈」), 숱한 여자들을 농락하고 상처 입힌 '천재 예술가'의 기이한 사과 프로젝트(「왜 여자들은 원하는 걸 그냥 말하지 않을까」) 등을 이야기할 때도 작가는 사회의 다양한 힘이 개인의 삶과 맞닿는 지점을 응시한다.

모순과 긴장을 품은 복합적인 인물과 다양한 시점을 통해 섬세하고 풍성한 이야기를 전하는 『역사정정사무소』는 시의적인 주제, 간결한 문장에 폭넓은 의미를 담는 문체, 빠른 전개와 더불어 매번 강렬한 여운을 남기는 결말 등이 특징적이다. 놀이공원과 결혼식 파티의 화사한 흥겨움을 배경으로 주인공의 슬픔과 체념이 언뜻언뜻 드러나는 일상적인 이야기로 시작하는 이 소설집은 진실을 희생해서라도 지켜야 하는 헛된 신념과 자기를 희생해서라도 밝혀야 하는 진실이 장렬하게 충돌하는 마지막 장면에 이르기까지, 역사와 진실의 의미를 개인적, 사회적 차원에서 일관되게 탐구한다.

「무엇이든 사라질 수 있다」에서 "모든 것이 지워질 수 있다면 무엇이든 사라질 수 있다"고 애써 믿으며 과거를 지우고 다시 시작하려는 인물들의 시도는 성공할 수 있을까? 역사가, 진실이, 지운다고 사라질 수 있을까?

민은영

옮긴이 **민은영**
고려대학교 영어교육과를 졸업하고 이화여자대학교 통번역대학원에서 석사학위를 받았다. 현재 전문 번역가로 활동중이며, 옮긴 책으로 『거지 소녀』 『사랑의 역사』 『남자가 된다는 것』 『어떤 날들』 『곰』 『칠드런 액트』 『존 치버의 편지』 『여름의 끝』 『에논』 『내 휴식과 이완의 해』 등이 있다.

역사정정사무소

초판 인쇄 2024년 2월 6일 | 초판 발행 2024년 2월 23일

지은이 대니엘 에번스 | 옮긴이 민은영
책임편집 윤정민 | 편집 이봄이랑
디자인 김유진 이주영 | 저작권 박지영 형소진 최은진 서연주 오서영
마케팅 정민호 서지화 한민아 이민경 안남영 왕지경 정경주 김수인 김혜원 김하연 김예진
브랜딩 함유지 함근아 고보미 박민재 김희숙 박다솔 조다현 정승민 배진성
제작 강신은 김동욱 이순호 | 제작처 영신사

펴낸곳 (주)문학동네 | 펴낸이 김소영
출판등록 1993년 10월 22일 제2003-000045호
주소 10881 경기도 파주시 회동길 210
전자우편 editor@munhak.com | 대표전화 031)955-8888 | 팩스 031)955-8855
문의전화 031)955-1927(마케팅) 031)955-2634(편집)
문학동네카페 http://cafe.naver.com/mhdn
인스타그램 @munhakdongne | 트위터 @munhakdongne
북클럽문학동네 http://bookclubmunhak.com

ISBN 978-89-546-9815-3 03840

www.munhak.com